Ullstein

ÜBER DAS BUCH:

John Dorey, Chef der Pariser Außenstelle der CIA, wird von Hauptmann O'Halloran über einen Vorfall in der Pariser Innenstadt informiert. Vor zwei Tagen war am Quai de la Tournelle eine bewußtlose Frau auf der Fahrbahn gefunden worden, die mit einer Ambulanz ins Krankenhaus gebracht wurde. Dort stellte sich heraus, daß sie ihr Gedächtnis verloren hatte. Sie hat keine Ahnung, wer sie ist, wo sie wohnt ... Ein Fall totaler Amnesie. Einziger Anhaltspunkt: drei auf das Gesäß tätowierte chinesische Schriftzeichen. Und die stammen von Feng Hoh Kung, dem Leiter der Abteilung Raketenforschung in Peking. Er pflegt allem Eigentum seinen Stempel in Form dieser Initialen aufzudrücken. So auch seinen Frauen. Und bald sind sie alle hinter ihr her – die Geheimdienste dieser Welt hinter der Geliebten des Forschers.

DER AUTOR:

Der Engländer James Hadley Chase, eigentlich René Brabazon Raymond, ist der unumstrittene König des harten Thrillers. Bis zu seinem Tode 1985 veröffentlichte Chase etwa 85 Romane, die weltweit eine Gesamtauflage von mehr als 20 Mio. Exemplaren erreichten. Rund 20 davon wurden verfilmt und etwa ein Dutzend zu Bühnenstücken verarbeitet.

James Hadley Chase

Schwarze Perle aus Peking

Aus dem Englischen
von Marieluise und Arnim G. Müller

Ullstein

Kriminalroman
Ullstein Buch Nr. 10760
im Verlag Ullstein GmbH,
Frankfurt/M – Berlin
Titel der englischen
Originalausgabe:
You have yourself a deal

Neuauflage der
deutschen Erstausgabe

Umschlaggestaltung:
Theodor Bayer-Eynck
Umschlagillustration:
Silvia Christoph

Printed in Germany 1994
Gesamtherstellung:
Ebner Ulm
ISBN 3 548 10760 5

Februar 1995
Gedruckt auf alterungs-
beständigem Papier mit
chlorfrei gebleichtem Zellstoff

Vom selben Autor
in der Reihe
der Ullstein Bücher:

Lotosblüten für Miss Quon/Einen Kopf kürzer/Ein Double für die Falle *Dreifachband* (10397)
An einem Freitag um halb zwölf . . . (10430)
Dumme sterben nicht aus (10501)
Nicht mein Bier (10623)
Ein Grab für zwei (10648)
Er schwieg bis zuletzt (10671)
Mord am Canal Grande (10678)
Sareks Sore (10687)
Die Kanaille (10696)
Miss Callaghan muß Trauer tragen (10711)
Blondine unter Banditen (10721)
Ich lache zuletzt (10729)
Mach mir den Pelz nicht naß (10735)
Einmal zuviel geheiratet (10740)
Man muß für alles zahlen (10745)
Nach Gebrauch vernichten (10749)
Millionentanz (10753)
Eva (30173)
Hallo, ist da jemand? (40075)

Die Deutsche Bibliothek –
CIP-Einheitsaufnahme

Chase, James Hadley:
Schwarze Perle aus Peking / James Hadley Chase. Aus dem Engl. von Marieluise und Arnim G. Müller. – Dt. Erstausg., Neuaufl. – Frankfurt/M ; Berlin : Ullstein, 1995
(Ullstein-Buch ; Nr. 10760 : Kriminalroman)
ISBN 3-548-10760-5
NE: GT

1

Hauptmann O'Halloran stellte seinen Jeep in einer Parklücke auf dem Hof der Botschaft der Vereinigten Staaten ab, holte seine schwarzlederne Tasche vom Nebensitz, wuchtete seine große Gestalt aus dem Fahrzeug und schritt forsch die Stufen zum Gebäude hinauf. Er nickte dem Mann hinter dem Empfangstisch zu, nahm den Fahrstuhl zur ersten Etage, ging einen Flur hinunter und kletterte sechs Stufen hoch. Eine große, gutgebaute Frau von fünf- oder sechsunddreißig Jahren kam ihm entgegen: Marcia Davis, Sekretärin des Chefs der Pariser Außenstelle der Central Intelligence Agency. Sie begann zu lächeln, als O'Halloran innehielt. Ihre grauen Augen musterten ihn flink. Der Anblick seines roten, fleischigen Gesichtes, seiner unförmigen Nase, seiner hellen blauen Augen und seines harten Mundes machte ihr in der Regel die Knie weich. Schon oft hatte sie sich gefragt, wie es wohl wäre, von diesen dicken muskulösen Armen gepackt zu werden.

»Hallo, Tim«, sagte sie. »Was machen Sie denn hier?«

»Der Chef da?« fragte O'Halloran. Er überlegte seinerseits, wie diese attraktive rothaarige Frau sich wohl anstellen würde, wenn es ihm je gelänge, sie in sein Bett zu holen.

»Wann ist er das nicht?« entgegnete sie. »Übrigens – haben Sie schon Urlaub genommen?«

»Urlaub – was ist das?« fragte O'Halloran grinsend. »Ich bin ja schon froh, wenn ich Weihnachten zu Hause bleiben kann. Und wie steht's mit Ihnen?«

»Im September ... Ich habe für eine Seereise gebucht. Bis später, Tim.« Sie lächelte ihn noch einmal an und eilte davon.

O'Halloran schaute ihr nach und genoß das herausfordernde Schwingen ihrer Hüften, das, wie er scharfsinnig annahm, seinetwegen erfolgte. Mit einem Ruck brachte er sich ins Dienstliche zurück. Er ging durch den Korridor bis zu einer Tür, auf der in Goldbuchstaben stand:

Central Intelligence Agency
Chef der Außenstelle
John Dorey

Die Buchstaben waren ganz neu und glitzerten noch. O'Halloran wiegte grinsend den Kopf. Dorey hat es also doch noch geschafft, dachte er. Es war noch gar nicht lange her, da hatte man für Doreys Karriere keinen Pfennig gegeben. Thorley Warely war damals von Washington als Chef der Außenstelle herübergeschickt und Dorey nach achtunddreißig Dienstjahren in der Botschaft auf den zweiten Platz gesetzt worden. Aber inzwischen war Warely wieder in Washington, und Dorey hatte trotz seiner sechzig Jahre neuen Mut geschöpft. O'Halloran bewunderte und liebte ihn – er war ein Mann, der das Risiko und schnelle Entscheidungen liebte und dabei Weitblick besaß.

O'Halloran klopfte an und trat in das behagliche Büro, in dem Dorey hinter einem riesigen Schreibtisch saß und eine Akte studierte.

Dorey war ein kleiner Mann mit einem Vogelgesicht. Er pflegte sich makellos zu kleiden und sah einem erfolgreichen Bankier eigentlich ähnlicher als einem Außenstellenchef der CIA. Jetzt legte er die Akte auf den Schreibtisch, lehnte sich im Sessel zurück und sah O'Halloran über seine randlose Brille hinweg an.

»Hallo, Tim. Ich habe Sie ja seit Wochen nicht mehr gesehen. Irgendwas passiert?«

O'Halloran ließ die Tür offen und wies mit dem Daumen auf die Goldbuchstaben.

»Herzlichen Glückwunsch.«

Dorey lächelte frostig.

»Besten Dank. Machen Sie die Tür zu, und setzen Sie sich.« Er studierte seinen goldenen Füllfederhalter, als er fortfuhr: »Am Ende bleibt nur der oben, der die richtigen Karten zur richtigen Zeit ausspielt.«

»Das muß ich mir merken, Sir.« O'Halloran nahm sein Dienstkäppi ab und setzte sich in einen der bequemen Sessel, die vor Doreys Schreibtisch gruppiert waren.

»Ich hatte schon die Pensionierung vor Augen«, fuhr Dorey fort, als spräche er mit sich selbst. »Dann aber erschien Robert Henry Carey am Horizont, und dadurch änderten sich die Verhältnisse völlig.« Er hob die Schultern. »Eine schicksalhafte Begegnung. Manchmal bekommen wir eben die richtige Karte in die Hände – öfter allerdings nicht.« Er legte den Füllhalter nieder und schaute O'Halloran forschend ins Gesicht. »Nun, Tim – was haben Sie auf dem Herzen?«

»Heute morgen ist bei der Sûreté etwas für mich abgefallen«, begann O'Halloran, indem er den Reißverschluß seiner Aktentasche aufzog. Er legte einen gehefteten Vorgang auf seine Knie. »Ich wollte Sie doch davon unterrichten.«

Dorey lehnte sich im Sessel zurück und drückte die Fingerspitzen zusammen. Diese Geste bevorzugte er beim Zuhören.

»Fahren Sie fort.«

»Vor zwei Tagen, am Abend des Vierten, sah ein Mann, der seinen Wagen auf dem Quai de la Tournelle parken wollte, im Schatten neben der Fahrbahn eine Frau liegen. Er rief einen Gendarmen, der gerade vorbeikam. Die Frau war im Koma. Sie wurde mit einer Ambulanz in das Krankenhaus St. Lazare gebracht. Dort war aber kein Bett mehr frei. Die Frau trug einen Schal mit einem Sternenbanner-Motiv und einen Mantel mit einem Etikett von *Macy*. Das hat den Kollegen gereicht, um sie zurück in die Ambulanz zu laden und ins amerikanische Krankenhaus zu schaffen.« O'Halloran hielt inne und warf einen Blick in die Akten.

»Bis jetzt interessiert mich das nicht sonderlich«, bemerkte Dorey mit einem Unterton von Ungeduld in der Stimme.

»Es wurde festgestellt, daß die Frau eine Überdosis eines Barbitursäurepräparats genommen hatte«, fuhr O'Halloran mit seiner spröden Polizeistimme fort. Doreys Bemerkung ignorierte er. »Sie wurde behandelt und auf Station gebracht. Als sie am nächsten Morgen zu sich kam, stellte sich heraus, daß sie ihr Gedächtnis verloren hatte. Sie hat keine Ahnung, wer sie ist, wo sie wohnt . . . ein Fall von totaler Amnesie. Sie spricht fließend Englisch mit amerikanischem Akzent und befindet sich offenbar in einem Zustand hysterischer Verzweiflung. Wir haben es hier natürlich nicht mit einem außergewöhnlichen Fall zu tun – nicht wenige Menschen leiden unter Gedächtnisstörungen. Doktor Forrester, der Stationsarzt, wollte sie so schnell wie möglich wieder loswerden. Er braucht seine Betten anderweitig. Er hat eine Beschreibung der Frau an die Sûreté gegeben. Dort war man zunächst der Ansicht, daß sie möglicherweise eine Schwedin oder Norwegerin sei, doch die betreffenden Botschaften konnten das nicht bestätigen.«

»Wie ist man darauf gekommen, daß sie aus Skandinavien sein könnte?« fragte Dorey.

»Offenbar sah sie wie eine Skandinavierin aus – sie ist blond, groß, genau der Typ.«

»Hatte sie keine Papiere bei sich?«

»Nein. Nicht mal eine Handtasche.«

Dorey wurde ungeduldig. »Und weiter?«

»Heute morgen habe ich die üblichen Unterlagen von der Sûreté bekommen.« O'Halloran sah in die aufgeschlagene Akte auf seinen Knien. »Hier ist die Beschreibung. Die Frau ist blond, sieht ungewöhnlich gut aus, hat blaue Augen, die Haut ist stark sonnengebräunt, die Größe einssiebenundsiebzig, das Gewicht einhundertundsechsundzwanzig Pfund.« Er unterbrach sich und schaute zu Dorey auf. »Besondere Kennzeichen: kleiner Leberfleck am rechten Unterarm, drei auf das Gesäß tätowierte chinesische Schriftzeichen.«

Dorey starrte O'Halloran perplex an, nahm dann den Füllfederhalter wieder auf und drückte ihn gegen seine Nase.

»Chinesische Schriftzeichen?«

»Genau. Drei Stück.« O'Halloran legte die Akte auf den Schreibtisch. »Nun, Sir, es gibt in Ihrer Außenstelle eine Akte, die mir vor etwa zehn Monaten zur Kenntnisnahme vorgelegen hat. Sie betraf Feng Hoh Kung, den Leiter der Abteilung Raketenforschung in Peking. Ich erinnere mich, unter vielen wertlosen Informationen auch gelesen zu haben, daß der Bursche nicht ganz richtig im Kopf ist. So läßt er zum Beispiel seine Initialen auf allem anbringen, was ihm gehört – an seinem Haus, seinem Auto, seinem Pferd, seinen Hunden und Kochtöpfen, Kleidern und Schuhen . . . und auch an den Frauen, die ihm dienen. Ich erinnere mich außerdem, gelesen zu haben, daß er sich vor ungefähr einem Jahr eine schwedische Mätresse zugelegt hat. Er hat drei Initialen. Und drei Schriftzeichen finden sich auf dem Hinterteil der Frau, so daß . . .« O'Halloran reckte seine wuchtige Gestalt und lächelte leicht. »Ich wollte Ihnen den Fall nur zur Kenntnis bringen.«

Dorey saß regungslos.

»Wer verfügt außer Ihnen über das Material?«

»Die englische Botschaft, die skandinavischen Botschaften und der *France-Matin*.«

Dorey zuckte zusammen.

France-Matin war eine Zeitung, die er verabscheute. Gab es irgendwo auch nur ein kleines Anzeichen von Skandal – dieses Blatt schlug sofort Kapital daraus.

»Hat die Sûreté die Presse informiert?«

»Ich habe das noch rechtzeitig verhindern können.«

»Aber *France-Matin* weiß Bescheid?«

O'Halloran nahm eine Zeitung aus seiner Tasche und reichte sie über den Schreibtisch.

»Allerdings.«

WER KENNT DIESE FRAU? – das war die Schlagzeile auf der zweiten Seite. Darunter stand ein schlecht reproduziertes Bild, das ein nicht gerade begnadeter Polizeifotograf aufgenommen hatte – es zeigte eine blonde Frau zwischen zwanzig und dreißig, die dem Betrachter starr entgegenschaute.

Die schlechte Reproduktion konnte ihrer Schönheit nichts anhaben.

Dorey gab einen grunzenden Laut von sich, als er las: *Chinesische Schriftzeichen, die noch übersetzt werden müssen, sind auf den Leib der geheimnisvollen Frau tätowiert.*

»Wie haben die das nur erfahren?« wollte er ärgerlich wissen.

O'Halloran hob die Schultern.

»Wie findet ein Geier sein Aas?«

Dorey dachte kurz nach, ehe er sagte: »Vielleicht hat das alles nichts zu bedeuten. Viele Frauen ...« Er unterbrach sich und schüttelte den Kopf. »Drei chinesische Schriftzeichen – nein, das kann kein Zufall sein.« Er richtete sich auf. »Tim, die Sache hat höchste Geheimhaltungsstufe. Wenn wir schiefliegen, liegen wir eben schief. Wenn diese Frau aber ...« Er trommelte mit den Fingern auf die Schreibtischplatte. »Was haben Sie von sich aus unternommen?«

O'Halloran machte es sich bequem.

»Ich habe Vorsichtsmaßnahmen getroffen.« Er sprach mit der Sicherheit des Fachmannes. »Zufällig hält sich General Wainright wegen einer Routine-Untersuchung im selben Hospital auf. So konnte ich mit einer plausiblen Begründung einen Wachmann auf den Korridor postieren. Wainright und diese Frau liegen in derselben Etage. Ich habe Doktor Forrester angerufen und ihm erklärt, daß die Frau möglicherweise in Gefahr schwebt. Ich habe ihn gebeten, die Krankenschwestern nur mit seiner ausdrücklichen Erlaubnis zu ihr zu lassen. Der Wachmann wird dafür sorgen, daß außer den Schwestern niemand ins Zimmer kommt. Der Empfang ist unterrichtet, daß Besucher abzuweisen sind.«

Dorey nickte.

»Gute Arbeit, Tim. Okay, Sie können die Sache nun mir überlassen. Als erstes müssen wir natürlich herausfinden, was diese Schriftzeichen auf der Haut des Mädchens bedeuten. Sollte sich herausstellen, daß sie wirklich Kungs Geliebte ist, ist sie natürlich mehr als ein Fressen für die Presse. Wir tragen dann für sie die Verantwortung. Gehen Sie los, Tim. Vergewissern Sie sich, daß nichts schiefläuft, während ich die Sache von hier aus ankurble.«

Abrupt stand O'Halloran auf.

»Es kann auch bloße Zeitverschwendung sein, Sir.«

»Und wenn nicht?« erwiderte Dorey. »Ich bin froh, daß ich einen Mann wie Sie unter meinen Leuten habe. Und jetzt los.«

Nachdem O'Halloran das Büro verlassen hatte, dachte Dorey einen Augenblick nach. Dann nickte er vor sich hin und griff nach dem Telefonhörer.

Auf einem schmutzigen Hof hinter der Rue de Rennes gibt es ein kleines Restaurant mit dem Namen *Le Temple du Ciel*. Obgleich es in keinem Führer verzeichnet ist, werden dort die besten chinesischen Speisen in Paris gereicht. Touristen, die das Lokal durch einen Zufall gefunden haben, wird mit einem bedauernden Lächeln erklärt, daß alle Tische leider reserviert seien. *Le Temple du Ciel* ist nur für Chinesen da.

Während Dorey und O'Halloran miteinander sprachen, saß Chung Wu, der Eigentümer des Restaurants, hinter der Kasse und beaufsichtigte seine Kellner, die etwa ein Dutzend Stammgäste bedienten. Die Tische waren durch seidene Stellwände der Sicht entzogen. Das Klirren der Mah-Jong-Steine, die erhobenen Stimmen und die plärrende Swing-Musik ergaben zusammen jenen betäubenden Lärm, ohne den sich die Chinesen anscheinend isoliert und unglücklich fühlen.

Das Telefon klingelte. Chung Wu nahm den Hörer, lauschte, sprach gedämpft in Kanton-Dialekt, legte den Hörer nieder und ging zu einem Tisch, an dem Sadu Mitchell im Begriff war, mit dem Lunch zu beginnen.

Sadus Stäbchen schwebten über einem Teller mit großen Garnelen in goldgelbem Eierteig, als Chung Wu sich um die Stellwand schob. Chung Wu verbeugte sich, dann wandte er sich leicht zur Seite und verbeugte sich vor dem vietnamesischen Mädchen an Sadus Seite.

»Bedaure, Monsieur ... das Telefon ... sofort«, sagte Chung Wu in seinem gräßlichen Französisch.

Sadu machte eine obszöne Bemerkung, die seiner Begleiterin ein Kichern entlockte. Er warf die Stäbchen hin und entließ Chung Wu mit einem Wink.

Sadu Mitchell war groß und schlank und hatte ein schmales Gesicht. Sein kohlschwarzes Haar trug er glatt zurückgekämmt, sein Anzug war makellos, seine mandelförmigen Augen hatten den Glanz schwarzer Perlen. Er war der uneheliche Sohn eines amerikanischen Missionars, der vor dreißig Jahren in Peking ein spektakulärer Versager gewesen war. Als er nämlich erkannt hatte, daß er auf seine Herde keinen Eindruck machte, hatte er sich dem Whisky und einer attraktiven Chinesin zugewandt, die es als ihre Pflicht ansah, ihn über seine erfolglosen Bekehrungsversuche hinwegzutrösten. Das Ergebnis ihrer Bemühungen war Sadu, halb Chinese und halb Amerikaner. Er grämte sich so bitterlich über seine uneheliche Geburt, daß er am Ende dahin kam, die Vereinigten Staaten dafür verantwortlich zu machen und als seinen persönlichen Feind zu betrachten.

In den vergangenen zehn Jahren hatte er auskömmlich von einer kleinen Boutique in der Rue de Rivoli gelebt, in der er Jade und teure Antiquitäten an amerikanische Touristen verkaufte. Er war ein Mann, der ohne Frauen nicht leben konnte. Nach verschiedenen Affären hatte er im vergangenen Jahr ein vietnamesisches Mädchen kennengelernt, das sich Pearl Kuo nannte und dessen Schönheit ihn so völlig fasziniert hatte, wie es auch beabsichtigt war. Sie haßte Amerika mit einer Inbrunst, die seinen eigenen Groll blaß und fade erscheinen ließ. Sie hatte ihre Familie und ihre Heimat bei einem amerikanischen Luftangriff auf Nordvietnam verloren und war nach Hanoi geflohen, wo sie Agentin für die Rotchinesen geworden und schließlich nach Paris geschickt worden war. Kurze Zeit nach ihrer Bekanntschaft war es ihr bereits gelungen, Sadu zu überreden, daß es seine Pflicht sei, ebenfalls für die rotchinesische Bewegung zu arbeiten. Da er in seinem Laden ständig Kontakt mit Amerikanern hätte, so erklärte sie ihm, hätte er Gelegenheit, Informationen aufzulesen und sie an Yet-Sen, einen verdienten Mann in der chinesischen Botschaft, weiterzugeben. Sadu fand die Sache amüsant, denn sie versetzte ihn in die Lage, den Amerikanern zu schaden. Erstaunlich, wie offen Amerikaner im Ausland redeten – als ob sie von der Annahme ausgingen, daß niemand um sie herum Englisch verstände. Zuweilen leisteten sie sich wirklich beachtliche Indiskretionen. Sadus Informationsfetzen dienten als Futter für die chinesische Propagandamaschine. Er hatte das Gefühl, endlich mit seinem Vater, der vor ungefähr zehn Jahren gestorben war, ins reine zu kommen. Er begriff nicht, daß er sorgfältig für wichtigere und gefährlichere Arbeiten vorbereitet wurde. Behutsam von Pearl geschoben und beharrlich von Yet-Sen gezogen, näherte sich Sadu langsam dem Punkt, an dem es keine Umkehr mehr gab.

Dieser Telefonanruf nun sollte ihn zu einem ausgewachsenen Agenten machen.

Er schob die Stellwand zur Seite, ging zur Kasse und nahm den Hörer.

»Ja? Wer spricht dort?« wollte er ungeduldig wissen, wobei er an seine Garnelen dachte, die kalt wurden. »Ich stehe vor Ihrem Laden. Kommen Sie sofort!« Es war Yet-Sens gutturale Stimme.

»Ich kann jetzt nicht. Ich . . .«

»Sofort!« Das Gespräch war schon unterbrochen.

Sadu fluchte. Als er zum Tisch zurückkehrte, sah Pearl ihn fragend an.

»Yet-Sen«, sagte er. Sein Gesicht war rot vor Zorn. »Er will mich sofort sprechen.«

»Dann mußt du gehen, *chéri.*«

»Ich bin doch, verdammt noch mal, nicht sein Lakai«, sagte Sadu. Doch klang Unentschlossenheit in seiner Stimme mit.

»Du mußt gehen.«

Sadu stand schon so sehr unter ihrem Einfluß, daß er nicht mehr zögerte.

»Na schön«, sagte er. »Warte hier auf mich. Ich bleibe nicht lange.« Mit diesen Worten verließ er das Restaurant.

Er brauchte kaum zehn Minuten, um sich in seinem kleinen roten TR 4 durch den starken Verkehr zu seinem Laden zu schlängeln. Er fuhr rücksichtslos. Als er parkte, drehte sich ein fetter Chinese um, der offenbar uninteressiert die Jade im Schaufenster betrachtet hatte, und kam an den Wagen heran. Er stieg ein und sagte leise: »Fahren Sie irgendwohin, wo wir reden können.«

Sadu scherte wieder in den Verkehrsstrom ein und fuhr schnell die Rue de Rivoli hinunter. Er kämpfte sich um den Concorde herum und fuhr den Quai entlang.

Yet-Sen begann: »Die Sache ist dringend. Sie sind erwählt worden, sie zu erledigen. Es ist eine große Ehre für Sie. Suchen Sie in den Louvre-Gärten einen Platz zum Parken.«

Eine Welle des Unbehagens durchrieselte Sadu. Er blickte den fetten Mann im Straßenanzug an, der mit ausdruckslosem Gesicht neben ihm saß. Die kleinen Hände, die über der Rundung des Bauches gefaltet waren, wirkten wie eine Elfenbeinschnitzerei. Sadu fuhr in die Gärten und fand einen Platz zum Parken – es war Mittagszeit – vor dem Finanzministerium. Er stellte den Motor ab.

Yet-Sen entnahm seiner Hüfttasche ein Exemplar des *France-Matin* und reichte es Sadu. Mit einem Finger tippte er auf die schlecht reproduzierte Fotografie einer blonden Frau.

»Bis morgen früh muß diese Frau tot sein«, sagte er. »Wir haben volles Vertrauen zu Ihnen. Sie werden jede Hilfe erhalten, aber um die Details müssen Sie sich selbst kümmern. Heute abend um sechs wird sich ein Mann mit Ihnen in Verbindung setzen. Er ist nur Werkzeug, er hat keinen Verstand. Sie sind der Verstand. Und nun hören Sie zu . . .«

Sadu saß reglos und lauschte, seine langen dünnen Finger umklammerten das Steuerrad. In diesem Augenblick erlebte er einen Durchbruch zur Wahrheit. Ihm wurde plötzlich klar, daß sein kleiner Haß auf Amerika, den er so lange mit sich herumgeschleppt hatte, endlich befriedigt werden konnte. Er war nicht sicher, ob er geschmeichelt oder bestürzt sein sollte über die überraschende Änderung seines Status. Aber er wußte instinktiv, daß – wie seine privaten Reaktionen auch sein mochten – der Job getan werden mußte.

Londons Bond Street übt eine besondere Faszination auf Touristen aus. Auch nachdem die Läden geschlossen sind – was bereits um 17.30 Uhr geschieht –, drängen sich Menschen aus aller Herren Länder in der vom Verkehr verstopften Straße und schauen sich die Auslagen an, bewundern alte Drucke, ledergebundene Bücher, Wäsche, teure Kameras und die Luxus-Geschenke, die *Asprey* anbietet.

In dem Menschenstrom, der sich um 19 Uhr durch die Bond Street schob, ging ein Hüne von einem Mann. Er trug einen schäbigen ausländischen Anzug, verbrauchte Schuhe und ein Hemd mit einer Krawatte von *Marks & Spencer*. Dieser Mann hatte weißblondes Haar, das kurz geschnitten war, ein kantiges Gesicht, hohe Backenknochen und leere grüne Augen. Er mochte zwischen dreißig und vierzig Jahre alt sein. Sein muskulöser Körper maß etwas unter einem Meter fünfundneunzig. Das sonnengebräunte Gesicht war entspannt und ausdruckslos. Er ging leichtfüßig wie ein trainierter Boxer und hatte seine Hände tief in den Hosentaschen vergraben.

Dieser Mann, bekannt unter dem Namen Malik, war Rußlands erfolgreichster Agent. Seit einer Woche wohnte er in London. Er hatte den Auftrag, sich die Stadt anzusehen, sich mit ihr vertraut zu machen und sich wie ein Tourist zu benehmen. Es war nicht ausgeschlossen, daß er in London Arbeit bekam.

Malik spannte also aus. Er wohnte in einem kleinen, nur schwer zu klassifizierenden Hotel der Cromwell Road. Er war sich völlig darüber im klaren, daß MI-6 ihn beobachtete. Er wußte auch, daß seine eigenen Leute einen Mann auf ihn angesetzt hatten. All das nahm Malik ohne Gemütsbewegung in Kauf, als Teil seines Berufs. Er betrachtete seinen Beruf als Spiel – als erregendes, befriedigendes Spiel, das auch seine sadistischen Instinkte zu ihrem Recht kommen ließ.

Als er an diesem Abend durch die Bond Street schlenderte, befriedigte er sein verdrängtes Verlangen nach Besitz. Von Zeit zu Zeit hielt er vor einem Schaufenster inne und betrachtete mit seinen undurchdringlichen grünen Augen die Luxusartikel, nach denen sein Sinn stand, von denen er aber wußte, daß er sie niemals besitzen würde.

Da gab es zum Beispiel ein tragbares Roulette, das er gern gehabt hätte. Aus einer anderen Ecke des Schaufensters winkte ihm eine lederbezogene Schreibtischgarnitur entgegen – winkte ihm entgegen wie einem Kinde ein unerschwinglich teures Spielzeug. Er starrte durch die Schaufensterscheibe, das Gesicht eine leere Maske; die Faust in seiner Tasche war – für niemanden sichtbar – geballt.

Unwillig schritt er weiter, er ging langsam und kämpfte

gegen die Versuchung an, umzukehren und sich die schönen Sachen noch einmal anzusehen. Er wußte, daß er verfolgt und beobachtet wurde, daß man eifersüchtig auf seinen Erfolg war und mehr als bereit, ihn durch einen Bericht zu ruinieren.

Der sanfte Ton einer nur gestreichelten Dreiklanghupe lenkte seine Aufmerksamkeit auf einen vorbeifahrenden Jaguar, der sein Tempo so verlangsamt hatte, daß er nur wenige Schritte vor ihm herkroch.

Ein Mädchen saß hinter dem Steuer – blond und lächelnd, nicht älter als dreiundzwanzig, eine Nerzstola um die Schultern geworfen. Die Augen hatten einen einladenden Schimmer, die Linien um den Mund waren tief und deuteten Selbstsicherheit und Laszivität an.

Malik schaute weg. Als er weiterging, fühlte er, wie das Blut durch seinen Körper strömte. Ganz plötzlich hatte er das Bedürfnis, dieser Dirne zu zeigen, wie ein Russe eine Frau zu einem keuchenden und stöhnenden Tier machen konnte. Das Verlangen trieb ihm Schweißperlen auf die Stirn, aber er ging weiter. Er dachte an seinen heimlichen Schatten, der jeden seiner Schritte, ob gut oder schlecht, melden würde, wenn nicht an diesem Abend, dann später.

Der Jaguar fuhr an den Bordstein, und das Mädchen fragte mit rauchiger Stimme: »Warum so allein, Süßer? Zusammen könnten wir uns doch besser amüsieren.«

Malik ging weiter. Die Luxusartikel in den Schaufenstern hatten plötzlich ihre Faszination für ihn verloren. Er hatte jetzt nur noch den Wunsch, in sein Hotel zurückzukehren. Vier Wände, ein mit Gardinen verhangenes Fenster und eine verschlossene Tür boten ihm den Schutz, den er brauchte – den Schutz vor indiskreten Augen.

Der Jaguar drehte auf und schoß an Malik vorbei. Er sah dem Wagen mit Bedauern nach. Als er Piccadilly erreichte, begann das elektronische Gerät, das er – als Uhr getarnt – am Handgelenk trug, zu ticken. Es war das Zeichen, daß man ihn brauchte. Sofort wurde er hellwach, das

Verlangen nach Luxus und Frauen war wie weggewischt. Er schaltete das Gerät ab und ging schnell Piccadilly hinunter zum *Berkeley Hotel.* Er ignorierte den mißbilligenden Blick des Portiers und schob sich durch die Gruppen schwatzender Gäste, die ihm mit ihren Cocktails in den Händen ein wenig zu gewagt gekleidet und außerdem dumm erschienen. Er trat zu den Telefonzellen, gab dem diensttuenden Angestellten eine Nummer, ignorierte auch dessen mißbilligenden Blick und quetschte sich, als er das Zeichen erhielt, in eine der Zellen. Es roch nach teurem Parfüm, und einen Augenblick lang dachte Malik an die Blondine im Jaguar. Seine großen Hände ballten sich zu Fäusten. Das Telefon klingelte, und er nahm den Hörer ab.

»Hallo?« fragte eine Männerstimme.

»Vier und vier und sechs macht zwölf«, sagte Malik. Das war der Code, mit dem er sich zu identifizieren hatte.

»Sie werden sofort nach Paris reisen«, erklärte ihm der Mann auf russisch. »Flug 361, planmäßiger Start 20.40 Uhr, es ist für Sie gebucht. Ihre Sachen sind gepackt und befinden sich am Flughafen. S. erwartet Sie in Le Bourget. Die Angelegenheit ist dringend.« Ohne ein weiteres Wort wurde aufgelegt.

Malik bezahlte und ließ sich im Taxi zum Flughafen fahren.

Ein fetter Mann mit einem talgigen Gesicht, den Malik unter dem Namen Drina kannte, wartete in der Halle. Er hatte Maliks schäbigen Koffer bei sich, das Flugticket und dreihundert französische Francs.

»Sie haben noch Zeit«, meinte Drina. Er sprach mit Respekt, denn er bewunderte Malik und wünschte sich selbst das Talent und den Ehrgeiz, die Malik zum Chefagenten gemacht hatten. »Kann ich sonst noch etwas für Sie tun? Ich habe Ihre Sachen sorgfältig gepackt. Smernoff wird Sie drüben erwarten. Er hat immer gern ein paar zollfreie Zigaretten.« Das talgige Gesicht verzog sich zu einem Grinsen. »Ich durfte das Ihnen gegenüber doch erwähnen, nicht wahr?«

Malik haßte diesen fetten, untersetzten Mann, wie er alles haßte, was ihn an Versagen erinnerte. Schon früher war er mit ihm zusammengestoßen, und seine unterwürfige, kriecherische Art irritierte ihn.

Ohne ein weiteres Wort nahm er Koffer, Ticket und Geld und ging weg. Er wußte, daß ihm sein Schatten auch jetzt auf den Fersen war – es hätte also keinen Sinn gehabt, Drina auch nur zu beschimpfen.

In Le Bourget kam er ohne Schwierigkeiten durch die Kontrolle. Sein gefälschter Paß war gut. Malik reiste als Amerikaner auf Urlaub, und die Polizei auf dem Flughafen war an Amerikaner gewöhnt. Dieser slawisch aussehende Mann war eben nur ein weiterer Besucher, den man seiner Dollar wegen willkommen hieß. Malik schritt durch die Absperrung in die große Empfangshalle, wo schon Boris Smernoff wartete. Er freute sich auf ihn. Smernoff verstand sein Geschäft. Er stand in dem Ruf, der raffinierteste und erbarmungsloseste Menschenjäger der Abteilung zu sein, und Malik hatte schon oft mit ihm zusammengearbeitet. Er war untersetzt, dunkel, von schwerem Körperbau, hatte gelichtetes Haar, schmale, grausame Augen und die Fähigkeit, sich schwierigster Aufträge ohne inneren Widerstand anzunehmen. Seine Lebensphilosophie war einfach: Was möglich ist, wird gemacht, was unmöglich ist, kann zumindest versucht werden.

Wenige Minuten vor Maliks Ankunft hatte es einen Zwischenfall gegeben. Drei junge Beatniks mit schmuddeligen Allerweltsgesichtern waren plötzlich aufgetaucht und auf einen arglos scheinenden Mann zugelaufen, der an der Absperrung gesessen hatte. Ein Beatnik hatte diesem Mann mit einem Guttapercha-Knüppel auf den Kopf geschlagen. Dann waren sie hinausgerannt, in einen schäbigen Simca gestiegen und in Regen und Dunkelheit verschwunden.

Der Überfallene war ein Pariser MI-6-Agent, der von London auf Maliks Ankunft aufmerksam gemacht worden war. Ein Krankenwagen hatte ihn fortgeschafft, und Smernoff, der den Überfall organisiert hatte, durfte nun sicher sein, daß außer ihm niemand von Maliks Eintreffen Notiz nahm.

Smernoffs schmale Lippen verzogen sich zu einem dünnen Lächeln, als Malik auf ihn zukam.

»Hast du mir Zigaretten mitgebracht?« fragte er, als er ihm die Hand schüttelte.

»Sie könnten dich vergiften«, gab Malik zur Antwort. »Warum sollte ausgerechnet mir an deinem Tod gelegen sein?«

»Du denkst immer nur an dich«, meinte Smernoff schulterzuckend. »Mir ist nie zu Ohren gekommen, daß du einmal jemand anderem einen Gefallen getan hättest.«

Malik grunzte nur.

Als sie aber das Gebäude verließen, stellte er fest, daß er über die Bemerkung nachdachte. Es irritierte ihn, daß sie stimmte.

Die beiden Männer stiegen in einen 404, den Smernoff an einer Parkuhr abgestellt hatte. Smernoff startete und sagte: »Die Sache kann heikel werden. Man hat eine Frau gefunden, die das Gedächtnis völlig verloren hat. Im Augenblick liegt sie im amerikanischen Krankenhaus. Man hält sie für die Mätresse von Feng Hoh Kung. Wir haben Anweisung, sie aus dem Hospital zu holen und in ein Haus in Malmaison zu schaffen, wo schon alles vorbereitet ist. Du sollst das machen. Die Amerikaner wissen, wer die Frau ist, und haben einen Wachtposten im Krankenhaus. Es ist durchaus möglich, daß man sie schon in wenigen Stunden an einen Ort bringt, von dem sie weniger leicht zu entführen wäre.«

»Glaubst du, daß sie Informationen hat?« fragte Malik.

»Man glaubt, daß sie welche haben könnte.«

Einige Augenblicke lang saß Malik reglos da und

machte sich innerlich mit dem neuen Auftrag vertraut. Er gefiel ihm. Er liebte das Wagnis, freute sich darauf, in ein Krankenhaus zu gehen, das bewacht war, eine Frau herauszuholen und mit ihr zu verschwinden. Es war genau die Art von Job, auf die er sich verstand.

»Hast du schon etwas unternommen, oder hast du bloß auf mich gewartet?«

»Die Angelegenheit ist dringend«, erwiderte Smernoff. »Ich habe einen Mann losgeschickt, der das Krankenhaus beobachtet und alle zehn Minuten Bericht erstattet. Mir scheint, man kommt am schnellsten zum Ziel, wenn man einfach reingeht und sie mitnimmt. Wir haben Glück. In derselben Etage liegt ein amerikanischer General zu einer Routine-Untersuchung. Ich habe amerikanische Armee-Uniformen, einen Jeep und eine Ambulanz bereitstellen lassen. Wenn dir diese Methode nicht gefällt, mußt du es sagen. Es ist dein Job – nicht meiner.«

Malik warf einen Blick auf das harte, grausame Gesicht seines Begleiters. Seine Augen glitzerten. Smernoff war sein Assistent, er nahm Befehle entgegen, aber Malik fragte sich, wie lange das so bleiben würde. Smernoff hatte einen Plan ausgearbeitet, der von Malik hätte stammen können. Das war Malik völlig klar.

»Das war genau in meinem Sinn, Boris. Es ist ein Vergnügen, mit dir zu arbeiten. Der Plan müßte funktionieren. Ich werde dafür sorgen, daß deine Leistungen anerkannt werden.«

Smernoff lachte.

»Nein, das wirst du natürlich nicht«, sagte er. »Aber wenn der Plan dir gefällt, kannst du ihn haben. Anerkennung bedeutet mir nichts. Warum sollte ich mich nach Anerkennung sehnen?«

»Bist du nicht ehrgeizig, Boris?«

»Nein. Du?«

»Manchmal habe ich Zweifel. Nein ... nein, ich glaube nicht.«

Smernoff wollte etwas sagen, hielt sich aber zurück. Er erinnerte sich an die Regel, daß es nicht gut sei, zu viel über sich selbst zu reden.

»Wer wird sich um die Frau in Malmaison kümmern?« fragte Malik. »Man erwartet doch wohl nicht von uns, daß wir auch noch Kindermädchen spielen?«

»Ich hätte nichts dagegen, sie ist sehr hübsch«, meinte Smernoff.

»Aber daraus wird nichts. Kovski hat diesen Job Merna Dorinska übertragen.«

»Was macht denn dieses Aas in Paris?«

»Sie ist oft hier. Es heißt, daß Kovski und sie ...«

»Wer sagt das?« bellte Malik.

Smernoff ließ sich nicht einschüchtern. Er zuckte die breiten Schultern.

»Wußtest du das denn nicht? Dann bist du sicher der einzige.«

»Ich weiß es. Aber es ist besser, nicht darüber zu sprechen.«

Er hatte sich noch immer nicht ganz beruhigt, als Smernoff den Wagen in den Hof der russischen Botschaft lenkte.

John Dorey traf um 16.40 Uhr im amerikanischen Krankenhaus ein. Er war verstört, weil er wußte, daß er wertvolle Zeit verloren hatte. Er mußte sich davon überzeugen, daß die Tätowierungen der Frau echt waren. Dazu war es als erstes nötig gewesen, Nicolas Wolfert, den China-Experten der US-Botschaft, ausfindig zu machen. Wolfert aber hatte sich einen Tag freigenommen und war in seine kleine Villa in Amboise zum Fischen gefahren. Ehe man ihn gefunden, in einem Hubschrauber nach Paris und in einem Wagen in die Botschaft geschafft und informiert hatte, waren vier wichtige Stunden verstrichen. Zusammen mit Wolfert hatte Dorey auch Joe Dodge alarmiert, den Fotografen der Botschaft.

Dr. Forrester, ein großer, schlanker Mann mit müden, dunkelgeränderten Augen, erwartete sie auf dem Korridor. Er führte Dorey in sein Büro, während Wolfert und Dodge draußen warteten.

Forrester war bereits von O'Halloran darauf aufmerksam gemacht worden, daß seine Patientin möglicherweise sehr wichtig sei, und war zu einer Zusammenarbeit nur zu gern bereit.

»Vielleicht handelt es sich um eine streng geheime Sache«, begann Dorey, als er sich setzte. »Ich verlasse mich auf Sie, Doktor, daß niemand an die Frau herankommt. Es gibt viele Gründe, sie zu liquidieren. Ich erwarte, daß ihre Speisen von einer Person zubereitet werden, der Sie vollkommen vertrauen können. Nur eine Krankenschwester, für die Sie sich verbürgen, darf zu ihr.«

Forrester nickte.

»Hauptmann O'Halloran hat das bereits mit mir besprochen. Ich tue mein Bestes. Was noch?«

»Wir müssen die Tätowierung fotografieren. Ich habe einen Fotografen draußen.«

Forrester runzelte die Stirn.

»Die Tätowierungen sind auf dem Gesäß der Frau.« Er lehnte sich zurück und sah Dorey ins Gesicht. »Sie können nicht einen fremden Mann in ihr Zimmer schicken und erwarten, daß sie sich auszieht, damit er seine Aufnahmen machen kann. Das kann ich nicht zulassen.«

»Sie ist also bei Bewußtsein?«

»Natürlich ist sie bei Bewußtsein – seit drei Tagen. Und sie ist in einem Zustand hochgradiger Hysterie.«

»Ich muß die Fotos haben«, sagte Dorey rauh. »Geben Sie Ihr Pentathol, dann wird sie nicht mitkriegen, daß man sie fotografiert. Die ganze Sache wird ohnedies nur ein paar Minuten dauern. Außerdem soll mein China-Experte sich die Zeichen ansehen. Kommen Sie.«

Forrester zögerte noch, dann zuckte er mit den Schultern.

»Nun, wenn es so wichtig ist.« Er nahm den Telefonhörer, gab ruhig seine Anweisungen und legte wieder auf. »Ihre Leute können in zehn Minuten hinauf.«

»Wunderbar.« Dorey ging zur Tür, um mit Dodge zu sprechen, dann kehrte er zurück und setzte sich wieder. »Erzählen Sie mir von dieser Frau.«

»Bei ihrer Einlieferung wurde festgestellt . . .«

»Das kenne ich alles aus Ihrem Befund«, sagte Dorey ungeduldig. »Ich möchte gern wissen . . . äh . . . simuliert sie? Oder leidet sie wirklich an Gedächtnisschwund?«

»Ich glaube schon. Sie reagiert nicht auf Hypnose. Bei der Einlieferung hatte sie eine kleine Verletzung am Hinterkopf. Vielleicht hat sie die erlitten, als sie zusammenbrach. Der Aufschlag könnte den Gedächtnisschwund verursacht haben. Es wäre durchaus möglich, wenngleich etwas weit hergeholt. Doch ich glaube, daß der Gedächtnisschwund echt ist.«

»Haben Sie eine Ahnung, wie lange so etwas anhält?«

»Ich weiß im Augenblick nicht mehr als Sie. Eine Woche, einen Monat . . . aber kaum länger.«

»Was halten Sie von Scopolamin?«

Forrester lächelte.

»Wir haben schon daran gedacht. Die Sache ist aber gefährlich. Wenn sie simuliert, ist mit einem Erfolg zu rechnen, wenn aber nicht, läßt das Erinnerungsvermögen noch mehr nach. Wenn Sie es versuchen wollen – ich habe keine Einwände. Aber wenn sie wirklich krank ist, wird die Anwendung von Scopolamin die Genesung um Monate verzögern.«

Dorey dachte lange nach, dann stand er auf.

»Ich komme wieder auf Sie zu, wenn ich mit meinem China-Experten gesprochen habe. Schönen Dank für Ihre Hilfe, Doktor. Ich werde die Frau herausholen, sobald wir eine geeignete Bleibe für sie haben.«

Dreißig Minuten später betrat Wolfert, ein gedrungener Mann, dessen Haar sich lichtete und dessen rosa-weiße

Hautfarbe seine sechsundvierzig Jahre Lügen strafte, das kleine Zimmer, das Forrester Dorey zur Verfügung gestellt hatte. O'Halloran war schon da.

»Nun?« fragte Dorey und stand auf.

»Sie ist Erica Olsen, Kungs Geliebte«, erklärte Wolfert. »Ich habe seine Initialen zu oft gesehen, als daß ich mich bei diesen Tätowierungen irren könnte. Es handelt sich dabei um eine besondere Methode, um eine besondere Farbe, die man so gut wie nicht fälschen kann.«

Dorey schaute diesen Mann scharf an, von dem es hieß, daß er ein unfehlbarer Experte sei.

»So gut wie nicht?«

»Ich muß zugeben, daß ein ungewöhnlich geschickter Tätowierer eine Fälschung in dieser Vollkommenheit möglicherweise fertigbringen könnte. Aber überzeugt bin ich davon nicht.« Auf Wolferts fettem Gesicht erschien ein wissendes Lächeln. »Niemand kann absolut sicher sein, aber ich wette um meine Pension, daß sie Kungs Mätresse ist.«

Dorey wandte sich O'Halloran zu.

»Passen Sie gut auf sie auf, Tim. Ich muß Washington unterrichten. Ich kann nichts unternehmen, ehe die nicht ja dazu sagen.« Gedankenverloren fuhr er sich über die Stirn. »Das könnte zwar eine weitere Verzögerung bedeuten, aber dafür handelt es sich wahrscheinlich auch um ein ganz großes Ding. Ich fahre jetzt zur Botschaft zurück.«

»Sie brauchen sich ihretwegen keine Sorgen zu machen«, erklärte O'Halloran. »Sie ist hier so sicher wie in Abrahams Schoß und auf Abruf für Sie bereit.«

Allerdings war ihm unbekannt, daß Malik in wenigen Stunden in Paris erwartet wurde. Als er schließlich ankam, war der Chef der MI-6-Außenstelle aufgebracht über die Nachricht, daß sein Mann zusammengeschlagen worden war und Malik aus den Augen verloren hatte. Er war darüber so aufgebracht und wütend, daß er versäumte, O'Halloran von der Ankunft des gefährlichsten russischen

Agenten zu unterrichten. Hätte O'Halloran davon gewußt, er hätte Erica Olsen strenger bewachen lassen. Aber so war er der Ansicht, daß eine Wache mit einem automatischen Gewehr genügte.

Aber wo Malik auftauchte, genügte nichts.

Wenige Minuten nach 18 Uhr betrat ein eleganter junger Mann Sadu Mitchells Laden. Er trug einen kleinen Koffer mit Metallecken bei sich – einen Koffer von der Art, wie ihn Handelsvertreter benutzen, die von Tür zu Tür gehen. Seine Gesichtshaut wirkte ungesund, erinnerte an einen toten Fisch. Seine kleinen schwarzen Augen wanderten ruhelos von links nach rechts, in ihnen lag der Argwohn eines Menschen, der niemandem traut. Er hätte für fünfundzwanzig, sogar für dreißig durchgehen können, aber in Wirklichkeit war er erst achtzehn. Sein kohlschwarzes Haar war kurz geschnitten und umschloß seinen Kopf wie eine Kappe. Seine Bewegungen waren so geschmeidig wie die einer Schlange.

Jo-Jo Chandy stammte aus Marseille. Sein Vater war Zuhälter in der Hafengegend gewesen, seine Mutter verschollen. Er war zehn, als sein Vater in einem Messerkampf ums Leben kam. Jo-Jo hatte das freilich nicht berührt. Er war sogar froh, endlich frei zu sein. Bald schon konnte er sich als Kundenwerber für eine Negerdirne ein gutes Auskommen schaffen – ihre Technik trug ihr Jo-Jos Bewunderung und viele Freier ein. Als er genügend Geld gespart hatte, kam er zu dem Entschluß, daß Paris für die Entfaltung seiner bösen Talente größere Möglichkeiten bot als Marseille. Aber in diesem Punkt, so mußte er feststellen, hatte er sich geirrt. Die Polizei zeigte sich nicht gerade sanftmütig gegenüber Zuhältern, und nachdem er etliche Male eingesperrt und zusammengeschlagen worden war, gab er es auf und nahm in einem chinesischen Restaurant den Job eines Tellerwäschers an. Hier lernte er eine Chinesin kennen – eine von Yet-Sens Agentinnen. Sie begriff schnell, daß aus diesem schlaksigen, bösartigen Jungen etwas zu machen war. Yet-Sen nahm sich seiner an. Jo-Jo erhielt eine Ausbildung und Geld. Bereits ein Jahr später war er Yet-Sens zuverlässigster Henker.

Durch und durch unmoralisch, ohne Sinn für Gut und Böse, lebte Jo-Jo nur für Geld. Wie gefährlich eine Aufgabe auch sein mochte – er übernahm sie bedenkenlos, wenn genug Geld dabei heraussprang. Das Leben erschien ihm wie ein Roulettespiel. Seine Philosophie beschränkte sich auf die Regel, daß man den Einsatz auf jeden Fall wieder herausholen müsse.

Pearl Kuo verkaufte gerade Jade an eine dicke Amerikanerin mit unmöglichem Blumenhut und einer juwelenbesetzten Brille. Als Jo-Jo den Laden betrat, sah sie auf. Sie wußte, wer er war, und seine Ankunft erregte sie. Endlich, dachte sie, bekam Sadu eine größere Rolle in der chinesischen Bewegung – eine Aufgabe, auf die sie seit langem mit Ungeduld gewartet hatte.

Nachdem die Amerikanerin den Laden verlassen hatte, lächelte Pearl dem wartenden Jo-Jo zu. Ihre mandelförmigen Augen strahlten, und als Jo-Jo sie so sah, spürte er eine heiße Welle durch seinen Körper laufen.

»Er erwartet sie«, sagte sie. »Bitte, hier.« Sie öffnete die Tür. Noch immer sah Jo-Jo sie an. Seine Blicke durchbohrten den geblümten Cheongsam, der ihrem vollkommen proportionierten Körper so sehr schmeichelte. Dann betrat er Sadus Wohnzimmer.

Sadu hatte Pearl erzählt, was Yet-Sen ihm gesagt hatte.

»Er erwartet von mir, daß ich die Frau umbringe«, hatte er geflüstert, und Schweiß glitzerte auf seinem blassen Gesicht. »Das wäre Mord. Kann man das von mir verlangen?«

»Du sollst die Sache doch nur in die Wege leiten; du sollst die Frau doch nicht selber umbringen«, hatte Pearl ihn beschwichtigt. Ihre schlanken Finger streichelten sein Gesicht. »Es ist doch für China, Sadu. Und außerdem ist es jetzt zu spät. Du mußt gehorchen. Wenn du nicht gehorchst, muß ich dich verlassen, und sie werden dich töten. Das weißt du doch, ich brauche es dir nicht erst zu erklären. Wenn man mir den Befehl gegeben hätte, hätte ich ihn ausgeführt. Du solltest stolz darauf sein, daß das Los auf dich gefallen ist.«

Sadu hatte über seine Situation nachgedacht und sich entschlossen, stolz zu sein. Er haßte Amerikaner, sie hatten ihn verletzt. Wenn man die Angelegenheit genau betrachtete, war es nicht Mord, sondern Rache.

Also empfing er Jo-Jo mit arroganter Verachtung.

»Setzen Sie sich. Sie werden die Frau umbringen, und ich werde darauf achten, daß Sie Ihren Auftrag korrekt ausführen.«

Jo-Jo setzte sich, den kleinen Koffer auf den Knien. Ein zwar schwacher, aber unverkennbarer Gestank ging von ihm aus, auf den Sadu mit einer Grimasse reagierte.

Selbstsicher fuhr Sadu fort: »Zuerst müssen wir herausfinden, in welchem Teil des Krankenhauses die Frau liegt ... in welcher Etage, in welchem Zimmer. Wenn wir das erst wissen, ist es für Sie einfach. Sie müssen in ihr Zimmer einsteigen.« Zufrieden mit seinem Plan, schenkte er Jo-Jo ein gönnerhaftes Lächeln. »Ich darf wohl annehmen, daß Sie klettern können?«

Jo-Jo umklammerte seinen Koffer und fragte: »Ist es Ihr erster Job?« Seine dünnen Lippen verzogen sich höhnisch. »Machen Sie sich nichts draus. Sie steuern, ich erledige die Einzelheiten. Sie kriegen den Ruhm, ich das Geld. So wird jeder auf seine Weise glücklich.«

Sadu richtete sich auf, Wut im Gesicht. Er trat zu Jo-Jo und beugte sich über ihn.

»So redet man nicht mit mir. Ich bin hier der Boss«, erklärte er aufbrausend. Aber seine Stimme erstickte vor Ärger. »Sie werden genau das tun, was ich Ihnen sage ...«

»Sadu, bitte.« Pearls schmeichelnde Stimme zwang

Sadu, sich umzudrehen. »Ich glaube, er sollte die Sache machen. Er hat immerhin die Erfahrung. Bitte.«

Jo-Jo schaute zu ihr auf, dann öffnete er seinen Koffer. Er entnahm ihm eine 25er Automatic und einen Schalldämpfer. Nachdem er den Schalldämpfer auf den Lauf geschoben hatte, steckte er die Waffe unter den Gürtel seiner Hose. Die Pistole und Jo-Jos geübte Bewegungen dämpften Sadus Wut. Ziemlich lange stand er nur da und starrte ins Leere.

»Fahren wir also zum Krankenhaus«, sagte Jo-Jo. Wieder klebten seine Augen an Pearls Körper, dann schaute er Sadu direkt ins Gesicht. »Wie Sie sehr richtig sagen, müssen wir zuerst einmal feststellen, wo die Frau ist. Die nächsten drei Stunden wird es noch nicht dunkel – wir haben also genug Zeit.« Er warf seinen Koffer in eine Ecke und ging hinaus.

Pearl legte ihren Arm um Sadu. »Tu, was er sagt. Er versteht etwas davon. Du kannst von ihm lernen.«

Sadu zögerte, er hatte Angst. Aber als er sich schließlich seiner Unfähigkeit bewußt wurde, folgte er Jo-Jo auf die belebte Rue de Rivoli hinaus.

Pearl beobachtete, wie die beiden Männer in Sadus Sportwagen stiegen und fortfuhren. Es war noch zu früh, um den Laden zu schließen, aber sie zündete trotzdem einen Räucherstock an und kniete zum Beten nieder. Der duftende Rauch umschmeichelte sie.

Ungefähr zu der Zeit, da Malik mit Smernoff zusammentraf, erhielt Dorey von Washington grünes Licht. Er durfte handeln.

Die Chefs von CIA und FBI hatten seinen Rapport diskutiert. Sie hatten alle Vorsicht walten lassen. So, wie sie die Sache im Augenblick sahen, war sie von höchster Wichtigkeit. Zwar konnte die Frau sich als Fehlgriff erweisen, aber man mußte davon ausgehen, daß sie das war, was man vermutete. Doreys Chef in Washington hatte über das Satelliten-Telefon gesagt: »Ich überlasse es Ihnen, John. Spesen spielen keine Rolle. Wenn ein Erfolg da ist, werden wir sie schon verbuchen können. Aber einstweilen möchte ich offiziell nicht davon unterrichtet sein. Handeln Sie so, wie Sie es für richtig halten, und wenn aus dem Ei ein Huhn geworden ist, rufen Sie mich wieder an.«

Dorey lächelte freudlos. »Sie können sich auf mich verlassen, Sir«, sagte er und legte auf.

Dennoch – solche Arbeitsbedingungen liebte Dorey. Er hatte jetzt freie Hand, genug Geld zur Verfügung und war allein für Erfolg oder Mißerfolg verantwortlich. In der letzten Stunde hatte er nachgedacht und war zu dem Ergebnis gekommen, in das Unternehmen voll einzusteigen. Es war jetzt 20 Uhr. Malik saß zu diesem Zeitpunkt in der Maschine, die von London nach Paris flog. Sadu und Jo-Jo warteten in Sadus Wagen vor dem amerikanischen Krankenhaus. Die Frau, von der man glaubte, daß sie Erica Olsen und die Mätresse von Chinas führendem Raketen- und Atomspezialisten war, dämmerte im Pentathol-Schlaf dahin. Gefreiter Willy Jackson, der Wachtposten, ein pflichtbewußter, disziplinierter Soldat ohne viel Verstand, aber mit einem nervösen Zeigefinger, ging im Korridor vor Erica Olsens Tür auf und ab.

Dorey nahm den Telefonhörer in die Hand und rief O'Halloran an.

»Tim, erinnern Sie sich an Mark Girland?«

»Girland? Sicher. Er hat früher für Rußland gearbeitet, nicht?«

»Genau den meine ich. Er ist in Paris, und ich muß ihn haben. Er hat ein Studio in der Rue des Suisses. Wie Sie an ihn herankommen, ist Ihre Sache. Aber in einer Stunde möchte ich ihn sehen.«

»Verzeihung, Sir. Wenn ich mich recht erinnere, ist dieser Girland ein unkonventioneller Bursche. Was, wenn er nicht will?«

»Unkonventionell? Soweit ich weiß, ist er Straßenfotograf. Sie müssen sich auf jeden Fall an ihn heranmachen, Tim. Hetzen Sie ein paar gute Leute auf ihn. Bis gleich.«

Er legte auf und lehnte sich zurück, mit sich zufrieden. Sein Eindruck, daß er die Situation mit Brillanz beherrschte, verstärkte sich.

Mark Girland.

Die wenigsten Leute hätten an Girland gedacht.

Er war der Mann, der Doreys Problem lösen konnte. Er war maßgeschneidert für diese Aufgabe.

Dorey runzelte die Stirn. Maßgeschneidert? Vorausgesetzt natürlich, daß er zu bewegen war, die Aufgabe zu übernehmen.

Marcia Davis hatte einen Teller mit Geflügel-Broten und ein Glas Milch auf seinen Schreibtisch gestellt, bevor sie gegangen war. Als Dorey nun darüber nachdachte, wie Girland zu nehmen war, griff er nach einem Brot und biß gedankenverloren hinein.

2

Mark Girland war niedergeschlagen. Nichts haßte er so sehr, wie einen Abend allein in seinem Ein-Zimmer-Apartment zu verbringen, das im sechsten Stock eines alten schäbigen Gebäudes in der Rue des Suisses lag.

Es regnete, seine Schuhe waren undicht, und im Augenblick hatte er nur acht Francs und zweiundsiebzig Centimes in der Tasche. Kaum zu glauben, dachte er reumütig, daß ich noch vor drei Monaten fünftausend Dollar auf der Bank hatte.

Der Kummer mit mir, so sinnierte er, wobei er es sich auf einem Hocker bequem zu machen versuchte, ist der, daß ich ein Tagedieb und Herumtreiber bin. Ich hatte ja ganz passable Ideen, was mit dem Geld zu machen sei. Wer hätte denn geglaubt, daß drei miserable Pferde einen solchen Verschleiß bewirken konnten? Mit Bedauern erinnerte er sich an den Nachmittag auf der Rennbahn von Longchamps, an dem sein ganzes Geld in die Taschen eines grinsenden Buchmachers gewandert war.

Obgleich er die Mittel verloren hatte, mit denen er sich eine neue Existenz hatte aufbauen wollen, blieb Girland standhaft bei seiner nach der Robert-Henry-Carey-Affäre gebildeten Meinung, daß Spionage eine Sache für Vollidioten sei. Er hatte mit Befriedigung dem alten Ziegenbock John Dorey gesagt, er könne sich zum Teufel scheren.

Dorey hatte, wobei er ihn über seine randlose Brille hinweg angesehen hatte, geantwortet: »Ich glaube auch nicht, daß ich einen Mann wie Sie gebrauchen kann, Girland. Sie sind unzuverlässig. Sie sehen zuerst sich selbst und die Arbeit erst an zweiter Stelle. Leute, die immer an sich selbst denken, kann ich nicht gebrauchen. Sie werden also nicht mehr für mich arbeiten.«

Girland hatte erfreut gegrinst.

»Wer möchte schon für Sie arbeiten, solange er noch alle Sinne beisammen hat? Wenn ich an die dreckigen, miesen Jobs denke, die ich für Ihren Genossen Rossland – Friede seiner Asche – gemacht habe, und an die paar Centimes, die dabei heraussprangen, zweifle ich noch jetzt an meinem Verstand. Gehaben Sie sich wohl, und scheren Sie sich zum Teufel.«

Aber diese Unabhängigkeitsrede war gehalten worden, als er sich noch Besitzer von fünftausend Dollar nennen konnte – von fünftausend nicht ganz ehrlich, aber immerhin verdienten Dollar. Trotz des deprimierenden Umstandes, ständig knapp bei Kasse zu sein, bedauerte er nicht, sich von der CIA getrennt zu haben.

In den letzten zwei Monaten hatte er sich als Straßenfotograf durchgeschlagen. Mit einer Polaroid-Kamera bewaffnet, hatte er seine Tage damit zugebracht, hübsche amerikanische Touristinnen zu jagen. Nachdem er die

Aufnahme gemacht und das Bild vorgezeigt hatte, brauchte er noch einige Minuten, um das Mädchen davon zu überzeugen, daß es sich von einem Zehnfrancschein trennen müßte. Mit seinem Charme hätte Girland die Affen aus dem Urwald locken können, und seine Technik gegenüber Frauen mußte man gesehen haben, um sie zu glauben. Oft besuchten ihn seine Kundinnen nachher in seinem Apartment.

Aber dieser Tag war umsonst gewesen. Es hatte unentwegt geregnet, und obgleich Girland die Straßen durchkämmt hatte, war er auf keine geeignete Dame gestoßen. Die beiden dicken Frauen, die er schließlich aus reiner Verzweiflung fotografierte, hatten ihm mit der Polizei gedroht.

Girland sah sich in dem großen Zimmer mit den beiden Fenstern um, die keine Gardinen hatten und die Aussicht auf ein Gewirr von Dächern, Kaminen und Fernsehantennen ungehindert freigaben. An der Wand gegenüber befand sich ein Küchenausguß und ein altmodischer Gaskocher, an einer anderen Wand standen ein Radio und ein Grammophon. Ein Kleider- und ein Bücherschrank, letzterer mit amerikanischen und französischen Taschenbüchern vollgestopft, vervollständigte die Einrichtung.

Girland – er war groß, schlank und dunkel – rümpfte die Nase. Was für ein Loch, dachte er. Es fehlten ihm dringend Farbe, eine Vase mit langstieligen Rosen und eine Blondine mit dem Körper einer Bardot. Wenn er hätte wählen müssen, wäre er im Augenblick für die Blondine gewesen.

Er stand auf, ging zum offenen Fenster und starrte auf die schwarzen, glänzenden Dächer hinaus. Noch immer regnete es. Weit draußen zuckte ein Blitz. Girland hob die Schultern und wandte sich dem Radio zu, als es an der Tür klingelte.

Er schaute auf, wobei sich seine linke Augenbraue in die Höhe zog, durchschritt das Zimmer und studierte durchs Guckloch die beiden Männer draußen im Treppenhaus. Als er die Armee-Regenmäntel und die Hüte mit den schmalen Krempen sah, zögerte er. Sein Verstand war plötzlich hellwach.

Aber Girland beruhigte sich gleich wieder und grinste. Wahrscheinlich eine Überprüfung der Personalpapiere, dachte er. Diese Kerle wissen nichts mit sich anzufangen, also gehen sie anderen Leuten auf die Nerven. Es war schon lange her, seit Angehörige der Central Intelligence Agency ihn besucht hatten. Wer weiß? Vielleicht hatte Dorey einen Herzanfall erlitten und ihm etwas in seinem Testament vermacht. Girland öffnete.

Die zwei kräftigen Männer, deren Gesichter die Farbe von altem Teak hatten und ebenso hart waren, traten ein und drängten Girland zurück. Den einen erkannte er, der andere war ihm fremd. Oscar Bruckman war älter geworden, vielleicht hatte er schon seine fünfzig auf dem Buckel. Er gehörte zur Schlägertruppe des Hauptmanns O'Halloran und war bekannt für seine Brutalität, seinen Mut und seine Treffsicherheit. Sein Begleiter war jünger. Er schien seiner selbst sehr sicher zu sein und wippte auf den Ballen seiner Füße so, als wollte er jeden Augenblick vernichtend zuschlagen. Er war ein Ire mit sandfarbenen Haaren, einem flachen Gesicht, Sommersprossen und eisgrauen Augen.

»Zieh'n Sie sich'n Mantel an«, sagte Bruckman kurz. »Sie werden gesucht.«

Girland trat einen Schritt zurück, die Arme entspannt an den Seiten. Seinen Augen entging nichts.

»Freut mich, freut mich. Aber ich wüßte gern, wer mich sucht.«

Der Jüngere sagte: »Los, los! Wen interessiert es schon, was Sie wissen möchten?«

Girland sah erst ihn, dann Bruckman an und zuckte mit den Schultern. »Regen Sie sich nicht auf. Ich komme schon.«

Lässig ging er zum Schrank, nahm seinen kurzen, hellen Regenmantel vom Bügel, ließ seine Hand in die Manteltasche gleiten – sein Körper verbarg den beiden Männern die Bewegung –, warf den Mantel hin und wirbelte herum. Er hatte eine große, schwarze Pistole in der Hand.

Die beiden Männer erstarrten. Sie fixierten erst Girland, dann die Waffe, deren Wirkung ihnen nur zu vertraut war.

»Okay, Girland, regen Sie sich ab«, sagte Bruckman schließlich, nachdem er sich wieder in der Gewalt hatte. »Vielleicht sind wir ein bißchen rauh mit Ihnen umgesprungen. Dorey möchte Sie sehen. Kommen Sie also, und lassen Sie den Quatsch. Es ist dringend.«

Girland lächelte.

»Wissen Sie was? Ihr stinkt mir. Ihr großen, aufgeplusterten Hurensöhne, die ihr aus purem Spaß den Leuten auf die Füße tretet, stinkt mir. Raus hier! Ihr habt zehn Sekunden Zeit, und wenn ihr dann nicht draußen seid, bekommt ihr eins verpaßt. Geht nach unten und wartet zehn Minuten. Dann könnt ihr wieder raufkommen, und wenn ihr nett und höflich seid, höre ich euch vielleicht an. Und jetzt raus!«

O'Brian sagte: »Ich nehm dich auseinander, du Schwein . . .«

Bruckmans große Hand landete in O'Brians Gesicht, daß dieser zurücktaumelte.

»Schnauze!« bellte er. Er wußte, daß Girland nicht geblufft hatte.

»Sie sind noch recht schnell in Ihren Reaktionen, Oscar«, meinte Girland. »Ich war nahe dran, diesen Affen umzulegen.«

»Ich weiß, ich weiß«, grinste Bruckman. »Man sagt zwar, daß Sie Dampf abgelassen hätten, aber Sie sind immer noch derselbe Draufgänger. Also schön, wir kommen wieder und führen uns diesmal netter ein.« Er schob

O'Brian aus dem Zimmer, und Girland trat hinter ihnen die Tür zu.

Einen Augenblick zögerte er. Dann ging er zum Telefon und wählte Doreys Nummer.

Es war nicht ganz einfach, zu Dorey durchzukommen. Als es ihm schließlich gelungen war, sagte er: »Hier spricht Girland. Was haben Sie sich eigentlich dabei gedacht, mir solche Affen auf den Hals zu schicken? Ich sagte Ihnen doch, Sie sollten sich zum Teufel scheren. Wollen Sie das nicht endlich tun?«

»Ich habe einen Job für Sie«, begann Dorey mit einer Stimme, die so weich und glatt wie Butter war. »Es steckt viel Geld drin. Seien Sie doch nicht so störrisch, Girland. Übrigens geht's um eine Frau.«

Girland dachte an seine acht Francs und zweiundsiebzig Centimes.

»Wieviel Geld?«

Dorey wußte, daß er jetzt nicht knausrig sein durfte.

»Zehntausend Francs.«

Girland unterdrückte einen Pfiff.

»Sind Sie blau, Dorey?«

»Kommen Sie schon, und lassen Sie Ihre Unverschämtheiten«, fiel ihm Dorey ins Wort.

»Die Frau – welcher Typ?«

»Schwedin – jung, blond und hübsch.«

»Verdammt«, lachte Girland. »Hört sich an wie meine Kragenweite. Also meinetwegen.«

Er legte auf, schlüpfte in seinen Regenmantel und machte das Licht aus. Er stieg hinunter, wobei er jeweils drei Stufen auf einmal nahm. Auf halbem Weg kamen ihm Bruckman und O'Brian entgegen. Er hielt inne und wartete, daß die beiden zu ihm heraufkamen.

»Ich habe eben mit eurem Oberzwerg gesprochen. Anscheinend bin ich inzwischen eine wichtige Person geworden.«

In O'Brians kleine Augen war ein Glitzern getreten.

»Ich kenne Sie, Girland«, sagte er. »Sie sind genau der großfressige Typ, den ich nicht mag. Hoffentlich treffen wir uns mal allein, damit ich Sie auseinandernehmen kann.«

Girland schaute Bruckman an.

»Ihr kleiner Freund da hat eine verdammt lockere Zunge, Oscar. Passen Sie auf ihn auf – sonst könnte er sich eines Tages weh tun.«

»Um Himmels willen«, brummte Bruckman, »laß uns endlich gehen.«

Girland nahm ein Taschentuch heraus, tat, als wollte er sich die Nase putzen, ließ das Tuch fallen und bückte sich danach. Seine Bewegungen waren so lässig, daß die beiden Männer sie nur mit Ungeduld verfolgten.

Aber plötzlich griff Girland nach O'Brians Hosenaufschlägen und riß sie kräfig nach oben.

O'Brian schrie entsetzt auf, als er kopfüber die Treppe hinunterstürzte. Er knallte gegen das Geländer, das nachgab, und fiel auf die untere Etage. Holzsplitter und Staub rieselten auf ihn nieder. Er bewegte sich nur schwach.

Bruckman schaute über das zerbrochene Geländer nach unten. Dann drehte er sich zu Girland um, der mit völlig ausdruckslosem Gesicht sein Taschentuch einsteckte.

»Du verrückter Hund«, brüllte er. »Das hat ihn umgebracht.«

»Den?« antwortete Girland fragend. »Nein, der ist zäh.« Mit einer blitzschnellen Bewegung packte er Bruckmans Krempe und zog ihm den Hut über die Augen. Als der große Mann fluchend zurücktaumelte, setzte ihm Girland die Faust in den Bierbauch. Bruckman ging in die Knie und schnappte nach Luft. Fröhlich summend, sprang Girland die Treppe hinunter, stieg über O'Brians Körper hinweg und trat auf die Straße hinaus.

Als er durch den Regen zu seinem ramponierten Fiat 600 lief, kam er zu dem Entschluß, daß das Leben trotz allem gar nicht so schlecht war. Zum erstenmal seit Monaten war er mit sich zufrieden.

Eine Schar Schwestern verließ das amerikanische Krankenhaus durch den Personaleingang und eilte den breiten Boulevard Victor Hugo zum Schwesternheim hinunter. Einige hatten Schirme aufgespannt, andere schützten sich mit Capes gegen den feinen Nieselregen.

Jo-Jo, der in Sadus Sportwagen saß, wies mit seinem schmutzigen Daumen auf die Gruppe. »Eine davon wird wissen, wo sie liegt. Frag mal.«

»Du bist wohl verrückt«, rief Sadu. »Glaubst du denn, daß die mir Auskunft geben würden? Außerdem erregen wir damit nur Aufsehen.«

»Da schau . . . da kommt noch eine, ganz allein. Sag einfach, du wärst von der Presse. Wir müssen wissen, in welchem Zimmer das Weib liegt.«

Sadu zögerte.

Die Schwestern waren in der nassen Dunkelheit verschwunden. Er sah nur ein einzelnes Mädchen in einem Mantel, sonst war der Boulevard plötzlich völlig leer. Er wußte, daß Jo-Jos Vorschlag Sinn hatte. Sie konnten nicht ewig da sitzen. Irgendwie mußte er herausfinden, wo die Frau lag.

Er stieg aus dem Wagen, der am Bordstein vor einem Neubau parkte. Die leeren, glaslosen Fensterhöhlen waren schwarze Vierecke in der weißen Mauer, die sich hoch über ihm türmte.

Die Schwester kam heran. Im Halbdunkel konnte er erkennen, daß sie jung und dunkelhaarig war.

»Entschuldigen Sie bitte, Mademoiselle«, sagte er mit einer übertriebenen Verbeugung. »Ich vertrete *Paris Match*. Können Sie mir sagen, in welcher Etage und in welchem Zimmer die Frau liegt, die ihr Gedächtnis verloren hat?«

Die Schwester blieb stehen und schaute ihn an.

»Wie bitte, Monsieur?«

»Es ist für meine Zeitung sehr wichtig«, begann Sadu aufs neue. Nur mit Mühe gelang es ihm, seine Ungeduld zu verbergen. »Wir möchten gern wissen, in welcher Etage und in welchem Zimmer die Frau liegt ... die Frau mit den Tätowierungen.«

Die Schwester trat einen Schritt zurück.

»Das kann ich Ihnen nicht sagen. Fragen Sie in der Aufnahme. Vielleicht wird man es Ihnen dort sagen.«

Aus den Augenwinkeln sah Sadu, daß Jo-Jo aus dem Wagen sprang. Er bewegte sich so behende und leise wie eine angreifende Schlange und schlich hinter die Schwester, als sie schon im Begriff war weiterzugehen. Seine rechte Hand schnellte in die Höhe. Die Schwester schrie einmal auf, dann fiel sie vornüber. Instinktiv fing Sadu sie auf und drückte sie an sich. Wütend schaute er sich um. Weiter unten konnte er zwei Männer ausmachen, die mit forschem Schritt auf sie zukamen.

»In den Neubau mir ihr«, befahl Jo-Jo. »Schnell!«

Sadu begriff, daß dies die einzige Möglichkeit war. Er nahm das bewußtlose Mädchen auf die Arme und rannte mit ihr in das dunkle Gebäude. Im Treppenhaus stolperte er über Abfall und Unrat. Jo-Jo folgte ihm.

»Leg sie hin.«

Sadu bettete das Mädchen auf einen Haufen Zementsäcke.

»Du bist verrückt«, keuchte er. »Sie wird mich wiedererkennen. Zum Teufel – weißt du denn, was du damit angerichtet hast?«

Jo-Jo kniete neben dem Mädchen nieder. Mit einem Schlag riß er ihr die Haube weg, dann griff er ihr ins Haar und schüttelte den Kopf brutal.

Das Mädchen stöhnte und öffnete die Augen. Jo-Jos schmutzige Hand legte sich auf ihren Mund.

»Wenn du piep machst, bring ich dich um«, flüsterte er. »Und jetzt paß auf. Kannst du mich verstehen?«

Ihre erschreckten Augen schauten zu ihm auf. Vor seinem faulen Atem wandte sie den Kopf ab.

Er lockerte den Griff.

»Wo ist die Frau? Schnell! Wo?«

Das Mädchen schluckte schwer; als es sich noch weiter wegzudrehen versuchte, schlug Jo-Jo ihm fluchend ins Gesicht.

»Wo ist sie?«

»Rühren Sie mich nicht an! Sie . . . sie liegt im vierten Stock. Zimmer 112«, erklärte die Schwester. Ihre Stimme zitterte.

»Zimmer 112, vierter Stock. Bestimmt?«

»Ja.«

»Warum hast du das nicht gleich gesagt, du dummes Luder?« In Jo-Jos Hand blitzte Stahl. Die Krankenschwester bäumte sich auf, um kurz darauf mit einem langen, pfeifenden Seufzer zurückzusinken.

Jo-Jo erhob sich.

Sadu hatte die Bewegung gesehen und den Seufzer gehört. Ein Frösteln kroch ihm das Rückgrat hinauf. Es war zu dunkel, um genau erkennen zu können, was geschehen war, aber der Seufzer hatte ihn tödlich erschreckt.

»Was hast du mit ihr gemacht?« Er packte Jo-Jo. »Was, zum Teufel, war das?«

Jo-Jo riß sich los. Er bückte sich und wischte die Klinge seines Klappmessers am Mantel der Krankenschwester ab.

»Los, komm«, sagte er ungeduldig. »Wir wissen jetzt, wo sie ist. Wir dürfen keine Zeit mehr verlieren.«

Mit zitternden Händen ließ Sadu sein Feuerzeug aufflammen. Er beugte sich vor und starrte der Schwester in das tote Gesicht. Er kam nur zu einem kurzen Blick – Jo-Jo blies die Flamme sofort wieder aus.

»Los!« fuhr Jo-Jo ihn an. »Vor morgen wird man sie nicht finden, und dann ist es sowieso egal.«

»Du hast sie umgebracht«, keuchte Sadu.

»Was denkst du denn? Sie hätte uns doch angezeigt. Na los, wir haben's eilig.«

»Na los, Girland«, sagte Dorey, als Girland sein Büro betrat. »Erzählen Sie: Wie ist es Ihnen ergangen?«

Girland trat ein und schloß langsam die Tür hinter sich. Mit einem spöttischen Grinsen fragte er: »Was kümmert Sie das? Sie müssen ja ganz schön auf Grundeis sitzen, wenn Sie auf mich zurückgreifen.« Er ging quer durchs Zimmer und ließ sich in einen Sessel fallen. »Man hat Ihren Namen endlich doch in Gold gefaßt – alle Achtung. Washington muß großen Personalmangel haben.«

»Sie unverschämter Lümmel«, sagte Dorey mit einem dünnen Lächeln. »Aber ich muß zugeben, daß Sie über gewisse rauhe Talente verfügen, die ich gern auswerten möchte.« Er lehnte sich zurück und studierte Girland. »Ich habe Ihre Karriere verfolgt, wenn man da von einer Karriere sprechen kann. In letzter Zeit ist es Ihnen nicht gerade gutgegangen, wie? Ein Straßenfotograf lebt doch von der Hand in den Mund, oder?«

Girland entnahm der silbernen Dose auf Doreys Schreibtisch eine Zigarette.

»Ach, das würde ich nicht sagen. Es ist immer eine Frage des Lebensstandards. Kerle wie Sie streben nach Geld, Macht und Magengeschwüren. Ich nehme das Leben, wie es kommt. Wenn Sie mich fragen – ich fotografiere lieber schöne Frauen, als meinen Ulcus zu füttern.«

Dorey zuckte mit den Schultern.

»Nun, das müssen Sie selbst wissen. Lassen Sie mich zuerst eine Frage stellen: Sie sind also bereit, wieder für mich zu arbeiten?«

»Für Sie zu arbeiten?« Girland lachte. »Nee, das bin ich nicht. Aber vorhin war von zehntausend Francs die Rede. Dafür arbeite ich.«

»Sie scheinen immer nur an zwei Dinge zu denken – an Geld und Frauen.«

»Ich lebe, wie es mir paßt, und das geht Sie einen Dreck an. Was ist nun mit dem Job?«

Die beiden Männer maßen einander mit den Blicken.

Dorey spürte eine gewisse Befriedigung, als er Girlands stahlharte Augen sah. Trotz allem, sagte er sich – dieser Mann ist ungewöhnlich schlau und außerdem stark. Es war sicher kein Fehler, daß er Girland herangezogen hatte.

Kurz berichtete er über Erica Olsen.

»Diese Frau könnte uns viel von Kung erzählen«, schloß er. »Wir möchten natürlich alles wissen. In der letzten Zeit gab es wiederholt Gerüchte, daß er für China Waffen entwickelt habe. Vielleicht stimmt es, vielleicht nicht. Auf jeden Fall müssen wir uns vergewissern. Wir möchten natürlich auch seinen Tick auswerten. Sein Betthäschen wird darüber am besten Auskunft geben können.«

Girland drückte sich tiefer in seinen Sessel.

»Wie kommen Sie darauf, daß sie reden wird?«

»Das hängt von Ihnen ab. Nach meinen Informationen sind Sie Frauen gegenüber nicht ungeschickt. Was meinen Sie denn, weshalb ich ausgerechnet Ihnen den Job gebe?«

Girland studierte das brennende Ende seiner Zigarette und grinste. »Verstehe. Die Affen, die bei Ihnen sonst im Brot stehen, können eine so delikate Sache natürlich nicht erledigen. Wissen Sie, Dorey, Sie sind doch gescheiter, als ich dachte.«

»Werden Sie nicht gleich wieder frech«, fiel ihm Dorey ins Wort. »Sie übernehmen den Job also?«

»Das habe ich nicht gesagt. Wir wollen nichts übereilen. Was erwarten Sie genau von mir?«

»Ihr Gedächtnisschwund scheint echt zu sein. Der Arzt meint aber, daß das Erinnerungsvermögen langsam zurückkehren wird. Sie werden also mit ihr zusammenleben und mir alles berichten, was sie über Kung sagt.«

Girland richtete sich auf.

»Mit ihr leben? Was heißt das?«

»Sie werden die Rolle ihres Mannes übernehmen«, erklärte Dorey. Er stützte die Ellbogen auf die Schreibtischplatte. »Im Augenblick hat sie keine Ahnung, wer sie ist.

Sie kennt ihre Vergangenheit nicht ... sie weiß einfach gar nichts. Sie werden also als ihr Mann auftreten. Sie hat niemanden außer Ihnen, sie muß Sie akzeptieren. Für die nötigen Unterlagen habe ich gesorgt. Sie sind laut Urkunde mit Mrs. Erica Girland verheiratet. Auf diesen Namen lautet auch ihr Paß. Als wohlhabender Geschäftsmann machen Sie Urlaub in Südfrankreich. Die Frau – Ihre Frau – ist Ihnen durchgebrannt, als sie geschäftlich in Paris zu tun hatten. Durch Zufall haben Sie sie im amerikanischen Krankenhaus wiedergefunden. Natürlich nehmen Sie sie wieder mit in Ihre Villa in Eze. Sie werden ihr helfen, ihr Gedächtnis zurückzugewinnen. Früher oder später wird sie mit Informationen herausrücken. Diese Informationen möchte ich haben, dafür bezahle ich Sie.«

Girland schüttelte verwundert den Kopf.

»Sie haben Ideen«, meinte er. Seine Bewunderung war echt. »Aber lassen Sie uns die Sache mal durchgehen. Nehmen wir an, ihr Erinnerungsvermögen kehrt schnell zurück, und zwar nicht stückweise, sondern auf einmal? Ich muß ihr dann wie ein Idiot vorkommen.«

»Das ist unwahrscheinlich. Sollte es so gehen, so sind Sie eben dafür bezahlt worden, einer Frau als Idiot vorzukommen«, sagte Dorey trocken.

Girland lachte. »Und was ist mit der Villa in Eze?«

»Sie gehört mir«, erklärte Dorey nicht ohne Selbstgefälligkeit. »Sie liegt einsam, ist gemütlich eingerichtet und sicher. Mein Diener wird sich um Sie beide kümmern.«

»Toll.« Girland war ehrlich erstaunt. »Kein Wunder, daß Sie hier Magengeschwüre riskieren. Sie sahnen wohl nicht schlecht ab, was?«

Dorey zuckte nur mit den Schultern. »Darf ich jetzt annehmen, daß Sie einsteigen?«

»Ich habe mich noch nicht verkauft. Rossland hat mir wiederholt gesagt, daß Sie nie etwas verschenken, was gut und brauchbar ist. Woher weiß ich, daß diese Schwedin nicht dick und häßlich ist? Nicht einmal für zehntausend

Francs möchte ich den Ehemann eines unappetitlichen Frauenzimmers spielen.«

»Schade um Ihre Zeit, Girland«, sagte Dorey und entnahm einer Schreibtischschublade ein Hochglanzfoto. In dem Bewußtsein, daß es sein Trumpf war, schob er es zu Girland hinüber. »Hier sehen Sie einen Teil ihrer Anatomie mit den Tätowierungen. Vielleicht überzeugt es Sie, daß die Dame zumindest nicht dick ist.«

Girland studierte das Foto, und seine Augen leuchteten auf. Er pfiff durch die Zähne.

»Klasse. Und das Oberteil ist ebenso gut?«

Dorey reichte ihm Ericas amerikanischen Paß.

»Das Foto wird ihr nicht gerecht, aber es vermittelt einen ersten Eindruck.«

Girland sah es sich an und setzte sich zurück.

»Topp. Wann fange ich an?«

»Sofort. Ich habe Ihnen schon einen Wagen bestellt. Sie werden zum Krankenhaus fahren, die Frau mitnehmen und noch heute abend nach Eze verschwinden. Morgen in aller Frühe treffen Sie dort ein. Je früher wir sie aus Paris heraus haben, um so länger lebt sie. Wie, das ist nun Ihre Sorge. Passen Sie auf, daß Sie keinen Fehler machen.«

»Was für einen Wagen?« fragte Girland.

»Einen Mercedes 220. Er steht unten auf dem Parkplatz. Grafton wird Ihnen die technischen Einzelheiten erklären.« Dorey reichte einen Aktenhefter über den Tisch. »Und hier sind die Papiere, die Sie brauchen, auch eine auf Ihren Namen ausgestellte Heiratsurkunde.«

»Ich fühle mich bereits als alter Ehemann.«

»*France-Matin* hat die Geschichte gebracht, Sie müssen also aufpassen. Ich nehme an, daß die Chinesen und vielleicht auch die Russen inzwischen an der Frau interessiert sind. Wenn ich Ihnen also zu äußerster Vorsicht rate, dann weiß ich, warum.«

»Ich hätte mir denken können, daß die Sache einen Haken hat.«

Girland stand auf. »War da nicht auch von Geld die Rede?«

Dorey warf ihm einen Packen Hundertfrancnoten zu. »Das ist die erste Rate – zweitausend. Den Rest bekommen Sie, wenn Sie mir Informationen liefern.«

Girland verstaute das Geld in seiner Hüfttasche. »Und wie steht es mit Spesen? Ich muß mich völlig neu einkleiden. Sie erwarten doch nicht, daß ich den reichen Geschäftsmann spiele ohne die dazugehörigen Kleinigkeiten? Ich brauche mindestens . . .«

»Nichts zu machen«, erklärte Dorey fest. »Diallo, mein Diener, wird alles für Sie bereitlegen. Ich habe bereits mit ihm telefoniert, und meiner Bank habe ich Anweisung gegeben, daß er eine gewisse Summe abheben kann. Sie selbst heben nichts ab, Girland, verstanden?«

»Ihr Vertrauen ehrt mich«, bemerkte Girland heiter.

Dorey überhörte das. Er zog eine Schublade auf und entnahm ihr eine Plastikschachtel.

»Hier ist ein technisches Spielzeug, das sich vielleicht als ganz nützlich erweist.« Er reichte die Schachtel über den Schreibtisch. Es war eine Radio-Pille, so groß wie eine kleine Traubenbeere. »Lassen Sie die Frau das Ding schlucken. Wenn Sie Pech haben und sie Ihnen abhaut, läßt sie sich mit dieser Pille leichter wiederfinden.«

»Toll.« Girland nahm die Schachtel zur Hand und öffnete sie. »Wie funktioniert das Ding?«

»Die Körperwärme bewirkt, daß die Transistor-Batterie zu arbeiten beginnt. Jeder, der einen speziell darauf eingestellten Empfänger hat, kann die Signale innerhalb eines Umkreises von hundert Kilometern hören. Die Pille arbeitet achtundvierzig Stunden lang. Stecken Sie sie weg, und passen Sie auf, daß Sie sie nicht verlieren.«

Girland tat wie geheißen und sagte: »Sie rechnen also mit Ärger?«

»Ich rechne immer mit Ärger. Wenn es keinen gibt, bin ich überrascht. Sie werden nicht allein dastehen, Girland.

Meine Männer beobachten Sie. Ihr Job ist es, die Frau nach Eze zu schaffen. Versuchen Sie keine Tricks. Erst in Eze sind Sie sicher.«

»Sieht so aus, als ob ich mein Geld ehrlich verdienen müßte. Okay, sobald wir angekommen sind, rufe ich Sie an.«

Girland verließ das Büro und ging zum Fahrstuhl, etwas weniger begeistert als bei seiner Ankunft.

Der Gefreite Willy Jackson nahm sein automatisches Gewehr in den anderen Arm, um einen Blick auf seine Armbanduhr zu werfen. 22.10 Uhr. Er stieß einen Seufzer aus. Noch zwei Stunden Dienst lagen vor ihm. Aber er sagte sich, daß es ihn schlimmer hätte treffen können. Die Wache auf einem Krankenhaus-Korridor war verdammt viel besser als die draußen im Regen vor dem SHAPE-Hauptquartier. Unvergleichlich besser, dachte er, als eine Krankenschwester vorbeikam und ihm freundlich zulächelte.

Gefreiter Willy Jackson war ein Soldat mit Ambitionen. Das Sprichwort, demzufolge jeder Soldat den Marschallstab im Tornister trage, ging ihm wie Öl ein. Für ihn waren Eisenhower, Bradley und Patton die drei größten Männer, die je gelebt hatten. In zwanzig Jahren konnte auch er General sein. Willy Jackson war dreiundzwanzig und mit Selbstvertrauen bis zum Rande vollgestopft: Er war einer der besten Schützen der Armee, Bataillonsmeister im Halbschwergewicht und Einwerfer in der Baseball-Mannschaft von SHAPE. Jackson hatte alle Tugenden, die ein ausgezeichneter Soldat brauchte – und gerade das sollte sein Verhängnis werden.

Als er noch darüber nachdachte, was er mit der vorübergehenden Krankenschwester alles anfangen könnte, ging die Tür des Fahrstuhls auf, und ein Mann in der Uniform eines amerikanischen Obersten trat in den Korridor.

Willy Jackson reagierte unterschiedlich auf Ränge: Der Anblick eines Hauptmanns veranlaßte ihn zu korrektem

Gang, ein Major brachte ihn zum Schwitzen, und ein Oberst machte aus ihm einen stotternden Idioten.

Es war sein Traum, mit dreißig Jahren den Rang eines Obersten zu erreichen. Als er jetzt diesen stark gebauten Mann in der schnittigen Uniform mit dem dreireihigen Ordensband sah, wurde sein Mund trocken; er präsentierte das Gewehr mit solcher Wucht, daß der Korridor erbebte.

Smernoff, der sich in seiner nagelneuen Uniform ein bißchen unwohl fühlte und die eine Hand auf die Waffe an seiner Seite drückte, sah ihn an. Man hatte ihm schon von Jackson erzählt.

»Was machen Sie hier, Gefreiter?« bellte er und baute sich unmittelbar vor Jackson auf.

»Auf Wache im Korridor, Sir.« Auf Jacksons sommersprossigem Gesicht brach der Schweiß aus. Zum erstenmal in seiner militärischen Laufbahn geruhte ein höherer Offizier, mit ihm zu sprechen.

»Wo ist das Zimmer von General Wainright?«

»Nummer 147, Sir.«

»Sie bewachen General Wainright?«

»Nein, Sir. Die Frau in Zimmer 140.«

»Aha.« Smernoff atmete erleichtert auf, er hatte nicht geglaubt, daß es so leicht ginge. »Ich habe davon gelesen. Rühren.«

Jackson rührte. Mit seinen blauen, irgendwie unschuldigen Augen schaute er in die Smernoffs, die dunkel und grausam waren. Jackson hielt dem Blick nicht stand.

Was für ein Mann, dachte er. Jackson, du mußt dich anstrengen; du mußt üben, bis du auch so gucken kannst wie er.

»Diese Frau«, begann Smernoff und hakte die Daumen in die Hosentaschen, »haben Sie sie gesehen?«

»Nein, Sir.«

»Es heißt, sie hätte chinesische Schriftzeichen auf dem Steiß. Stimmt das?«

»Es ist mir nicht bekannt, Sir.«

»Wie geht es dem General?«

»Auch das ist mir nicht bekannt, Sir.«

»Lassen Sie mich Ihnen sagen, Mann, Sie können sich freuen, daß Sie nur Gefreiter sind.« Smernoff begann, seine Rolle zu genießen. »Auf jeden Fall brauchen Sie sich nicht um verdammte Generäle zu kümmern. In welchem Zimmer, sagten Sie, liegt der alte Bulle?«

Jackson bekam einen Schreck. Er hielt General Robert Wainright für einen ausgezeichneten Soldaten. Diese Respektlosigkeit schockierte ihn.

»Zimmer 147, Sir.«

»Okay, machen Sie weiter.« Smernoff setzte sich in Bewegung, steifbeinig, aufrecht und ganz wie ein Oberst. Dann aber hielt er inne, drehte sich um und fluchte.

»He, Sie . . . Gefreiter!«

Jackson nahm Haltung an.

»Sir?«

»Laufen Sie zu meinem Jeep runter. Ich habe die Aktentasche vergessen.«

Automatisch setzte sich Jackson in Richtung Fahrstuhl in Bewegung, hielt aber nach wenigen Schritten inne.

»Ich bitte um Verzeihung, Sir. Ich bin auf Wache.« Der klägliche Ton in seiner Stimme brachte Smernoff fast zum Lachen.

»Ich entbinde Sie von Ihren Pflichten und passe solange selbst auf. Gehen Sie meine Tasche holen.«

»Jawoll, Sir.«

Jackson drückte auf den Knopf, und als sich die Fahrstuhltüren öffneten, trat er ein und fuhr nach unten.

Der Jeep stand im Schatten der Einfahrt. Jackson ging hinüber. Zwei Soldaten lungerten davor herum und unterhielten sich. Sie drehten sich um, als Jackson auf sie zukam.

»Die Aktentasche«, keuchte Jackson.

»Ja . . .«, sagte der eine. Dann geschah alles so schnell, daß Jackson später nur vage Vorstellungen von dem hatte, was mit ihm passiert war. Der Soldat, der ihm zunächst stand, setzte ihm die Faust mit einem Schlagring ans Kinn. Als Jackson stürzte, riß ihm der andere Soldat die automatische Waffe aus den Händen. Der erste zog den Bewußtlosen in den Jeep und reichte seinem Begleiter eine dicke Aktentasche. Über Jackson zog er eine Zeltplane und fuhr schnell weg.

Der zurückbleibende Soldat – er hieß Kordak – rannte zum Krankenhaus. An der Eingangstür fiel er in normales Schrittempo, nickte dem Mann in der Aufnahme zu, der ihm gelangweilt nachsah, trat in den Fahrstuhl und fuhr hoch.

Oben ging Smernoff auf und ab.

»Alles klar?«

Kordak, ein dürrer, dunkler Mann mit einem Wieselgesicht, nickte grinsend. Er hatte schon mit Smernoff gearbeitet.

»Klar.«

Er gab Smernoff die Aktentasche, schulterte das Gewehr und marschierte wie ein Wachtposten im Korridor auf und ab.

Smernoff verschwand in einer Toilette. Der Tasche entnahm er einen weißen Arztkittel, den er über seine Uniform zog. Seine Schirmmütze stopfte er in einen Wäschekorb. Ein Stethoskop hängte er sich um den Hals. Mit einer Schachtel in der Hand, die eine Spritze und ein Fläschchen mit einer farblosen Flüssigkeit enthielt, verließ er die Toilette. In wenigen Sekunden war aus dem amerikanischen Oberst ein ernst dreinschauender Stationsarzt geworden.

Als er den Korridor betrat, kam Kordak auf ihn zu.

»Eine fahrbare Bahre«, befahl Smernoff. »Am Ende des Korridors muß es welche geben.« Mit schnellen Schritten ging er zur Tür von Nr. 140.

Er trat in das schwach beleuchtete Zimmer, in dem eine Frau im Bett lag. Ihr honigfarbenes Haar umrahmte ein weißes, schönes Gesicht. Große dunkelblaue Augen sahen schläfrig zu ihm auf, als er sich dem Bett näherte.

»Guten Abend«, sagte Smernoff. »Ich bringe nur Ihre Spritze. Sie müssen viel schlafen.«

Die Frau antwortete nicht. Mit den Augen verfolgte sie Smernoffs schnelle und gekonnte Bewegungen. Er hatte das Füllen von Spritzen wieder und wieder geübt, und er beherrschte es sicher.

Als er ihr kaltes Handgelenk zwischen die heißen, schwitzenden Finger nahm, zitterte die Frau.

»Es ist gleich vorbei«, sagte er besänftigend und stach zu.

Jo-Jo klemmte sich das Abflußrohr zwischen die Knie und zog sich Zentimeter um Zentimeter nach oben. Wie Krallen griffen die schmutzigen Finger nach dem Sims über seinem Kopf, er zog sich hoch, stützte das linke Knie auf und packte den darüber verlaufenden Teil des Rohres. Er hielt inne, um Atem zu schöpfen. Jetzt hatte er die zweite Etage erreicht. Unter sich sah er Sadu beim Auto unruhig auf und ab gehen. Er drückte sich flach gegen die regennasse Wand. Unmittelbar unter ihm war ein schwarz-weißer Citroën-Krankenwagen vorgefahren. Ein riesengroßer Mann mit silbergrauem Haar und weißem Kittel kletterte hinter dem Steuer hervor.

Jo-Jo war an dem Vorgang nicht interessiert. Er schaute zum nächsten Sims hinauf, der ungefähr drei Meter über ihm verlief. Dann begann er wieder zu klettern. Das Rohr war feucht und schlüpfrig. Finger und Knie konnten sein Körpergewicht nicht halten. Einen kurzen Augenblick lang, in dem sein Herz auszusetzen drohte, schwebte Jo-Jo zwischen Leben und Tod. Er sackte einen Meter herunter, und sein Körper bog sich nach außen. Dann fand Jo-Jo wieder Halt. Er grinste böse, nicht furchtsam. Der Tod war ein Risiko, das er für Geld durchaus einging.

Von unten her verfolgte Sadu das Manöver. Als er Jo-Jo rutschen sah, hielt er den Atem an. Er beobachtete, wie die dunkle Gestalt sich in die dritte Etage hinaufschob und dann zur vierten ansetzte.

Der Regen klatschte Sadu ins erhitzte Gesicht. Er war sich seines heftig klopfenden Herzens bewußt. Eine weitere Gruppe von Schwestern, die eifrig miteinander schwatzten und lachten, kam aus dem Portal und ging an ihm vorbei. Sadu fürchtete, gesehen zu werden, stieg in seinen Wagen und zündete sich mit zitternden Händen eine Zigarette an. Auf diese Weise brauchte er auch Jo-Jo wenigstens nicht mehr zu beobachten.

Jo-Jo hatte jetzt den Sims der vierten Etage erreicht und glitt darauf von Fenster zu Fenster – immer auf der Suche nach Erica Olsen.

Er konnte nicht wissen, daß er von der Schwester, die er ermordet hatte, belogen worden war. In der vierten Etage gab es weder weibliche Patienten noch ein Zimmer mit der Nummer 112.

Immer noch kroch er fluchend auf dem Sims herum, als ein schnittiger schwarzer Mercedes unten in die Einfahrt bog. Girland stieg aus und warf die Tür hinter sich zu. Halb unbewußt sah er den wartenden Krankenwagen. Es sagte ihm nichts. Hospitäler und Ambulanzen gehörten zusammen.

Er rannte die Stufen hinauf und trat in die Empfangshalle.

»Monsieur?« Der Mann in der Annahme sah Girland nicht eben freundlich an. Besucher waren zu dieser Stunde nicht willkommen.

»Doktor Forrester, bitte«, sagte Girland forsch.

»Doktor Forrester ist schon zu Hause.«

»Ich möchte meine Frau mitnehmen«, erklärte Girland. »Zimmer 140. Sind Sie unterrichtet?«

Der Mann hatte gelichtetes Haar und Leberflecken unter den Augen; er lächelte schwach. Wer im Krankenhaus hatte nicht von der Frau mit den tätowierten Initialen gehört?

»Die Frau ohne Gedächtnis?«
»Genau die«, erwiderte Girland. »Verlieren wir keine Zeit. Ich will sie mit nach Hause nehmen. Wer ist für sie zuständig?«
Der Mann öffnete einen Aktenvorgang, las und sagte: »Ich habe hier eine Notiz ... Sind Sie Monsieur Girland?«
»Jawohl.«
»Also dann ... Schwester Roche.« Er telefonierte. »Sie kommt gleich.«
Girland unterdrückte das Verlangen, sich eine Zigarette anzuzünden. Er bemerkte plötzlich, daß er Hunger hatte. Es war alles sehr schnell gegangen. Von Dorey war er zum Parkplatz hinuntergegangen, hatte den Vortrag über die technischen Einzelheiten des Wagens über sich ergehen lassen, war in seine Wohnung gefahren, um Rasierzeug und ein paar Utensilien zu holen, von denen er meinte, daß er sie brauchte. Dann war er zum Krankenhaus geeilt. Für ein Abendessen war keine Zeit geblieben. Jetzt hatte er neunhundert Kilometer mit einer hysterischen Frau zurückzulegen. Eine verdammt harte Nacht, dachte er kopfschüttelnd.
Eine junge Schwester trat aus dem Fahrstuhl. Sie war noch nicht zwanzig. Ihr helles kleines Gesicht und die kekken Augen interessierten Girland sofort.
»Sie möchten Ihre Frau abholen, Mr. Girland?«
»Jawohl.«
»Doktor Forrester hat Sie angemeldet. Haben Sie einen Wagen?«
»Ja. Wie geht es ihr? Ist sie transportfähig?«
»Doch. Doktor Forrester ist sehr zufrieden.«
»Okay. Gehen wir.«
Auf dem Weg zum Fahrstuhl fragte Ginny Roche, die Krankenschwester: »Wir sind alle so furchtbar neugierig, Mr. Girland. War es Ihre Idee, Ihre Frau tätowieren zu lassen?«
Girland schaute sie mit ernstem Gesicht an.

»O nein. Es ist eine alte Familientradition. Sie sollten erst meine Schwiegermutter sehen.«

Die Augen des Mädchens weiteten sich.

»Wie schrecklich!«

»Meine Frau ist sehr stolz auf die Tätowierung«, erklärte Girland, als sie in den Fahrstuhl traten. »Ich muß verteufelt aufpassen. Sie will immer vor anderen Menschen damit angeben. Mir ist das natürlich furchtbar peinlich.«

Ginny lachte, nachdem sie ihm einen Blick zugeworfen hatte.

»Sie Witzbold.«

Girland lächelte das Mädchen an.

»Was Sie nicht sagen.«

»Sie freuen sich sicherlich, daß Sie sie gefunden haben. Es muß schrecklich sein, wenn man sein Gedächtnis verliert.«

»Mir wäre es schon recht – weil ich so viel auf dem Gewissen habe.«

Als sich die Fahrstuhltüren öffneten, führte Ginny Girland zu Zimmer 140.

Sie öffnete die Tür. Girland, der sich plötzlich einer unerwarteten Spannung bewußt wurde, trat ein. Wie erstarrt blieb er stehen, als er den untersetzten Mann im weißen Kittel sah, der sich zu der Frau im Bett niederbeugte.

»Verzeihung«, sagte Girland.

Der Mann drehte sich langsam um und starrte ihn an. Seine kleinen schwarzen Augen wanderten von Girland zu Ginny, deren Gesicht ihre Bestürzung verriet.

Smernoff fing sich schnell wieder.

»Was ist los, Schwester? Wer ist dieser Mann?«

»Verzeihung, Herr Doktor.« Ginny war verwirrt. Sie arbeitete zwar noch nicht lange in diesem Krankenhaus, aber sie hatte doch geglaubt, alle Ärzte vom Sehen zu kennen. Diesem Mann war sie noch nie begegnet, aber ihr Sinn für Autorität dämpfte ihr Mißtrauen.

»Sie ist meine Frau«, sagte Girland und wies auf das Bett. »Doktor Forrester hat mir gesagt, ich könnte sie mit nach Hause nehmen.«

Smernoff trat zurück. Er steckte die leere Spritze in die Tasche und sah Girland an. Er ahnte sofort, daß dieser große, drahtige Mann einer von Doreys Agenten war. Das bedeutete Komplikationen. Irgend etwas an diesem Mann kam ihm bekannt vor. Smernoff hatte den Eindruck, ihn schon gesehen zu haben.

»Ah ja, richtig«, sagte er. »Sie hat eine Spritze bekommen und wird jetzt bis morgen früh durchschlafen. Wenn Sie dann wiederkommen, ist sie transportfähig.«

In einem Krankenhaus ist der Arzt so etwas wie der liebe Gott. Der weiße Kittel, das Stethoskop und die Ich-weiß-Bescheid-Gesten verfehlen selten ihren Eindruck. Girland machte da keine Ausnahme.

»Verzeihen Sie, Doktor, aber mir wurde gesagt, ich könne sie heute abend schon mitnehmen.«

»Das geht nicht«, fiel ihm Smernoff ins Wort. »Haben Sie denn nicht gehört, was ich Ihnen eben sagte? Sie hat eine Injektion bekommen. Morgen früh ist sie transportfähig, aber nicht früher.«

Girland hob resigniert die Schultern und wollte sich schon zurückziehen, als ihm plötzlich auffiel, daß dieser Mann unter dem weißen Kittel eine khakifarbene Hose und Armee-Stiefel trug. Seine Augen huschten über das harte, flache Gesicht, und plötzlich kam ihm die Erinnerung an einen Mann, der in einer trostlosen Wüste Senegals auf ihn geschossen hatte.

»Okay, Doktor, dann komme ich morgen wieder vorbei«, sagte er einlenkend. Sein Verstand arbeitete fieberhaft. Er mußte sich irren, sagte er sich. Der Russe, der ihn in Senegal hatte umbringen wollen, war tot. Dessen glaubte Girland sich sicher zu sein.

Er öffnete die Tür und stand vor Kordak, der eine Bahre schob.

Das Gewehr lag auf der Bahre. Kordak ergriff es und brachte es vor Girlands Brust in Anschlag.

»Keine Bewegung!«

Ginny war nahe daran zu schreien. Fluchend schlug Smernoff ihr die Hand auf den Mund.

»Wenn Sie schreien, drehe ich Ihnen den Hals um«, fuhr er sie an.

Vorsichtig trat Girland zurück, die Hände in Schulterhöhe. Kordak drängte ihn ins Zimmer.

Nach einem Augenblick der Spannung ließ Smernoff Ginny los.

»Wenn Sie Lärm schlagen, wird es Ihnen leid tun.«

Er streifte den weißen Mantel ab und zog einen Dienstrevolver. »Schaffen Sie die Frau auf die Bahre, Sie beide.« Mit seiner Waffe wies er auf Girland und Ginny. »Aber schnell.«

Girland schob die Bahre ans Bett heran. Dabei holte er die Radio-Pille hervor.

Mit weißem Gesicht, aber gefaßt, ging Ginny um das Bett herum und schlug Decke und Laken zurück. Die schlafende Frau trug ein Krankenhaus-Nachthemd. Girland war zu sehr mit der Situation beschäftigt, als daß er ihre Schönheit bemerkt hätte. Er faßte die Frau unter den Achseln, begann zu heben, stolperte absichtlich und fiel auf sie. In dem kurzen Augenblick, in dem er um sein Gleichgewicht bemüht war, schob er der Frau die Radio-Pille in den Mund. Er konnte nur hoffen, daß sie sie hinunterschlucken würde.

»Passen Sie doch auf«, herrschte Smernoff ihn an. »Und jetzt dalli!«

Mit Ginnys Hilfe schaffte Girland die schlafende Frau auf die Bahre. Dabei trafen sich ihre Augen. Girland versuchte, sie insgeheim zu beruhigen, aber offenbar gelang ihm das nicht.

In diesem Augenblick erkannte Jo-Jo, der ein unverschlossenes Fenster gefunden und alle Zimmer im vierten

Stock durchsucht hatte, daß ihn die Schwester angelogen hatte. Fluchend, die Waffe in der Hand, rannte er die Stufen zur dritten Etage hinunter.

3

Nachdem Girland gegangen war, drückte Dorey einen Knopf seiner Sprechanlage und sagte: »Ich bin jetzt für Kerman zu sprechen.«

Danach nahm er ein weiteres von den ausgezeichneten Broten, die auf einem Teller neben ihm standen. Er aß bedächtig und gab sich angenehmen Gedanken hin. Die ewige Routine, das Aktenstudium und die Berichte langweilten ihn. Aber wenn er freie Hand und Geld zur Verfügung hatte, wenn er Agenten ansetzen und ein Problem lösen konnte, das rasche Entschlüsse forderte, dann behagte ihm das Leben erst richtig.

Es klopfte.

»Herein«, sagte Dorey und wischte sich mit dem Taschentuch die Lippen.

Jack Kerman trat ein.

Dorey schätzte diesen eher zartgliedrigen Mann als seinen fähigsten Außenagenten. Kerman hatte nichts Auffälliges an sich. Er war dreiunddreißig Jahre alt, hatte lebhafte lustige Augen, einen Bürstenhaarschnitt, und verdiente recht gut an einer Garage, die er im Bezirk Passy unterhielt. Sein Partner, ein dickleibiger fröhlicher Mann namens Jacques Cordey, hatte wohl eine Ahnung von Kermans Verbindung zur CIA, aber diese Frage war zwischen den beiden Männern niemals zur Sprache gekommen. Wenn Kerman über Tage hinweg ausblieb, machte Cordey die Arbeit in der Garage eben allein. Es war eine angenehme Regelung.

Wenn Dorey sich über ein Unternehmen Sorgen zu machen begann, wandten sich seine Gedanken automatisch Kerman zu. Er hatte ihn zur Botschaft gebeten, bevor Girland eingetroffen war. Kerman hatte, wie üblich, geduldig gewartet, bis man ihn hereinrief.

»Setzen Sie sich, Jack«, sagte Dorey freundlich. »Möchten Sie ein Sandwich?«

Kerman trug ein altes, abgetragenes Sportjackett, das er bei seinem letzten Besuch in London gekauft hatte, und eine schäbige graue Hose. An Kerman war alles durchschnittlich, aber wenn man länger in sein wachsames, eher häßliches Gesicht und in die ruhigen dunklen Augen schaute, revidierte man schnell den ersten Eindruck, es mit einem Versager zu tun zu haben.

»Herzlichen Dank, Sir. Ich habe bereits zu Abend gegessen«, sagte er und wartete.

»Girland arbeitet wieder«, begann Dorey. »Ich hätte lieber auf ihn verzichtet, aber die Sache liegt so, daß ich keine Wahl hatte.«

Kerman lächelte.

»Das bedeutet Ärger, Sir.«

»Ich weiß. Ich halte Sie auf dem laufenden.« Dorey erklärte kurz den Fall Erica Olsen und die Rolle, die Girland spielen sollte.

Kerman nickte.

»Es könnte klappen, Sir. Girland ist ideal dafür.«

»Er ist jetzt unten auf dem Parkplatz, und in einer halben Stunde sollte er im amerikanischen Krankenhaus sein. Folgen Sie ihm, Jack. Aber passen Sie auf, daß er Sie nicht entdeckt. Er darf nicht wissen, daß ich ihm nicht traue. Es ist Ihre Aufgabe, ihm zu helfen, wenn er Schwierigkeiten bekommt.« Dorey schob ein Blatt Papier über den Schreibtisch. »Damit bekommen Sie einen Wagen. Nehmen Sie einen schnellen. Girland hat eine Radio-Pille, die er der Frau eingeben wird. Ich hoffe es jedenfalls. Wenn er es tut, wird Ihr Job einfach sein. Sie nehmen einen Wagen mit einem Empfangsgerät und bleiben immer in Verbindung mit mir. Wir dürfen diese Frau nicht aus den Augen verlieren. Ich habe Girland bereits gewarnt, daß die Sowjets und die Chinesen hinter ihr her sind. Es ist möglich, daß ich schnell genug war, aber es ist ebenso möglich, daß ich bereits an der Nase herumgeführt werde. Fordern Sie jede Hilfe an, die Sie brauchen. Für den Augenblick handeln Sie in eigener Verantwortung. O'Hallorans Leute sind zwar recht plump für so delikate Aufgaben, aber Sie können auf sie zurückgreifen. Girland hat einen schwarzen Mercedes 220. Nummer 888. Und nun fahren Sie so schnell wie möglich zum Krankenhaus.« Dorey schob hundert Francs über den Schreibtisch. »Damit werden Sie fürs erste auskommen, Jack; wenn Sie mehr brauchen, lassen Sie es mich wissen. Sie folgen ihm nach Eze. Wenn Sie dort angekommen sind, vergewissern Sie sich, daß er Sie nicht bemerkt hat. Dann können Sie zurückkehren.« Dorey sah Kerman offen ins Gesicht. »Wissen Sie, was mir an Ihnen gefällt? Sie bitten nie um Geld. Girland schnorrt dauernd.«

Kerman grinste. »Ich habe mein Auskommen, Girland nicht. Aber machen Sie nicht den Fehler, Sir, Girland zu unterschätzen. Meiner Meinung nach ist er der beste Mann, den Sie haben.«

Dorey verzog das Gesicht.

»So weit würde ich nicht gehen, aber immerhin – er ist gut. Er denkt nur immer zuerst an sich, das macht ihn so schwierig. Gehen Sie an die Arbeit, Jack.«

Zehn Minuten später, als Dorey seine Akten schloß und sich auf den Feierabend vorbereitete, ging die Tür auf, und O'Halloran trat ein. Sein rotes, fleischiges Gesicht glühte vor unterdrückter Wut.

»Hallo, Tim«, sagte Dorey freundlich, als er die Sturmzeichen erkannte. »Was führt Sie hierher?«

»Girland, dieser Schweinetreiber, hat einen meiner besten Männer krankenhausreif gemacht!« brach es aus O'Halloran heraus. Vor dem großen Schreibtisch blieb er stehen. »Hören Sie, Sir . . .«

»Schon gut, schon gut. Nun beruhigen Sie sich erst. Was ist denn los?«

O'Halloran holte tief Luft, nahm die Mütze ab und setzte sich.

»Einer meiner besten Männer liegt mit gebrochenem Schlüsselbein und vier gebrochenen Rippen im Krankenhaus.«

»Wer?«

»Mike O'Brian.«

Dorey schaute verwundert drein.

»O'Brian? Das überrascht mich. Ich habe ihn für einen Ihrer Stärksten gehalten. Wieso ist er im Krankenhaus?«

»Girland hat ihn eine Treppe hinuntergeworfen«, antwortete O'Halloran, und sein Gesicht wurde noch röter.

»Aber in Gottes Namen, wie kommt er dazu?«

»Nun, O'Brian und Bruckman haben sich vielleicht ein bißchen grob benommen. Aber wer ist denn dieser Girland schon? Meine Leute brauchten ihn ja wohl nicht mit Samthandschuhen anzufassen.«

Dorey lächelte. »Vielleicht wäre es ihnen besser bekommen.«

»O'Brian fällt monatelang aus«, beharrte O'Halloran. Er schrie fast. »Ich möchte bitten, daß Sie etwas unternehmen, Sir. Es geht nicht, daß meine Männer in dieser Weise behandelt werden.«

»Ich kenne O'Brian«, antwortete Dorey ruhig. »Er ist ein irischer Stier. Ich muß gestehen, Tim, daß Sie mir eine gute Nachricht gebracht haben. Ich hatte schon Bedenken, daß Girland seit seinem Ausscheiden weich geworden war. Aber solange er einen Raufbold wie O'Brian ins Krankenhaus schicken kann, bin ich beruhigt.«

O'Halloran räusperte sich und grinste plötzlich.

»Na ja, er hat diesem irischen Hundesohn nichts geschenkt. Aber es ist trotzdem meine Pflicht, den Vorgang zu Protokoll zu geben.«

»Ich werde mir eine Notiz machen«, erwiderte Dorey ernst. »Girland ist eine ungezügelte Natur. Natürlich muß man auf ihn aufpassen; ich persönlich halte ihn für durch und durch unzuverlässig, aber unter gewissen Umständen ist er unbezahlbar. Ich habe Kerman auf ihn angesetzt, vielleicht braucht er Hilfe. Ich habe ihm gesagt, daß er sich im Zweifelsfall an Sie wenden soll. Gibt es noch etwas?«

O'Halloran rieb sich das Kinn. »Wir haben weitere Erkundigungen über die Frau eingezogen«, sagte er. »Uns liegt ein Bericht aus Peking vor, dem zufolge Kungs Mätresse seit dem 23. Juni vermißt wird. Eine Frau, deren Beschreibung auf Erica Olsen paßt, ist allein im Zug von Peking zur Grenze nach Hongkong gereist. Zwei Tage später nahm sie ein Flugzeug nach Istanbul und wohnte dort zwei Tage im *Hilton* unter dem Namen Naomi Hill. Vor acht Tagen traf sie in Paris ein. Ein Flughafen-Angestellter hat sie anhand von Fotografien identifiziert. Aber von da ab verliert sich die Spur. Zwei Tage danach haben wir sie bewußtlos gefunden. Ich habe versucht, festzustellen, wo sie sich während dieser zwei Tage aufhielt, aber bislang ohne Erfolg. Als man sie fand, hatte sie weder Gepäck noch eine Handtasche bei sich. Aus Hongkong hörten wir, daß sie dort zwei große, schwere Koffer mit sich führte. Sie müssen also irgendwo sein. In Orly konnte ich über ihr Gepäck nichts in Erfahrung bringen. Sämtliche Schließfächer sind überprüft worden, aber ich erwarte noch Meldungen. Die Koffer könnten von großer Wichtigkeit sein.«

Dorey nickte, offenbar verwirrt.

»Vielleicht hat sie sich bei einem Freund aufgehalten. Mutet doch sonderbar an, daß kein Hotel sie als vermißt gemeldet hat.«

»Natürlich. Na, wir bleiben am Ball.« O'Halloran stand auf. »Sie holen sie aus dem Krankenhaus?«

»Sie wird gerade fortgeschafft. Ich erwarte einen Anruf von Kerman, der mir bestätigt, daß sie sich auf dem Weg nach Eze befindet.«

Als Dorey aber den Anruf schließlich bekam, versetzte er ihm einen beachtlichen Schock.

Als Jo-Jo den Absatz der Treppe zum dritten Stock erreichte, hörte er Stimmen. Abrupt hielt er inne und spähte um die Ecke. Er sah einen Soldaten, der ihm den Rücken zuwandte und ein automatisches Gewehr im Anschlag hatte. Der Anblick ließ Jo-Jo erstarren, seine Lippen teilten sich über den schiefen gelben Zähnen zu einem Grinsen. Auf jeden Fall hatte er nun die richtige Etage gefunden. Aber er wollte sich nicht mit einem Mann anlegen, der ein automatisches Gewehr trug, sondern lieber in die vierte Etage zurückgehen, aus dem Fenster steigen und sich draußen bis zur dritten Etage herunterlassen. Wenn er auf dem Sims entlang ging, mußte er die Frau früher oder später finden.

Da hörte er einen Mann sagen: »Öffnen Sie die Fahrstuhltür.«

Wieder beugte er sich vor. Er sah eine fahrbare Bahre, auf der eine blonde Frau lag. Die Bahre schob ein großer schlanker Mann in der Uniform eines amerikanischen Obersten, in der Hand eine .45er. Dahinter ging eine Krankenschwester mit kalkweißem Gesicht. Zu spät erkannte Jo-Jo, daß etwas nicht stimmte.

Als er noch zögerte, rauschten die Fahrstuhltüren auf, die Bahre wurde hineingeschoben. Wenige Sekunden nur dauerte es, dann waren auch die Menschen eingestiegen, und die Türen schlossen sich wieder.

Im Korb wandte sich Smernoff an Girland: »Und keine Dummheiten in der Empfangshalle. Wir schießen nämlich, und das könnte zu einem Massaker führen. Vergessen Sie das nicht.«

Girland zuckte mit den Schultern.

»Ich werde mich hüten. Warum auch? Sie haben sie – okay, ich gönne sie Ihnen.«

Smernoff verzog das Gesicht.

»Dorey muß ja ein Idiot sein, wenn er eine so trübe Tasse wie Sie ansetzt.«

»Sicher«, erwiderte Girland. »Wer hat je behauptet, daß Dorey kein Idiot ist? Machen Sie keinen Quatsch, nehmen Sie die Frau, und lassen Sie mich in Ruhe. Was geht's mich an, was mit ihr passiert? So gut zahlt Dorey schließlich auch nicht.«

Ginny schnappte nach Luft und starrte Girland an. Er schnitt eine Grimasse.

»Und Sie, Baby, reißen Sie sich bitte auch zusammen«, sagte er. »Die Frau hier geht Sie nichts an. Riskieren Sie nichts, es lohnt nicht.«

Die Fahrstuhltüren öffneten sich, die Bahre wurde in die Empfangshalle geschoben.

Der dicke Mann in der Einlieferung blinzelte der Gruppe zu. Kordak war auf Tuchfühlung an Ginny herangetreten. Ruhig sagte Smernoff zu Girland: »Erledigen Sie die Formalitäten. Sie sind der erste, den es erwischt, wenn was schiefgeht.«

Girland ging zu dem Angestellten hinüber.

»Ich nehme meine Frau mit nach Hause. Muß ich etwas unterschreiben?« fragte er.

»Ja, natürlich.« Der Mann schaute zuerst Smernoff an, dann Kordak, und das automatische Gewehr. »Was soll das alles?«

»Sie ist eine sehr wichtige Patientin«, erwiderte Girland. »Die amerikanische Armee interessiert sich für sie.«

Kopfschüttelnd gab ihm der Mann ein Formular, in das Girland seine Eintragungen machte. Smernoff war hinter ihn getreten, die .45er hatte er weggesteckt. Girland dachte an das automatische Gewehr.

Wenige Minuten später verließ die Gruppe die Halle und ging zur Rampe, wo die Ambulanz wartete.

Jack Kerman parkte seinen Jaguar vor dem Krankenhaus und beobachtete, wie die schlafende Frau in die Ambulanz geschoben wurde. Er erkannte Girland, der mit einer jungen Schwester in den Krankenwagen stieg. Dahinter folgte ein Mann in der Uniform eines Obersten.

Aha, dachte er, ein Zwischenfall. Er stellte den Empfänger an. Als die Ambulanz anfuhr, wurde das Gerät warm. Als er den Motor zündete, hörte er den gleichmäßigen Bliip-bliip-Ton. Kerman fiel ein Stein vom Herzen. Zumindest hatte Girland der Frau die Radio-Pille eingegeben. Er wartete, bis die Ambulanz um die Ecke gebogen war und auf den Pont de Neuilly zuraste, dann legte er den Gang ein.

Sadu hatte die Ambulanz abfahren sehen, sich aber nichts dabei gedacht. Mit bebenden Nerven saß er da und wartete auf Jo-Jo und die Meldung, daß die Frau tot sei. Er fühlte sich sehr unbehaglich. Nichts wäre ihm lieber gewesen, als wegzufahren und Jo-Jo seinem Schicksal zu überlassen. Was, wenn Jo-Jo gesehen worden war? Angenommen . . . Er schnitt eine Grimasse, zündete sich eine weitere Zigarette an und schaute hinaus in den Regen.

Jo-Jo war in die vierte Etage zurückgekehrt. Er wußte, daß er versagt hatte, und war nervös. Versagern gegenüber kannte Yet-Sen keine Nachsicht. Jo-Jos listiger Verstand lief auf Hochtouren, als er den Knopf des Fahrstuhls drückte. Auf dem Weg nach unten zog er den Schalldämpfer von der Waffe. Als der Fahrstuhl hielt, rannte er durch die Halle in den Regen hinaus. Er war so schnell, daß der Mann in der Einlieferung, der vor sich hin dämmerte, nur einen Schatten wahrnahm; als er zu sich kam, kroch Jo-Jo bereits zu Sadu in den Wagen.

»Los – abhauen!«

Sadu startete und bog in den verlassenen Boulevard ein. Mit hoher Geschwindigkeit fuhr er in Richtung Place des Ternes.

»Was ist los?« fragte er, die Augen auf die regennasse Straße geheftet.

»Die Krankenschwester hat gelogen. Ich habe die Frau nicht finden können, sie lag nicht in der vierten Etage.« Er dachte an die Bahre mit der blonden Frau. Diese Beobachtung verschwieg er lieber. »Die Sache war schlecht geplant. Wir müssen morgen noch einmal beginnen.«

Sadu fluchte. Er bremste scharf und fuhr an den Bordstein heran.

»Morgen? Laut Befehl muß sie bis morgen tot sein. Wir müssen zurück und sie finden.«

Jo-Jo kratzte sich den schmutzigen Hals.

»Aber wie? Ich kann doch nicht durch alle Zimmer des Krankenhauses rennen. Deine Aufgabe war herauszufinden, wo das Weibsbild liegt. Wenn du mir die Zimmernummer nennst, erledige ich den Rest.«

Sadu war der Verzweiflung nahe. Es ging um seinen ersten Auftrag, und wenn er keinen Erfolg hatte, war er bei Yet-Sen erledigt – bei Yet-Sen und, was ihm persönlich noch wichtiger war, auch bei Pearl. Er erinnerte sich auch, daß Pearl gesagt hatte, im Falle eines Mißerfolges sei sein Leben in Gefahr.

»Wir kehren um«, entschied er, wobei er sich bemühte, mit fester Stimme zu sprechen. »Irgendwie werden wir sie schon finden.«

Jo-Jo zögerte, dann entschloß er sich schließlich, die Wahrheit zu sagen. Er hatte keine andere Möglichkeit.

»Schon gut«, meinte er. »Reg dich nicht auf. Ich habe die Sache vermasselt. Man hat sie schon abgeholt. Ich habe gesehen, wie man sie auf der Bahre fortgeschafft hat.«

Sadu wirbelte herum.

»Wer hat sie abgeholt?« Seine Stimme klang schrill.

»Die Amerikaner«, gab Jo-Jo mürrisch zur Antwort.

»Warum hast du mir das nicht gesagt?«

»Schrei doch nicht so. Ich wollte keinen Ärger.«

Fluchend schlug ihm Sadu mit dem Handrücken ins Gesicht.

»Du stinkende kleine Ratte! Wir hätten die Ambulanz verfolgen können. Ich habe sie gesehen, aber ich wußte ja nicht, daß die Frau drin lag.«

Es entstand eine kleine Pause. Als Jo-Jo schwieg, stellte Sadu den Motor an. Im Höllentempo raste er die regennasse Straße hinunter.

Jo-Jo wischte sich die blutende Nase und widerstand dem Verlangen, Sadu das Messer in den Leib zu jagen. »Wohin fahren wir?« fragte er nur.

»Still!« bellte Sadu.

Jo-Jo zuckte mit den Schultern und drückte sich in den Sitz. Es war sein erster Fehlschlag. Er war ein bißchen mutlos, und das Gesicht schmerzte ihn. Nein, das vergaß er Sadu nicht. Niemand schlug Jo-Jo, ohne es bitter zu bereuen.

Sadu fuhr so schnell, daß selbst Jo-Jo Angst bekam. In zehn Minuten erreichte er seinen Laden in der Rue de Rivoli.

Er schloß die Glastür auf, gab Jo-Jo ein Zeichen, voranzugehen, und betrat das dunkle Geschäft. Sie gingen um die Theke herum ins Wohnzimmer.

Pearl Kuo saß im Sessel, ihre kleinen Hände ruhten auf den Knien. Erwartungsvoll sah sie Sadu an.

»Er hat die Frau nicht finden können.« Der Schweiß stand Sadu im Gesicht. »Nun haben die Amerikaner sie abgeholt. Diese dreckige kleine Ratte hat sie einfach abhauen lassen, so daß wir die Spur verloren haben. Was soll ich bloß tun?«

Pearl erhob sich, die Augen weit geöffnet. »Sag mir der Reihe nach, was geschehen ist.«

Jo-Jo schaute sie düster an. Er erklärte, wie die Krankenschwester ihn belogen habe, wie wertvolle Zeit verstrichen sei, während er in der vierten Etage suchte.

Sadu war entsetzt, als er sah, daß Pearl den Bericht über die Ermordung der Krankenschwester völlig unbewegt anhörte.

»Woher soll ich denn wissen, daß sie gelogen hat?« schloß Jo-Jo. »Das Unternehmen war einfach schlecht geplant.«

»Ja.« Pearl drehte sich zu Sadu um. »Du mußt Yet-Sen erzählen, daß die Amerikaner die Frau bereits abgeholt hatten, bevor ihr zum Krankenhaus kamt. Sag ihm, daß du versuchen wirst, den Aufenthalt der Frau ausfindig zu machen, und zwar bis morgen früh, und daß du dann deinen Auftrag vollenden wirst.«

»Aber wie soll ich denn erfahren, wohin man sie gebracht hat?« schrie Sadu. Er wischte sich das Gesicht.

»Das übernehme ich. Sag Yet-Sen, daß ich einen Draht zu jemand habe, der Bescheid weiß. Ich werde mich mit dieser Person in Verbindung setzen.«

Sadu schaute sie argwöhnisch an.

»Wer ist das?«

»Das brauchst du nicht zu wissen, *chéri*. Überlaß es nur mir.« Sie wies auf das Telefon. »Ruf Yet-Sen an. Hast du deinen Wagen draußen?«

»Ja. Wohin fährst du?«

Sie ging ins Schlafzimmer und kehrte mit einem weißen Plastik-Regenmantel zurück.

»Wohin willst du?« wiederholte Sadu ärgerlich.

»Ruf Yet-Sen an. Ich bleibe nicht lange fort.« Ohne ein weiteres Wort verließ sie das Zimmer.

Es wäre noch untertrieben zu sagen, Girland sei verwirrt gewesen, als er Malik neben der Ambulanz stehen sah. Immerhin fing er sich schnell wieder.

»Donnerwetter, wenn das nicht mein alter Genosse Malik ist«, seufzte er. »Ich hatte die ganze Zeit die glückliche Gewißheit, Sie schon vor Monaten als Toten zurückgelassen zu haben.«

Malik betrachtete ihn, ein Glitzern in den grünen Augen.

»So schnell sterbe ich nicht. Und nun steigen Sie ein, und halten Sie die Klappe.«

Girland zuckte mit den Schultern. Er warf einen Blick auf Kordak, der ihn mit dem Gewehr in Schach hielt, und bestieg die Ambulanz.

»Sie auch«, sagte Malik zu Ginny.

Als sie an den Wagen herantrat, beugte Girland sich vor und reichte ihr hilfreich die Hand. Aber sie übersah die Geste.

Smernoff setzte sich hinter das Steuer, Kordak neben sich. Malik stieg bei Girland hinten ein. Dann raste der Wagen mit Blaulicht und Martinshorn in Richtung Pont de Neuilly los.

Girland machte es sich bequem. Zu Malik sagte er: »Und Sie wollen ganz ungeschoren aus dem Schlamassel herausgekommen sein?«

Malik drückte seine breiten Schultern gegen die Polsterung.

»Sie waren nicht der einzige mit einem Hubschrauber«, erwiderte er. »Aber diese Sache ist schon so lange her.« Er warf einen Blick auf die schlafende Frau. »So, Sie wollen also ihr Mann sein? Wohin wollten Sie sie denn schaffen, Girland?«

»Dorey hat für sie ein Zimmer in der Botschaft richten lassen«, log Girland. »Es war natürlich geplant, daß ich sie liebevoll zum Sprechen bringen sollte. Was haben Sie mit ihr vor?«

»Das ist meine Sache.«

Girland lächelte ihn spöttisch an. »Ihr Russen nehmt eure Aufgabe immer viel zu ernst. Sie wissen, Malik, daß wir ins Geschäft kommen können. Sie können mit Frauen nicht so gut umgehen wie ich. Ich schlage vor, daß ich weiterhin als ihr Mann auftrete – bloß erhalten Sie die Informationen und nicht Dorey. Immerhin haben Amerika und Rußland einen gemeinsamen Gegner in China. Bestimmt kann ich aus ihr mehr herauskriegen als Sie. Es würde Sie natürlich eine Kleinigkeit kosten, aber darauf kommt es euch ja wohl nicht an. Sie kriegen mich für dreißigtausend Dollar. Was meinen Sie dazu?«

Ginny schnappte nach Luft, als sie das hörte.

»Sie abscheulicher Mensch!« schrie sie auf.

Girland reagierte mit einem charmanten Lächeln.

»Wenn Sie freundlicherweise Ihr süßes Näschen aus dieser Sache heraushalten würden ... Wen kümmert schon Ihre Meinung?« Er wandte sich wieder Malik zu. »Was halten Sie davon, mein lieber Genosse aus dem Paradies der Arbeiter und Bauern?«

Malik hatte für ihn nur Verachtung übrig.

»Ich traue eher einer Klapperschlange als Ihnen, Girland. Ich werde mit dieser Frau schon fertig, dazu brauche ich Sie nicht. Mich überrascht nur, daß Dorey ausgerechnet Sie angesetzt hat.«

»Das hat mich auch überrascht.« Girland lachte. »Dorey ist eben ein Romantiker. Er wird nie lernen, jemandem zu mißtrauen. Also schön – wenn wir nicht handelseinig werden, was haben Sie dann mit mir vor?«

Zu diesem Zeitpunkt raste die Ambulanz die breite Autoroute de l'Ouest hinunter.

»Später werden wir anhalten und Sie rauslassen«, antwortete Malik. »Sie können Dorey erzählen, daß Sie versagt haben. Aber nehmen Sie sich in acht – vielleicht geht unsere nächste Begegnung nicht so glimpflich für Sie ab. Ich habe keinen ausdrücklichen Befehl, Sie umzubringen, aber beim nächstenmal könnte ich in Versuchung kommen.«

Girland tat, als liefe ihm ein Schauder über den Rücken.

»Ich werde Ihnen aus dem Weg gehen, Genosse. Aber sagen Sie – was wird aus unserer hübschen kleinen Krankenschwester?«

Malik warf Ginny einen Blick zu und zuckte mit den Schultern.

»Sie kann mit Ihnen aussteigen. Damit Sie sich nicht unnötig bemühen, sage ich Ihnen gleich, daß wir, wenige Kilometer, nachdem wir Sie abgesetzt haben, den Wagen wechseln. Sie verplempern also nur Zeit, wenn Sie versuchen, uns zu folgen.«

»Warum sollte ich Ihnen folgen?« fragte Girland. »Ich

habe meine Rolle gespielt – ohne Erfolg. Nun ist Dorey dran.«

Malik holte tief Luft vor Ärger. Diese Einstellung bei einem amerikanischen Agenten machte ihn rasend. Er hatte seine Arbeit immer ernst genommen, war immer bereit gewesen, sein Leben für die Sache zu geben. Dieser Mann ... Malik legte seinem Zorn Zügel an. Er kannte ihn ja, er dachte immer nur an sich.

Aber Malik fühlte, während die Ambulanz über die Autobahn raste, daß der Gedanke an Girland ihn beunruhigte. Wieviel leichter wäre das Leben, sagte er sich nicht ohne Wehmut, wenn auch er diese Indolenz hätte, wenn auch er immer nur an sich und ans Geld dächte. Er warf Girland einen Blick zu, der die Augen geschlossen hatte und sich völlig entspannt im Sitz räkelte.

Doch dann erstarrte Malik. Schon so ein Gedanke bedeutete Dekadenz, erinnerte er sich. Er beugte sich vor und wies Smernoff mit schnarrender Stimme an, schneller zu fahren.

Es war 22 Uhr 10, und Mahlers Symphonie näherte sich schmetternd ihrem Ende, als das schrille, anhaltende Klingeln an der Haustür Nicolas Wolfert aufschreckte. Sein fettes Gesicht mit den Grübchen verriet Gereiztheit.

Wolfert wohnte in einem Luxus-Apartment auf der Rue Singer, in einem Hochhaus, von dem aus man auf die alten, rußgeschwärzten Dächer von Paris hinabsah. Er hatte seine Drei-Zimmer-Wohnung von dem Geld seines Vaters gekauft. Joel Wolfert war ein erfolgreicher Kaufmann gewesen, der amerikanische Waren nach China exportiert hatte. Ursprünglich hatte er sein Geschäft seinem Sohn vermachen wollen, aber zu seiner Bestürzung mußte er feststellen, daß Nicolas Gelehrter werden wollte. Nach langen Studien, die der Vater nur mit Enttäuschung verfolgt hatte, war Nicolas Wolfert einer der besten China-Experten der Welt geworden; ein seltsames Wesen, das mehrere chinesische Dialekte fließend schreiben, lesen und sprechen konnte.

Die väterliche Erbschaft legte Wolfert klug an. Er hatte ein gutes Auskommen, indem er sich an Auktionen beteiligte, Artikel über Jade schrieb und für Dorey arbeitete, wenn dieser ein Gutachten brauchte.

Dorey hatte diesen kleinen, dicken und unansehnlichen Mann zu seinem China-Experten gemacht. Wolfert war natürlich vom Sicherheitsdienst unter die Lupe genommen worden, aber er hatte die Beamten mit seinen Talenten derart beeindruckt, daß sie nicht so tief, wie es ihre Pflicht gewesen wäre, in seinem Privatleben gewühlt hatten. Welche Sorgen hätte sich Dorey wohl gemacht, hätte er gewußt, daß sich Wolfert leidenschaftlich zu orientalischen Frauen hingezogen fühlte. Wolferts Liebesleben, sorgsam nach außen hin abgeschirmt, hätte Doreys restliche Haare zu Berge stehen lassen.

Wolfert murmelte vor sich hin, stellte seine teure Stereo-Anlage leiser, ging über den teuren Perser seines Vaters in den breiten Korridor, an dessen Wänden teure chinesische Bilder hingen, und öffnete die Tür.

Die kleine Person, die in weißem Plastikmantel vor der Tür stand, ließ sein Herz höher schlagen.

»Aber Pearl . . . ja, es ist Pearl.« Er strahlte. »Was willst du denn? Du bist ja ganz naß. Komm doch rein.«

Pearls rotbemalte Lippen lächelten, als sie an Wolfert vorbeiging. Verwirrt und erregt folgte ihr der Mann ins Wohnzimmer. Eilfertig stellte er das Stereo-Gerät ab.

Er hatte sie vor ein paar Monaten in Chung Wus Restaurant kennengelernt. Sie hatte allein gespeist; weil sie ihm zugelächelt hatte, schien es ihm die natürlichste Sache der Welt zu sein, sich an ihren Tisch zu setzen. Ihre blumenhafte Schönheit hatte ihn entzückt.

Sie war aufreizend direkt gewesen. Nach einer ausgiebigen Mahlzeit hatte sie ruhig zu ihm gesagt: »Wenn ich das Glück habe, einen Mann wie Sie kennenzulernen, wird in mir der Wunsch wach, in seinen Armen zu liegen. Ich habe ein Zimmer. Würden Sie mitkommen?«

Wolfert hatte sein Glück kaum fassen können. Sie waren in einem kleinen Hotel in der Rue Castellane abgestiegen. Der Portier hatte ihr einen Schlüssel gegeben. Nichts war zu bezahlen gewesen. Wolfert hatte wohl einen vielsagenden Blickwechsel zwischen der Vietnamesin und dem Portier bemerkt, aber er war zu erregt gewesen, um sich deswegen Gedanken zu machen. Vielleicht, dachte er, als er dem schmalhüftigen Mädchen die Stufen hinauf folgte, wird es ein ungeheuer aufregendes Abenteuer. Und das wurde es auch.

Westliche Frauen, dachte er, als sie später in die heiße, enge Straße hinaustraten, verstehen nichts von der Technik der Liebe. Natürlich bildeten sie es sich ein. Einige verfügen zwar über einige Geschicklichkeit, aber die Frauen aus dem Osten waren ihnen doch weit überlegen.

Dreimal hatte er sie noch getroffen, und jedesmal waren sie wieder in dasselbe Hotel gegangen. Dann hatte er sich zu einer Trennung entschlossen. Wolfert hielt auf Abwechslung. Nachdem er mit Pearl Schluß gemacht hatte, ging er auch nicht mehr in Chung Wus Restaurant. Er lernte eine japanische Lufthosteß in Orly kennen, deren Technik ihm gefiel. Ihr folgte eine ernste Inderin, die an der Sorbonne klassisches Französisch studierte ... vielleicht nicht die Interessanteste, aber amüsant. Dann tauchte die Thailänderin auf. Schon der Gedanke an sie machte Wolfert übel. Er liebte es nicht, Frauen Schmerzen zuzufügen.

Pearl hatte er vergessen. Ihr erneutes Auftauchen verwirrte ihn zwar ein wenig, aber so sehr verließ er sich auf seinen Charme, daß er nicht daran dachte, sich Gedanken zu machen.

»Es ist lange her, seit wir uns das letztemal gesehen haben«, sagte er, als sie aus ihrem Regenmantel schlüpfte. »Aber woher wußtest du, daß ich hier wohne?«

Mit fließender Grazie ging sie zu einem Sessel und setzte sich auf die Lehne. Sie war berauschend in ihrem schwarzen Cheongsam, unter dem die weißseidenen Hosen hervorlugten, mit den schwarzen geölten Haaren und der Lotusblüte hinter dem Ohr.

»Ich möchte wissen, wo Erica Olsen ist«, sagte sie leise.

Wolfert starrte sie an. Einen Augenblick lang glaubte er, nicht richtig gehört zu haben, dann aber durchschoß es ihn siedend heiß.

»Wie meinst du? Ich . . . verstehe nicht.«

»Ich meine die Frau im amerikanischen Krankenhaus. Man hat sie fortgeschafft.« Pearls Mandelaugen glitzerten. »Du arbeitest für Dorey. Meine Leute müssen wissen, wo sie ist, und du wirst es mir sagen.«

Wolfert stand auf. Sein fettes Gesicht war rot geworden. Mit zitternden Fingern wies er auf die Tür.

»Raus! Ich will dich nicht mehr sehen. Hau ab, oder ich rufe die Polizei.«

Im ersten Augenblick starrte sie ihn fast ausdruckslos an, dann öffnete sie die Handtasche und entnahm ihr fünf Hochglanzfotos.

»Sieh dir das an. Vielleicht möchten sie auch deine Freunde sehen. Ich könnte sie sogar an Mr. Dorey schikken. Aber bitte, du hast Vorrang.«

Wolfert schluckte schwer. Er riß ihr die Fotos aus der Hand, sah sie an und wurde weiß im Gesicht. Noch nie war ihm aufgefallen, wie fett er in Wirklichkeit geworden war. Das Gesicht der Frau hatten sie wegretuschiert – aber Wolfert wußte, daß es Pearl war.

»Ich habe leider wenig Zeit«, meinte Pearl. »Ich muß wissen, wo die Frau ist. Also sag es mir.«

Wolfert ließ die Bilder zu Boden fallen. Ein Schauder des Ekels durchfuhr ihn. »Ich weiß es nicht. Ich weiß nur, daß sie im amerikanischen Krankenhaus war. Wenn man sie von dort weggeschafft hat – ich wüßte nicht, wohin.«

»Du mußt es feststellen.«

»Wie soll ich das?« Wolferts kalkweißes Gesicht zuckte vor Furcht. »Dorey würde es mir nie erzählen. Das mußt du doch begreifen.«

»Dann wirst du mir helfen, daß ich es herausfinde.« Aus ihrer Handtasche nahm sie eine kleine flache Schachtel. »Hier. Das ist ein Miniaturmikrophon. Du hast nichts weiter zu tun, als es unter Doreys Schreibtisch anzubringen. Den Rest erledigen wir. Wenn du das nicht bis morgen früh um zehn Uhr geschafft hast, bringe ich diese Bilder in Umlauf. Ich habe noch viele Kopien. Diese fünf darfst du behalten – vielleicht erinnern sie dich, wie dringend die Sache ist.«

Sie stand auf, schlüpfte in ihren Regenmantel und ging ohne Hast.

Wolfert war es eisig kalt. Reglos stand er da und starrte die kleine Schachtel an, die das Mädchen zurückgelassen hatte.

An der Abzweigung der Autobahn nach Ville d'Avray verringerte Smernoff die Geschwindigkeit. Es regnete wieder stark, und der Verkehr war gering.

Malik sagte: »Jetzt.«

Smernoff hielt.

»Los, raus ihr beiden!« Mit dem Lauf seiner Automatic wies Malik erst auf Ginny, dann auf Girland.

»Schönen Dank fürs Mitnehmen«, sagte Girland und öffnete den Schlag. Er hielt aber nochmals inne und wandte sich zu Malik um. »Sind Sie vollkommen überzeugt, daß Sie kein Geschäft mit mir machen wollen? Wirklich – Sie hätten Ihr Geld gut angelegt.«

»Verschwinden Sie«, befahl Malik ärgerlich.

Ginny war bereits ausgestiegen und schauerte im Regen zusammen. Girland zuckte mit den Schultern und gesellte sich zu ihr. Malik knallte die Tür zu, die Ambulanz fuhr wieder an. Wenige Sekunden später waren die roten Schlußlichter verschwunden.

»Sie sollten sich was schämen«, rief Ginny. Ihr junges, regennasses Gesicht glühte vor Empörung. »Und Sie wollen ein Mann sein?«

»Meine Mutter muß den Eindruck gehabt haben, daß ich männlichen Geschlechts sei – sonst hätte sie mich nicht Mark genannt«, erwiderte Girland leichthin. »Dieser verdammte Regen. Sieht so aus, als hätten wir einen langen Weg vor uns.«

»Und Sie wollen gar nichts unternehmen? Diese Frau ist doch entführt worden! Sie müssen etwas tun!«

»Na, was schlagen Sie denn vor?« erwiderte Girland gelangweilt. Er verzog das Gesicht, weil der Regen ihm in den Kragen lief. »Ich werde naß.«

»Halten Sie einen Wagen an.«

»Gute Idee.« Girland lächelte das Mädchen an. »Wenn wir sie einholen – glauben Sie, daß wir viel ausrichten können? Sie sind gut bewaffnet, müssen Sie wissen.«

Ginny machte Anstalten, ihm ins Gesicht zu schlagen.

»Dann halten Sie eben einen Wagen an, und lassen Sie die Polizei rufen«, schrie sie und stampfte mit dem Fuß auf.

»Gut, gut . . . halten wir also einen Wagen an.«

Girland sah die Autobahn hinunter. In weiter Ferne kamen Scheinwerfer näher. Er winkte. Der Wagen raste vorbei und hüllte ihn in einen Schauer von Regen und Schmutz.

»Zu schade, daß die Franzosen so ungern auf dunklen Straßen halten«, meinte er. »Aber wir können es ja noch einmal versuchen. Da kommt ein Flitzer.« Er trat bis in die Mitte der Fahrbahn hinaus. »Wenn der Bursche mich umbringt, werden Sie mir hoffentlich Blumen aufs Grab legen.«

Die Scheinwerfer erfaßten Girland, der zu winken begonnen hatte, immer bereit zurückzuspringen. Reifen quietschten, der Wagen kam ins Schleudern, fing sich wieder und hielt wenige Meter hinter Girland.

»Na, gehalten hat er wenigstens.«

Girland lief zum Wagen, der jetzt auf dem Seitenstreifen zurücksetzte.

In ihrem weißen Kittel, den der Regen fast an ihren Körper klebte, rannte Ginny ihm nach.

Jack Kerman steckte den Kopf aus dem Fenster und grinste.

»Ich dachte mir, daß man euch irgendwo absetzen würde. Steigt ein. Die Signale kommen wunderbar durch.«

Girland öffnete die hintere Tür und drückte das Mädchen auf den Rücksitz. Dann rannte er nach vorn und setzte sich neben Kerman. Als der Wagen davonschoß, beugte Girland sich vor und studierte den Radarschirm.

»Aufgepaßt!« sagte er scharf. »Sie halten an. Vielleicht wechseln sie den Wagen. Wir dürfen sie nicht einholen.«

Kerman verringerte die Geschwindigkeit. Als ein Wagen laut hupend an ihm vorbeiraste, mußte er wieder auf den Randstreifen ausweichen.

Nach einem zweiten Blick auf den Schirm drehte Girland sich Kerman zu und lächelte.

»Lang nicht mehr gesehen«, sagte er und schüttelte Kerman die Hand. »Der alte Fuchs traut mir offenbar immer noch nicht – er muß mir eine Gouvernante geben.«

»Sieht aus, als hätte er gut daran getan«, gab Kerman trocken zurück. »Du hättest den Anschluß verpassen können.«

»Das stimmt«, sagte Girland und zündete sich eine Zigarette an. »Erinnerst du dich an Malik? Wir dachten schon, wir hätten ihn ins Jenseits befördert. Er dreht dieses Ding. Glaub es oder nicht – aber er ist auf dieselbe Weise herausgekommen wie wir.«

Kerman pfiff durch die Zähne.

»Das muß ich Dorey melden. Bist du sicher, daß es Malik war?«

»Kann man denn diesen Orang-Utan überhaupt mit jemand verwechseln?«

Der Punkt auf dem Schirm bewegte sich wieder.

»Willst du fahren, während ich mit Dorey rede?«

Girland sprang heraus und rannte um den Wagen herum, während Kerman auf den Nebensitz glitt. Schon im nächsten Augenblick hatte Girland das Fahrzeug wieder auf der Fahrbahn. Kerman rief Dorey an.

Girland lauschte und verzog das Gesicht. »Ich wette, jetzt hat der Ziegenbock ein Ei gelegt«, sagte Girland, nachdem Kerman eingehängt hatte.

»Es hat ihm einen Tiefschlag versetzt«, erwiderte Kerman. »Er macht dich dafür verantwortlich. Aber er will wissen, ob du Hilfe brauchst. Soll ich O'Hallorans Leute alarmieren?«

»Wenn er so fragt, läßt er mir doch die Zügel«, meinte Girland. Er jagte den Wagen über die regennasse Straße. »Ein Pluspunkt für mich. Nein, sag ihm, daß ich die Sache schon schmeißen kann.« Er warf Kerman einen schnellen Blick zu. »Kommst du mit?«

»Was denn sonst?«

Girland grinste.

»Okay. Dann sag ihm, wir kämen schon zurecht.«

Wieder sprach Kerman mit Dorey. Danach sagte er: »Hat nicht den Anschein, als sei er von der Idee begeistert. Ich wette, er läßt jetzt O'Hallorans Bullen los.«

»Na, die sollen uns erst mal finden.«

Den Radarschirm studierte nun Kerman. Plötzlich rief er: »Stop! Sie kommen zurück. Scheint ganz so, als wollten sie wieder nach Paris. Wie eine Bombe kommen sie auf uns zu.«

Girland stellte sich förmlich auf die Bremse und wich aufs Gras aus, als der nachfolgende Fahrer laut hupend protestierte. In wenigen Sekunden war er auf der Gegenfahrbahn und schlich mit sechzig Stundenkilometern in Richtung Paris zurück.

»Da kommen sie«, sagte Kerman. Einen Augenblick später fegte ein Lastwagen mit etwa 120 Stundenkilometern an ihnen vorbei. Girland sah Maliks helles Haar. Er beschleunigte auf 75 Kilometer. Die Signale waren jetzt sehr laut.

»Unsere kleine Freundin da hinten ist ja seltsam still«, meinte Kerman. »Was macht sie denn?«

Er schaute über die Schulter. Ginny fror offenbar.

»Geht's Ihnen gut, Schwester?«

»Ja.«

»Es geht ihr gut«, informierte Kerman Girland. »Aber sie ist ganz kalt.«

Girland lachte.

»Das ist sie schon lange. Sie muß kalt geboren sein. Sie glaubt nicht einmal, daß ich ein Mann bin.«

»Ich hasse Sie!« stieß Ginny wütend hervor.

»Vorsicht, Süße«, meinte Girland und beschleunigte den Jaguar noch mehr. »Es heißt, Haß sei der Vetter der Liebe.«

Der Lastwagen bremste und bog durch ein Tor in den Hof eines alten Châteaus an der Hauptstraße in Malmaison. Als der Wagen vorfuhr, flammten über dem Eingang Lampen auf, und Merna Dorinska lief die ausgetretenen Stufen herunter.

Diese Frau, die ein rotes, in eine schwarze Baumwollhose gestopftes Männerhemd trug, war fast einen Meter achtzig groß. Ihr Alter lag irgendwo zwischen dreißig und vierzig. Das schwarze Haar klebte ihr fest am Schädel und war im Nacken zu einem Knoten gebunden. Die Gesichtszüge schienen aus Stein gemeißelt. Sie waren unregelmäßig und hart, die Lippen so dünn wie Papier, und die Nase war flach. Die großen Hände und die muskulösen Glieder ließen vermuten, daß es am seidenen Faden gehangen hatte, ob sie als Mädchen oder als Junge zur Welt kommen sollte. Merna Dorinska war eine der erfolgreichsten Sowjetagentinnen. Wie Malik hatte sie sich durch restlose Hingabe an die Sache, durch äußerste

Skrupellosigkeit und eine messerscharfe Intelligenz hochgearbeitet.

Sogar Malik, der sie haßte, behandelte sie mit Vorsicht.

»Da haben Sie Ihre Patientin«, sagte er, als er aus dem Wagen kletterte. »Sie steht unter dem Einfluß eines Beruhigungsmittels. Morgen früh um neun oder zehn wird sie aufwachen – Sie können sie dann verhören.«

»Bringt sie ins Haus.« Mernas Stimme klang hart und männlich. »Sind Sie verfolgt worden?«

»Verfolgt?« herrschte Malik sie an. »Was wollen Sie damit sagen?« Fragen dieser Art machten ihn wild. Er war fest davon überzeugt, daß Frauen in jener Hinsicht den Männern unterlegen waren, aber in letzter Zeit hatte er wiederholt erfahren müssen, daß diese Frau viele männliche Agenten ausgestochen hatte – ihn selbst freilich ausgenommen.

Merna sah ihn an. Ihre verschleierten Augen verrieten, daß sie ihn nicht mochte.

»Sie haben es mit Dorey zu tun«, sagte sie kalt. »Man sollte ihn nicht unterschätzen.«

»Ich weiß, mit wem ich es zu tun habe«, schnauzte Malik. »Ihre Aufgabe ist es, sich jetzt um die Frau zu kümmern. Halten Sie mir keine Vorträge.«

Smernoff und Kordak trugen die schlafende Frau ins Château.

Merna, die Maliks Wut keineswegs beeindruckt hatte, sagte: »Sie sehen am besten zu, daß Sie den Wagen wieder loswerden. Vielleicht hat man Sie doch beobachtet.«

Malik unterdrückte das Verlangen, diese Frau k. o. zu schlagen.

»Das ist meine Angelegenheit«, herrschte er sie an. »Kümmern Sie sich um die Frau.«

Merna sah ihm starr in die Augen. Dann drehte sie sich um und ging mit großen Schritten ins Haus. Malik starrte ihr nach. Immerhin, dachte er, was sie gesagt hat, ist sinnvoll. Er mußte den Wagen loswerden. Aber der Gedanke, daß sie ihm dazu geraten hatte, machte ihn wieder wütend.

Smernoff kam die Stufen herunter.

»Was nun?«

»Wir müssen die Karre loswerden«, antwortete Malik. »Hier wird die Frau keiner finden. Wer bewacht sie außer Kordak?«

»Drei meiner besten Leute. Sie ist schon gut aufgehoben.«

Malik zögerte. Er dachte an das, was Merna ihm über Dorey gesagt hatte. Was wußte sie schon von Dorey? Dorey war alt und ein Vollidiot, er setzte Leute wie diesen Girland ein – minderwertige Kreaturen, Leute, die um ihres Vorteils willen die Seiten wie ihr Hemd wechselten. Er war sicher, daß er nach Paris zurückfahren und der Botschaft seine Meldung machen konnte. Am kommenden Morgen wollte er die Frau dann zum Reden bringen.

»Gut«, sagte er. »Gehen wir.«

Als der Lastwagen auf die Straße bog, sagte er: »Stell dir vor, der Idiot Girland wollte mit mir ins Geschäft kommen . . . mit mir.«

Smernoff grunzte. Er wunderte sich über einen Hauch von Unsicherheit in Maliks Stimme und schaute seinen Kollegen streng an. Dann zuckte er die Schultern.

Keiner von ihnen bemerkte den schwarzen Jaguar, der in einer Reihe anderer Wagen parkte.

Girland stieß Kerman an.

»Da fahren sie. Und nun laß uns reingehen und die Frau holen.«

4

Dorey betrachtete die drei Telefone auf seinem Schreibtisch. Seine dünnen Lippen waren zusammengepreßt, seine Augen unruhig. Er machte sich Sorgen. Die Russen hatten ihn ausgepunktet. Er wußte, daß er zu langsam gewesen war. Er hätte diese Frau sofort aus dem Krankenhaus heraus- und an einen sicheren Ort schaffen lassen sollen, als O'Halloran ihm von ihr berichtete. Das kommt davon, dachte er verbittert, wenn man zu vorsichtig ist. Dummerweise hatte er bei der Suche nach Wolfert, der die Tätowierungen prüfen sollte, viel Zeit verloren. Weiterhin hatte es Zeit gekostet, Girland zu finden. Nun hatten also die Russen die Frau, und Dorey dachte mit Unbehagen an Washington. Seine erste Reaktion war, O'Halloran anzurufen und Girland die Sache aus der Hand zu nehmen. Trotz allem aber sagte ihm sein Instinkt: Wenn überhaupt jemand die Kastanien aus dem Feuer holen konnte, war es Girland.

Seine Hand lag bereits auf dem Telefon, das die Direktverbindung mit O'Halloran herstellte. Wie ein Spieler aber, der seinen letzten Chip setzte, nahm er einen anderen Hörer – über den er mit Kerman sprechen konnte.

»Jack?«

»Am Apparat, Sir«, meldete sich Kerman forsch.

»Ich möchte mit Girland sprechen.«

»Augenblick.«

Nach einer Pause meldete sich Girland.

»Hier bin ich.« Der unbekümmerte Ton ließ Dorey vor Wut kochen.

»Hören Sie mir ja gut zu«, explodierte er. »Wo sind Sie jetzt, und was tun Sie?«

Girland blinzelte Kerman zu und rückte sich bequem zurecht.

»Ich bin irgendwo außerhalb von Paris, und ich weiß genau, was ich tue«, sagte er. »Himmel, regen Sie sich doch ab. Sie haben mir den Auftrag gegeben, und Sie zahlen mir gutes Geld dafür – so hoffe ich jedenfalls. Ich mache also den Job. Nur frage ich mich ernstlich, warum Sie so schnell die Nerven verlieren.«

»Girland!« Doreys Stimme drohte sich zu überschlagen. »Vielleicht handelt es sich hier um den wichtigsten Auftrag, den ich je vergeben habe. Was treiben Sie? Vielleicht wird sich der Präsident persönlich einschalten. Und Sie haben die Frau bereits verloren. Was soll ich denn Washington sagen?«

»Was geht mich Washington an?« erwiderte Girland. »Lassen Sie Ihre dicke Nase aus meinen Angelegenheiten heraus. Ich werde das Mädchen abliefern, nur die Ruhe.« Damit legte er auf.

Er warf Kerman einen Blick zu und schüttelte den Kopf. »Er hätte sich schon vor Jahren pensionieren lassen sollen. Auf geht's, Jack. Morgen früh muß ich in Eze sein.«

Kerman lachte. Es war ein Vergnügen, mit einem Hitzkopf wie Girland zu arbeiten.

»Du bist doch nicht lebensmüde – oder?« fragte er. »Du hast wohl vor, da reinzuspazieren und die Frau herauszuschießen?«

»Grundsätzlich schon«, erwiderte Girland. »Wir beide können es mit ihnen aufnehmen. Ich wette, es sind nicht einmal ein Dutzend Leute im Haus.«

»Ich wüßte was Besseres«, meinte Kerman und öffnete eine Klappe unter dem Armaturenbrett des Wagens. »Hier sind Gaspistolen und Gasmasken. Wenn Dorey was macht, dann gründlich.« Er reichte Girland eine schwere Pistole mit einem breiten Lauf. »Paß auf, das Gas darin reicht aus, ein ganzes Bataillon außer Gefecht zu setzen.«

»Viel zu einfach.« Girland nahm die Gasmaske, die Kerman ihm reichte, und stülpte sie über. Dann drehte er sich zu Ginny um. »Bleib schön brav, Baby«, sagte er dumpf. »Wir kommen gleich wieder, und dann kriegst du eine Patientin.«

Ginnys kleine, noch nicht ganz entwickelte Brust wogte vor Erregung. Aus weit geöffneten Augen sah sie Girland an; alles, was sie sagen konnte, war: »Seien Sie vorsichtig.«

»Dir zuliebe«, sagte Girland und glitt aus dem Wagen. Ohne auf Kerman zu warten, lief er durch den Regen zum Château.

Kerman setzte ihm nach.

Seite an Seite verhielten sie einen Augenblick und sahen sich das Château an. In einem der oberen Fenster brannte Licht.

»Dort ist sie«, sagte Girland. »Ich gehe um das Haus herum. Du kommst von vorn. Schlag 'ne Scheibe ein. Laß mir ein paar Minuten Vorsprung.«

Kerman nickte.

Girland winkte und lief lautlos über den Rasen davon. Es war dunkel, aber er konnte noch sehen, wohin er ging.

Die Gasmaske störte ihn, und er schob sie auf die Stirn. Als er um eine Ecke bog, erstarrte er.

Unmittelbar vor ihm stand ein Mann. Zehn Meter lagen zwischen ihnen. Girland zögerte keinen Augenblick. Geduckt stürzte er sich auf den Mann, der noch einen halberstickten Schrei ausstieß, als Girland ihn umriß. In einem Knäuel von schlagenden Armen und Beinen fielen sie zusammen ins nasse Gras. Girland hatte die Hände bereits am Hals des anderen. Der Kampf dauerte nur wenige Sekunden; Girland spürte, wie der Mann unter ihm schlaff wurde, behielt ihn noch einen Moment im Griff und lauschte. Als er nichts hörte, erhob er sich und ging vorsichtig weiter.

Er hatte Verandatüren vor sich. Unmittelbar unter dem Schloß trat er gegen den Rahmen. Das Glas splitterte und fiel ins Zimmer, die Flügel schwangen auf. Von irgendwoher hörte er einen Schrei, wieder splitterte Glas, dann krachte eine Waffe. Er war bereits an der jenseitigen Tür, als die Holztäfelung neben ihm aufriß und ein zweiter Schuß aufbellte.

Er ließ sich auf Hände und Knie fallen und riß die Tür auf. Die Gasmaske erschwerte das Atmen, außerdem konnte er nicht klar sehen. Er hob die Gaspistole und drückte ab.

Ein Zischen und die Halle war in weißen Dunst gehüllt.

Kordak schlich mit der Waffe in der Hand die Treppe herunter. Er ging direkt ins Gas. Als er nach vorn fiel, schrie er auf wie gewürgt. Er stürzte die restlichen Stufen herunter und landete mit dem Gesicht nach unten auf dem schäbigen Teppich.

Girland trat in die Halle. Er stieg über Kordak hinweg und die Treppe hinauf. Die Gaspistole war nun leer und ein Hindernis, er ließ sie fallen. Oben hielt er inne, um sich zu orientieren. Er fragte sich, wie viele Männer wohl Erica Olsen bewachten. Lautlos schlich er auf eine Tür zu seiner Rechten zu, drückte die Klinke hinunter und spähte vorsichtig ins Zimmer. Die Gasschwaden zogen an ihm vorbei. Obgleich Girland wußte, daß jeder, der auch nur eine Spur dieses Gases einatmete, aktionsunfähig wurde, blieb er vorsichtig.

»Mark?«

Kerman rief von unten.

»Hier oben.«

Kerman hetzte die Treppe hinauf.

»Wen gesehen?« fragte Girland.

»Zwei Burschen liegen unten im Vorderzimmer. Glaubst du, daß noch mehr hier sind?«

»Wir wollen nichts riskieren. Nimm dir dies Zimmer vor, ich gehe zu dem dort hinten.«

Girland hastete weiter und öffnete die Tür. Dahinter wartete Dorinska auf ihn, ein nasses Taschentuch über Mund und Nase, den muskulösen Körper an die Wand gepreßt. In der Hand hielt sie eine Pistole.

Als Girland die Tür aufriß, schwebten die Gasschwaden ins Zimmer. Trotz des nassen Taschentuchs spürte Merna die Wirkung, sie hustete unwillkürlich. Girland fuhr herum. Mernas Pistole krachte, aber Girland hatte bereits ihr Handgelenk gepackt, und der Schuß schlug in die Decke. Er riß ihr das Taschentuch herunter, als ihre Faust seinen Kiefer traf und ihn taumeln ließ. Merna machte noch zwei unsichere Schritte nach vorn, dann überwältigte sie das Gas, und sie brach zusammen.

Girland tastete nach dem Schalter. Das Licht flammte gerade in dem Augenblick auf, als Kerman in der Tür erschien.

Gleichzeitig sahen sie Erica Olsen, die in dem großen Bett lag.

»Na, da hätten wir sie wieder. Fort mit ihr«, sagte Girland. Er nahm die bewußtlose Frau auf und drückte sie fest an sich. Hastig lief er die Treppe hinunter und in den Regen hinaus.

Kerman folgte ihm.

Sie überquerten die Straße und schoben die schlafende Frau auf den Rücksitz. Dann riß Girland die Gasmaske ab.

»Los geht's«, sagte er. Als er sich hinter das Steuer setzte, drehte er sich zu Ginny um, die ihn aus großen runden Augen ansah. »Da hast du deine Patientin, Baby. Paß gut auf sie auf.«

Sobald Kerman neben ihm saß, startete Girland mit kreischenden Reifen; der Jaguar schoß in Richtung Süden davon.

Marcia Davis nahm gerade die Haube von ihrer elektrischen Schreibmaschine, als die Tür aufgestoßen wurde und Nicolas Wolfert eintrat. Es war 8 Uhr 55. Der Anblick des kleinen, dicken Mannes zu dieser frühen Stunde jagte Marcia einen Schreck ein.

»'n Morgen«, sagte Wolfert. Er hatte eine dicke Tasche unter dem Arm. »Hoffentlich bin ich nicht zu früh. Ist Mr. Dorey frei?«

Marcia kannte Wolferts Ruf. Aber der Mann hatte etwas an sich, das sie verabscheute. Für sie war er ein schmieriger

Lüstling, und als er so vor ihr stand, die weichen Lippen lächelnd verzogen, Schweißperlen auf der kahlen Stirn, wußte sie instinktiv, daß er sie im Geiste auszog.

Sie schaute Wolfert fest in die Augen, bis er den Blick senkte, dann griff sie zum Telefon.

»Mr. Wolfert«, sagte sie, als Dorey sich meldete.

»Soll reinkommen.«

Sie wies mit einem manikürten Finger auf Doreys Tür.

»Bitte.«

Wolfert ließ seine Augen noch einmal über ihren Körper gleiten, dann ging er durchs Büro, klopfte an und trat ein.

Wolfert hatte zu Hause drei große Kognaks getrunken. Seine Nerven waren so aufgeputscht, daß er den Alkohol gebraucht hatte. Noch jetzt litt er unter heftigen Schweißausbrüchen. Von Zeit zu Zeit fuhren seine dicken feuchten Finger über das kleine Mikrophon, das Pearl Kuo ihm gegeben hatte.

Zweifellos würde er tun, was man von ihm verlangte. Wenn einer seiner Freunde von diesen schrecklichen Fotos erfuhr, war er ruiniert. Er hegte wenig Sympathien für Amerika. Seiner Meinung nach hatten die Amerikaner keine Ahnung, wie sie die Chinesen behandeln mußten. Aber er, Wolfert, war mit Chinesen aufgewachsen und verstand sie. Aus Selbsterhaltungstrieb war er bereit, zum Verräter zu werden.

Dorey betrachtete ihn gelinde erstaunt. Schon seit acht Uhr saß er an seinem Schreibtisch. Er hatte ein beruhigendes Gespräch mit Girland geführt, der zu diesem Zeitpunkt auf der Autobahn in Richtung Eze fuhr.

Dorey war erleichtert und zufrieden, daß sein Lotteriespiel aufging. Obgleich Girland natürlich unmöglich war, hatte er sich doch als Retter in der Not erwiesen.

»Hallo, Wolfert. So früh? Was gibt's?«

Dorey mußte mit Washington sprechen, er hatte den Anruf gerade anmelden wollen. Es juckte ihn geradezu, seinen Erfolg zu melden.

Wolfert trat zum Schreibtisch und ließ seinen dicken schwitzenden Körper in einen Sessel fallen.

»Ich fahre gleich nach Amboise, deshalb bitte ich um Entschuldigung wegen meines frühen Besuchs«, begann er. »Da ich gerade vorbeikam, fiel mir ein, daß ich Ihnen schon immer ein paar Fotos von Kungs Jade-Sammlung zeigen wollte, ich dachte, es könnte Sie interessieren. Wie Sie sehen, ist er so geschmacklos, die schönen Stücke mit seinen Initialen zu verunzieren.«

Er entnahm seiner Tasche einen Stoß Hochglanzfotos und reichte sie über den Schreibtisch. Dorey, der seine Ungeduld kaum verbergen konnte, betrachtete sie.

»Ich wußte gar nicht, daß Kung Sammler ist.«

»Aber natürlich. Er hat eine der schönsten Jade- und Juwelen-Kollektionen der Welt.« Wolfert nahm das kleine Mikrophon aus der Tasche und verbarg es in seiner dicken Hand. Sie war so feucht, daß er das knopfgroße Ding nur schwer festhalten konnte.

»Sehr interessant«, bemerkte Dorey und blätterte flüchtig durch die Fotos. »Ja, ich sehe die Initialen. Seltsamer Mann.«

»Wirklich seltsam.« Wolfert ließ seine Tasche von den Knien auf den Boden rutschen. Er bückte sich und drückte die Klebseite des Mikrophons von unten gegen Doreys Schreibtisch. Dann nahm er die Tasche wieder auf, lehnte sich zurück und wischte sich das Gesicht.

Dorey betrachtete ihn mißbilligend.

»Sie gefallen mir nicht, Wolfert.« Streng schaute er in das weiße, verkrampfte Gesicht. »Ist Ihnen nicht gut?«

»Doch, doch«, murmelte Wolfert und stand auf. »Ein Wochenende auf dem Land ist genau das, was ich brauche. Ich arbeite zu viel. Ein bißchen Entspannung wird mir guttun.« Er sammelte die Bilder ein und steckte sie in die Tasche. »Ich dachte, es würde Sie interessieren. Aber ich habe Sie wohl zu lange aufgehalten.«

Dorey schaute auf die Uhr.

»Schon gut, Wolfert, ich erwarte einen Anruf. Vielen Dank für Ihre Mühe.« Er erhob sich halb und reichte ihm die Hand. »Schönes Wochenende.«

Nach Wolferts Abgang saß Dorey einige Augenblicke lang unbeweglich und starrte vor sich hin. Sein wacher Sinn fragte sich, warum Wolfert zu dieser frühen Stunde erschienen war. Doch nicht wegen dieser Bagatelle? Sonderbar. Nun, vielleicht irrte er sich. Vielleicht war es wirklich wichtig, daß Kung Jade sammelte. Er fragte sich, ob diese Tatsache wohl in Kungs Dossier vermerkt sei. Marcia mußte es notieren, aber im Augenblick hatte er Wichtigeres zu erledigen. Er nahm den Hörer.

»Geben Sie mir Washington«, sagte er, als Marcia sich meldete.

Der Gendarm, der vor der US-Botschaft patrouillierte, hakte die Daumen ins Koppel und ging zu dem schäbigen Renault hinüber, der zwanzig Meter vor dem Eingangstor falsch geparkt war.

Der Fahrer, ein großer dünner Mann mit chinesischen Augen, klappte gerade die Motorhaube auf, als der Gendarm auf ihn zutrat. Im Wagen saß eine Vietnamesin im Cheongsam, das blasse, liebliche Gesicht ausdruckslos. Der Gendarm, der jung war und sich für Frauen interessierte, bemerkte erstaunt, daß das Mädchen ein Hörgerät trug.

Sadu sah den Gendarmen kommen und lächelte ihn ergeben an.

»Ich fürchte, ich habe eine Panne. Wahrscheinlich die Zündung«, sagte er in seinem schlechten Französisch.

Der Gendarm grüßte.

»Sie können hier aber nicht stehenbleiben, Monsieur.«

»Er ist nur abgesoffen. In zwanzig Minuten sind die Kerzen wieder trocken«, meinte Sadu.

Da schaute Pearl dem Gendarm voll ins Gesicht, wobei ihre vollen Lippen sich zu einem Lächeln teilten. Es gelang ihr, so viel Bewunderung in den Blick zu legen, daß der Gendarm unsicher wurde. Blinzelnd salutierte er.

»Dann sehen Sie mal zu, daß es schnell geht, Monsieur«, sagte er und entfernte sich.

Sadu wischte sich das schwitzende Gesicht und beugte sich über den Motor.

Pearl, deren Hörgerät mit einem kleinen, aber überaus leistungsstarken Empfänger verbunden war, hörte das Gespräch Doreys mit. Seine Unterhaltung mit Washington dauerte mehrere Minuten. Dann nahm sie das Hörgerät ab und rief Sadu leise an. »Wir können weg.«

Schnell klappte er die Motorhaube zu und stieg ein. Vorsichtig fuhr er über den Place de la Concorde.

»Sie ist in Doreys Villa in Eze«, sagte Pearl. »Du mußt Yet-Sen informieren. Wir können heute nachmittag aufbrechen.«

»Wir?« fragte Sadu. »Du mußt doch auf den Laden aufpassen.«

»Wir werden eben schließen«, bestimmte Pearl. »Wir dürfen uns keine Fehler mehr leisten.«

Zuerst wollte Sadu protestieren, dann besann er sich aber eines Besseren. Er überließ es Pearl, den Wagen zu parken, rannte in den Laden und rief Yet-Sen an.

»Ich beneide dich«, sagte Kerman, als Girland ihn zum Flugplatz von Nizza fuhr. »Ich muß in das stickige Paris zurück, und du kannst dich frisch verheiratet im Sonnenschein amüsieren. Bei Gott, es gibt eben Glückspilze.«

»Reines Talent«, gab Girland zurück und grinste. »Wir sehen uns später, Jack. Danke für die Hilfe. Ich rede mit Dorey, sobald wir in Eze sind.«

Die beiden Männer schüttelten sich die Hand, dann nickte Kerman Ginny zu.

»Hüten Sie sich vor ihm, Schwester. Ihm ist nicht zu trauen.« Er stieg aus und ging mit schnellen Schritten in das Empfangsgebäude.

Girland drehte sich um und lächelte Ginny zu, die das Lächeln erwiderte.

»Wie geht's ihr?«

»Den Umständen entsprechend. Sie gehört bald ins Bett.«

»Es dauert nicht mehr lange.« Interessiert betrachtete Girland das blasse Gesicht der schlafenden Frau.

»Recht hübsch, was?«

»Na ja.«

Ihre Blicke trafen sich, und Girland lächelte wieder.

»Weiter geht's.«

Er startete und fuhr zur Promenade des Anglais.

Er hatte bereits Doreys Genehmigung eingeholt, Ginny bei sich zu behalten. Dorey hatte sich mit Dr. Forrester in Verbindung gesetzt. Obgleich sie sehr jung war, fand Girland sie attraktiv. Das Leben, dachte er, war wunderbar.

Sie erreichten Doreys Villa kurz nach elf Uhr. Die Straße vom Flughafen war durch den Ferienverkehr so verstopft, daß an ein zügiges Fahren nicht zu denken war.

»Das muß sie sein«, meinte Girland, als er ein Schild mit der Aufschrift *Villa Hélios* sah, das auf einen schmalen, in den Fels gehauenen Pfad wies. Er schaltete in den ersten Gang zurück und schlängelte sich langsam zwischen Pinien die Steigung hinauf, bis er zu einer breiten Auffahrt kam. Rechts lag ein massives eisenbeschlagenes Tor. Die drei Meter hohe, mit Efeu bewachsene Steinmauer entzog die Villa völlig den Blicken. Girland studierte das Tor vom Wagen aus – er war tief beeindruckt.

»Toll«, sagte er, als er endlich ausstieg. »Die reinste Festung.«

Er ging auf das Tor zu und zog am Klingelzug. Fast im selben Augenblick wurde ein Klappfenster geöffnet, und ein junger blonder Mann fixierte ihn eingehend.

»Gehört diese Villa John Dorey?« fragte Girland, der nun nicht mehr ganz sicher war, ob er sich am richtigen Ort befand.

»Warum fragen Sie?« Das Französisch des jungen Mannes hatte einen starken amerikanischen Akzent.

»Mein Name ist Girland. Sagt Ihnen das was, mein Junge?«

»Bitte weisen Sie sich aus, Mr. Girland.«

Also war er richtig. Dorey hat wohl O'Hallorans Leuchten runtergeschickt, dachte er, als er seinen Führerschein vorzeigte. Nach kurzer Pause wurden die Tore geöffnet. Erstaunt sah Girland einen US-Sergeanten mit automatischem Gewehr unterm Arm aus dem steinernen Pförtnerhäuschen heraustreten. Ein scharfer Polizeihund, an einen Haken in der Mauer gekettet, fletschte Girland an.

Der Sergeant – er hieß Pat O'Leary und war ein Bulle mit sommersprossigem plumpem Gesicht – nickte Girland zu.

»Kommen Sie rein«, sagte er. »Wir erwarten Sie.«

Girland grinste. »Dorey geht also ganz auf Nummer Sicher.«

»Ja, wir sind zu sechst. Ärger kriegen Sie hier nicht – dafür sind wir da.«

Girland kehrte zum Wagen zurück und fuhr durchs Tor.

»Immer geradeaus«, sagte O'Leary. »Bis zur Villa.« Neugierig schielte er nach der schlafenden Frau auf dem Rücksitz. Dann bemerkte er Ginny, und sein Kinn hob sich unternehmungslustig. Ginny aber sah durch ihn hindurch, als sei er gar nicht da, und rümpfte nur die Nase.

Girland bog um eine scharfe Kurve und sah schließlich die Villa vor sich. Sie war in zwei Etagen in den Berg hineingebaut. Die obere hatte einen riesigen, überhängenden Balkon. Vor allen Fenstern standen Blumenkästen, das Haus selbst lag ganz im Schatten eines Pinienhains – ein solides, modernes und luxuriöses Bauwerk.

»Na, da schaust her«, rief er aus, als er vor der Treppe bremste.

Ein großer Schwarzer schlenderte gelöst die Stufen herunter und öffnete den Wagenschlag. Er trug eine weiße Jacke und eine weiße Baumwollhose.

»Guten Morgen, Sir«, sagte er, über das ganze schwarze Gesicht lächelnd, in dem die weißen Zähne blitzten. »Ich bin Diallo, Mr. Doreys Diener. Herzlich willkommen, Sir. Es ist alles für Sie vorbereitet.«

So war es auch.

Zwei Stunden später – Girland ließ sich auf einem Liegestuhl in Shorts und Sandalen von der Sonne bräunen – fand das Gespräch mit Dorey statt.

»Tolle Bude haben Sie hier«, begann Girland und langte nach dem Glas Cinzano mit Soda, das auf einem Tischchen neben seinem Liegestuhl stand. »Also wirklich, Dorey, Sie haben Geschmack. Das überrascht mich. Ich dachte immer . . .«

»Schon gut«, fiel Dorey ihm ins Wort, »lassen Sie die Witze. Wie geht es ihr?«

»Was denken Sie denn? Die Genossen haben sie mit Schlafmitteln vollgestopft, und von Ihrem sehr wirkungsvollen Gas dürfte sie auch gekostet haben. Aber sie wird schon durchkommen. In drei oder vier Tagen ist sie wie neu.«

»Brauchen Sie einen Arzt?«

»Die Schwester meint, nein.«

»Ich will Ergebnisse sehen, Girland. Faulenzen Sie da bloß nicht herum, als wenn Sie auf Urlaub wären. Sie wissen doch, was ich von Ihnen erwarte?«

»Doch, doch – aber solange sie im Koma ist, kann ich ja wohl nicht ran, oder?« Er streckte sich genüßlich. Das, dachte er, war das wahre Leben. Er sah aufs ferne blaue Meer hinaus, zum fernen blauen Himmel, zum fernen Cap Ferrat. »Diese Nußknacker hier – gehören die zu O'Hallorans Klub?«

»Ja.«

»Dann trauen Sie mir also nicht, Dorey. Das tut weh.«

»Malik hat uns ganz schön ausgezählt, und jetzt, da ich die Frau wieder habe, werde ich, verdammt noch mal, dafür sorgen, daß es auch so bleibt«, schnauzte Dorey. »Und nun nehmen Sie Ihren Job ernst, Girland. Sie sehen kein Geld von mir, ehe ich nicht brauchbare Informationen habe. Und, Girland«, fuhr er mißtrauisch fort, »diese Schwester – wie ist die?«

»Wie meinen Sie das?«

»Ist sie jung?«

»Ah, ich verstehe. Sie machen sich Sorgen, daß sie mich verführen könnte. Da kann ich Sie beruhigen, Dorey, sie ist um die Fünfzig und hat ein gewaltiges Doppelkinn – nette alte Schachtel, aber nicht mein Typ.« Als er aufgelegt hatte, blickte er auf und sah Ginny im Türrahmen stehen. Fast gleichzeitig brachen sie in schallendes Gelächter aus.

»Sie sollten sich was schämen«, sagte Ginny.

»Tue ich auch.« Er sah sie an. Ihre steife Schwesterntracht paßte so gar nicht zu der Umgebung. Er rappelte sich hoch. »Bei dieser Hitze können Sie doch nicht so herumlaufen. Beschaffen Sie sich einen Badeanzug – Dorey wird ihn bezahlen. Sie brauchen noch andere Sachen, nicht wahr? Ich wette, Sie haben nicht einmal einen Lippenstift.«

»Nein, aber es geht schon. Nur für die Patientin brauche ich einiges – ich habe eine Liste zusammengestellt.«

»Wie heißen Sie eigentlich mit Vornamen, Baby?«

Sie zögerte. »Ginny«, sagte sie dann.

»Wunderbar. Und nun passen Sie mal auf, Ginny. Ich möchte, daß Sie den Aufenthalt ebenso genießen wie ich.« Er hob die Stimme: »He, Diallo!«

Einen Augenblick später trat der große Diener lächelnd auf den Balkon.

»Ja, Sir?«

»Fahren Sie die Schwester sofort nach Nizza. Sie muß für unsere Patientin einiges einkaufen. Außerdem braucht sie selbst verschiedene Sachen. Haben Sie Geld?«

»Jawohl, Sir. Mr. Dorey hat der Bank Anweisung gegeben, daß ich Geld abheben kann.«

»Dann heben Sie eine Menge Geld ab. Die Schwester soll sich ganz nach Wunsch einkleiden. Okay?«

»Wie Sie befehlen, Sir.«

Girland lächelte Ginny zu, die ihn groß ansah.

»Los, Ginny, machen Sie sich einen schönen Tag. Ich passe inzwischen auf die Patientin auf. Sie sind schließlich Gast der Vereinigten Staaten von Amerika.«

Eine Matrone in Blumenhütchen, smaragdgrünem Kleid und Nerzstola rüttelte an Sadu Mitchells Ladentür in der Rue de Rivoli. Die Tür blieb verschlossen. Das heruntergelassene Stahlgitter und das Dunkel im Laden überzeugten die Frau schließlich, daß das Geschäft nicht geöffnet hatte. Ärgerlich schaute sie auf die Uhr: 10 Uhr 10.

Sadu, der hinter dem Laden in seinem Wohnzimmer saß, rückte auf seinem Sessel unruhig hin und her. Er schätzte es nicht, eine Kundin zu verlieren. Aber Yet-Sen, der mit gelbem, wütendem Gesicht ihm gegenüber saß, Pearl, die sich auf einer Armlehne dehnte, und Jo-Jo in der Ecke, der nervös an den Fingernägeln kaute, erinnerten ihn an den Ernst der Lage.

»Die Frau müßte jetzt tot sein«, sagte Yet-Sen, als das Rattern aufgehört hatte. »Peking ist enttäuscht. Ich bin enttäuscht.«

»Wir hätten es letzte Nacht erledigt, wenn Dorey nicht so schnell gewesen wäre«, gab Sadu zurück. »Zu schnell für uns. Woher sollten wir wissen, daß die Frau nach Südfrankreich gebracht wurde? Aber Sie werden zugeben, daß wir es schnell ermittelt haben.«

Yet-Sen, der wußte, wer schnell gewesen war, warf Pearl einen anerkennenden Blick zu.

»Ab sofort keine Fehler mehr«, erklärte er. »Sie brechen gleich auf?«

»Wir nehmen die Maschine um 1 Uhr 55 nach Nizza. Ein Glück, daß sie noch nicht ausgebucht war«, erwiderte Sadu.

»Haben Sie dort einen Wagen warten?«

»Bei Hertz ist ein Leihwagen bestellt.«

Yet-Sen wandte sich an Pearl.

»Dorey wird das Mikrophon schon bald finden. Vielleicht wird er Wolfert verdächtigen. Brauchen wir den Mann noch? Wenn er erst verhaftet ist, wird er sprechen.«

»Ich brauche ihn nicht«, gab Pearl zurück.

»Dann ist das auch erledigt. Ich möchte Sie alle warnen. Sollten Sie einen zweiten Fehler machen, muß ich ein Exempel statuieren.«

Er verließ die Wohnung durch den Hintereingang, stieg in ein wartendes Auto und wurde zur chinesischen Botschaft gefahren. Von seinem Büro aus führte er ein Telefonat.

Der Mann, um den sich dieses Gespräch drehte, erreichte gerade seine kleine, aber luxuriöse Villa auf der Ile d'Or, deren Garten zum Ufer der Loire abfiel. Wolfert war in seinem Mercedes-Sportcoupé ein wenig waghalsig gefahren, weil er in seinem Apartment nochmals drei große Kognaks getrunken hatte.

Unterwegs war ihm klar geworden, daß Dorey oder einer seiner Mitarbeiter früher oder später das Mikrophon finden mußte. Sorge machte ihm jetzt der Gedanke, daß man darauf seine Fingerabdrücke feststellen konnte.

Vor Unbehagen schwitzend fuhr er den Wagen in die Garage, nahm seinen Koffer und ging zum Haus. Er schloß die Vordertür auf und trat ein.

Eine Frau aus dem Dorf hielt ihm die Villa sauber, kam aber nur, wenn er in Paris war. Er schätzte es, die Villa am Wochenende für sich allein zu haben. Das war schon besser, wenn ein Mädchen oder vielleicht zwei kamen, um ihm die Zeit zu vertreiben.

Er setzte den Koffer ab und ging in die große Halle, um die Verandatüren zu öffnen. Dann trat er zur Hausbar und goß sich einen großen Kognak ein. Obgleich es fast Mittag war, hatte er keinen Hunger . . . nur Sorgen.

Er setzte sich, nippte an seinem Drink und dachte wieder an das Mikrophon. War es möglich, das Ding herauszuholen? Sicherlich nicht vor Montag. Er mußte einen Vorwand für einen Besuch bei Dorey finden, aber das sollte nicht schwer sein. Er fühlte sich ein bißchen besser, der Kognak beruhigte ihn. Morgen nachmittag wollte er nach Paris zurückfahren – was konnte er bis dahin anderes tun als die Zeit totschlagen?

Er dachte an das Mädchen mit dem Leberfleck auf der Wange, das er vor einer Woche in dem düsteren Kellerlokal kennengelernt hatte. Er hatte ihre Telefonnummer, vielleicht war das kleine Ding ganz amüsant. Er trank sein Glas leer, stand auf und ging zum Telefon. Als er gerade den Hörer abnehmen wollte, hielt er inne.

Durch die offene Verandatüren konnte er seine Auffahrt sehen. Ein schäbiger Fiat 500 näherte sich dem Haus und hielt.

Wolfert runzelte die Stirn. Ein Mädchen stieg aus, und sofort hatte Wolfert Feuer gefangen. Es trug einen engen schwarzen Pullover, eine hautenge weiße Caprihose und Sandalen. Das schwarze Haar fiel weich auf die Schultern nieder. Das Gesicht konnte er nicht erkennen, aber der Anblick ihres langen Rückens erregte ihn.

Das Mädchen nahm ein altes Einkaufsnetz aus dem Wagen, ging zur Tür und klingelte.

Wolfert rieb sich die schwitzenden Hände an einem Taschentuch ab, lief zur Tür und öffnete sie.

Ein bißchen verwundert war er doch, als er sah, daß das Mädchen Chinesin war; aber die Trunkenheit erstickte seinen Argwohn.

Für eine Chinesin, dachte er, ist sie ungewöhnlich anziehend. Vielleicht ein bißchen zu dünn. Aber seine glasigen Augen, die über ihren Körper huschten, konnten sonst keinen Fehler entdecken.

Er erkannte richtig, daß sie eine Kantonesin war, und fragte lächelnd in ihrem Dialekt: »Was möchten Sie denn, meine Schöne?«

»Sie sprechen meine Sprache?« Die schwarzen, mandelförmigen Augen sahen ihn verständnislos an. Daran war Wolfert freilich gewöhnt.

»Gewiß doch. Was kann ich für Sie tun?«

Sie bückte sich und öffnete ihre Tasche. Wolferts Augen streichelten ihre schmalen Hüften unter der engen Hose, und sein Atem begann unregelmäßig zu gehen.

Sie entnahm der Tasche ein großes Paket Waschpulver, das er in der Presse und im Fernsehen oft angepriesen fand.

»Ich möchte Ihnen das übergeben«, sagte das Mädchen förmlich und reichte ihm das Paket.

»Das finde ich sehr nett, aber ich brauche es nicht. Ich benutze es nie. Was machen Sie denn in Frankreich?«

Das Mädchen sah ihn leer an.

»Ich schlage mich durch. Wenn Sie das Paket nicht nehmen, muß ich nur noch mehr arbeiten. Ich muß alle Pakete loswerden, bevor ich mein Geld bekomme.«

»Schlimm, schlimm. Aber kommen Sie doch rein. Wir können uns ja mal darüber unterhalten«, sagte Wolfert und öffnete die Tür weit.

»Nein, danke. Ich habe zu tun.«

»Oh, Sie können mir all Ihre Pakete geben – ich werde sie für Sie wegwerfen. Auf diese Weise verdienen Sie Ihr Geld noch schneller.«

Das Mädchen kicherte. Wolfert, der die Chinesen kannte, wußte, daß sie unschlüssig war.

»Kommen Sie«, sagte er. »Treten Sie näher. Ich möchte gern, daß Sie mir etwas von sich erzählen.«

Sie schüttelte den Kopf und drückte ihm das Paket in die Hand. Ehe er es sich versah, hatte er zugegriffen. Er wurde jetzt ärgerlich.

»So kommen Sie schon.« Er war es nicht gewohnt, daß

man ihn zurückwies. »Sie haben doch nicht Angst vor mir? Wir machen es uns richtig gemütlich.« Er sah sie lüstern an. »Ein kleines Mädchen wie Sie kann doch hundert Francs gebrauchen, nicht?«

Sie bückte sich wieder und schloß die Tasche.

Als sie sich aufrichtete, warf sie Wolfert einen so verächtlichen Blick zu, daß er einen Schritt zurückwich. Dann drehte sie sich um und ging zu ihrem Wagen. Sie stieg ein und fuhr weg.

Wolfert sah dem kleinen Wagen nach, bis er hinter der Kurve verschwunden war. Er schnitt eine Grimasse. Es war offenbar nicht sein bester Tag, sagte er sich. Er betrachtete das Waschpulverpaket und zuckte die Schultern. Vielleicht konnte die Putzfrau es gebrauchen. Er trug es in die Küche und stellte es auf den Tisch.

Und jetzt, sagte er sich, das Mädchen aus dem Kellerlokal.

Als er in die Halle gehen wollte, explodierte die Bombe, die in dem Paket verborgen war. Durch die Explosion gingen alle Fenster der Villa in Trümmer. Durch die Explosion wurde außerdem Nicolas Wolfert in mehrere unappetitliche Stücke gerissen.

Es war reines Pech, daß Jean Redoun, ein fanatischer Kommunist, der als Gepäckträger auf dem Flugplatz Orly arbeitete und von der sowjetischen Botschaft Nebeneinnahmen bezog, Jack Kerman entdeckte, wie er nach der Ankunft aus Nizza durch den Zoll ging.

Redoun, ein verbitterter älterer Mann, hatte ein gutes Gedächtnis. Stunden hatte er damit zugebracht, in der sowjetischen Botschaft Fotoalben durchzugehen und sich die Gesichter von Männern und Frauen einzuprägen, an denen die Sowjets interessiert waren. Er bekam hundert Francs für jede Information, ob sie nun für die Botschaft wertvoll war oder nicht. Als er Kerman ohne Gepäck durch die Zollschranke gehen sah, rief er sofort die Botschaft an.

Die Auskunft wurde Malik übermittelt.

Smernoff war bei ihm, und die beiden Männer sahen einander an.

»Kerman ist Doreys Sonderagent«, meinte Malik, wobei seine starken Finger mit einem Kugelschreiber spielten. »Wenn Dorey Girland nicht vertraut, setzt er Kerman ein. Das könnte bedeuten, daß er mit Girland runtergefahren ist. Vielleicht steckt Girland mit der Frau da unten. Erkundige dich, Boris. Im Augenblick ist das unsere einzige Fährte.«

Smernoff nickte und verließ das Büro. Malik spielte weiter gedankenlos mit dem Stift.

Er überlegte, daß er beim nächstenmal Girland nicht mehr schonen konnte. Diese minderwertige Kreatur hatte sich als zu unbequem erwiesen, man mußte ihn umbringen. Wenn er es ihm doch schon in der Ambulanz besorgt hätte. Na, den gleichen Fehler machte er jedenfalls nicht noch einmal.

Er dachte an Dorey. Merna Dorinska hatte recht behalten, er hatte Dorey unterschätzt. Auch dieser Fehler würde sich nicht wiederholen.

Dorey wäre geschmeichelt gewesen, hätte er Maliks Gedanken gekannt. Zu diesem Zeitpunkt studierte er routinemäßig Akten. Er war mit sich zufrieden, daß er alle möglichen Vorbereitungen zu Erica Olsens Schutz getroffen hatte. Nur noch sein Gespräch mit Girland ärgerte ihn ein wenig.

Die Sprechanlage surrte.

Er drückte auf den Knopf.

»Was gibt's?«

»Hauptmann O'Halloran möchte Sie sprechen«, sagte Marcia Davis.

»Soll reinkommen.« Dorey legte die Akte zur Seite.

O'Halloran wurde von einem großen, schlanken Mann begleitet, seinem ersten Untersuchungsbeamten, wie Dorey wußte. Er hieß Joe Danbridge.

»Was ist denn nun wieder los?« fragte Dorey ungeduldig.

»Sie haben ein Mikrophon hier«, erklärte O'Halloran. »Wir machen gerade eine Routineuntersuchung, und aus Ihrem Zimmer kommen Signale.«

Dorey straffte sich.

»Unmöglich. Das Büro wird täglich vor meiner Ankunft durchsucht.«

»Ein Irrtum ist ausgeschlossen.«

»Na, dann suchen Sie mal«, sagte Dorey und erhob sich. Er wußte, daß Danbridge keine Fehler machte. Während der Untersuchung rekapitulierte er die verschiedenen Telefongespräche, die er am Morgen geführt hatte. Nur ein einziges war wichtig gewesen – das mit Washington.

Danbridge brauchte sechs Minuten, dann hatte er das Mikrophon.

»Hier«, sagte er und wies auf die Unterseite des Schreibtisches.

Dorey sah sich das Gerät an. Ein drahtloses Mikrophon funktionierte nicht ohne starken Empfänger in unmittelbarer Nähe.

»Ich habe mich mit Inspektor Dulay in Verbindung gesetzt«, sagte O'Halloran, der offenbar Doreys Gedanken lesen konnte. »Er ermittelt bereits. Wer war heute morgen in Ihrem Zimmer?«

»Wolfert, Bentley und Merl Jackson.«

»Wolfert? Bentley und Jackson kommen nicht in Frage.«

»Wolfert ist in seine Villa nach Amboise gefahren«, sagte Dorey. »Nehmen Sie sich der Sache an, Tim. Ich muß Girland warnen. Möglicherweise ist nun bekannt geworden, wo er sich aufhält. Wir brauchen uns zwar keine Sorgen zu machen – niemand kommt an ihn heran. Sechs Ihrer Leute sind unten, und das Haus ist nur von einer Seite zu erreichen. Trotzdem – ich muß ihn warnen.« Er griff nach dem Telefon.

Eine Stunde später – Sadu Mitchell, Pearl Kuo und Jo-Jo Chandy fuhren gerade nach Orly – erschienen Inspektor Jean Dulay und ein junger Gendarm in Doreys Büro.

O'Halloran war noch immer da. Danbridge hatte festgestellt, daß die Fingerabdrücke um das Mikrophon von Wolfert stammten. Ein Wagen mit zwei Sicherheits-Offizieren raste bereits nach Amboise, um ihn festzunehmen.

Der Gendarm, der unter den funkelnden Augen seines Vorgesetzten schwitzte, berichtete von dem Renault 8, der um neun Uhr in der Nähe der US-Botschaft eine Panne gehabt hatte.

Dorey wurde hellhörig, als der Gendarm Sadu Mitchell beschrieb.

»Er hat Schlitzaugen, Sir«, sagte der Gendarm. »Ich habe ihn für einen Touristen gehalten. Eine Frau war bei ihm – eine Vietnamesin, glaube ich; hätte aber auch Chinesin sein können. Sie benutzte ein Hörgerät.«

Dorey lächelte grimmig. Diese beiden hatten wahrscheinlich sein Gespräch mit Washington belauscht. Das Hörgerät war an einen Empfänger angeschlossen. Er hatte also jetzt nicht nur Malik gegen sich, sondern auch die Chinesen.

»Sie müssen die beiden finden«, sagte Dorey.

»Wenigstens erinnert er sich an das amtliche Kennzeichen des Wagens«, sagte Dulay mit einem bösen Seitenblick auf den Gendarm.

Zwanzig Minuten später stand fest, daß der Wagen von Sadu Mitchell, dem Eigentümer einer Boutique an der Rue de Rivoli, geliehen worden war.

Als man schließlich die Polizei in Nizza benachrichtigt hatte, war Sadu mit seiner Gruppe bereits auf dem Weg nach Eze.

5

»Sie ist eine Augenweide, nicht wahr?« fragte Ginny spitz. Sie stand mit Girland am Bett der schlafenden Frau.

»Doch, ja«, meinte Girland und trat zurück.

Eine Schönheit ist sie, dachte er. Es machte ihn ein bißchen nervös, daß er ihren Mann spielen sollte. Er stellte plötzlich fest, daß er sich vor dem Augenblick, an dem sie das Bewußtsein wiedererlangte, fürchtete.

»Wie geht's ihr?« fragte er und schaute aus dem Fenster.

»Gut. Irgendwann in der Nacht wird sie aufwachen«, erklärte Ginny. »Der Puls ist wieder fast normal. Ich würde auf zwei oder drei Uhr morgens tippen.«

Girland ging mit Ginny zur Terrasse hinunter. Die Abendsonne tauchte Himmel und Meer in dunkles, leuchtendes Rot. Girland hatte noch immer Shorts und Sandalen an. Ginny, die ein weißes Baumwollkleid trug, trat zur Balustrade und legte die Hände auf die heißen Steine. Sie schaute zu den Lichtern des Dorfes Eze hinunter, dann hinüber zur Silhouette von Cap Ferrat.

»Ich wäre gern so hübsch wie sie«, sagte sie wie zu sich selbst. »Ich wäre gern blond.« Sie drehte sich um, lehnte sich gegen die Balustrade und sah Girland an. »Glauben Sie, daß mir Blond besser steht?«

Girland stöhnte unhörbar.

»Kaufen Sie sich eine blonde Perücke, und probieren Sie's aus.« Es langweilte ihn, wenn sich Frauen über ihr Aussehen Gedanken machten. Für ihn war eine Frau entweder schön oder nicht. »Sie sehen auch so nett aus.« Er warf einen Blick auf die Uhr. »Ich muß mit Sergeant O'Leary sprechen. Bin gleich wieder da.«

Ginny sah ihm nach, wie er die Stufen zum Garten hinunterlief. Seine starken muskulösen Schultern, sein gerader Rücken und die sonnengebräunte Haut machten ihr

Herzklopfen. Sie begriff, daß sie sich in ihn verliebt hatte. Sie sah ihm nach, bis er außer Sicht war, dann drehte sie sich abrupt um und rannte in ihr Zimmer hinauf.

O'Leary saß vor dem Pförtnerhäuschen, neben sich den schwarzen Wolfshund, dessen Haare sich bei Girlands Näherkommen sträubten. Girland ging direkt auf den Hund zu und legte ihm die Hand um die schwarze Schnauze.

O'Leary holte tief Luft und wollte aufstehen.

»Na, alter Bursche?« fragte Girland und sah dem Hund fest in die Augen.

Der Hund studierte ihn, dann schob er die Schnauze tiefer in Girlands Hand.

»Teufel«, rief O'Leary erleichtert aus. »Sie haben mir aber einen Schreck eingejagt. Ich dachte schon, die Hand wäre weg. Das Tier ist bösartig.«

Girland streichelte den Hund.

»Ich mag Hunde«, sagte er. »Und sie mich auch.« Er gab dem Tier einen Klaps, dann setzte er sich neben O'Leary auf einen Stein. »Sieht so aus, als ob wir nicht nur auf die roten, sondern auch auf die gelben Genossen aufpassen müßten.«

»Jawoll, laßt sie nur kommen«, meinte O'Leary gleichgültig. »Wir werden schon mit ihnen fertig. Vor ein paar Stunden hat sich ein Bursche hier herumgetrieben – wollte wissen, ob dies Lord Beaverbrooks Villa sei. Er hat mir nicht gefallen. Beaverbrook wohnt doch weiter unten an der Küste, nicht wahr?«

»Am Cap d'Ail. Wer war der Kerl?«

»Fragen Sie mich nicht. Ein Beatnik – jung und schmutzig. Hab ihm gesagt, er soll Leine ziehen – hat er auch.«

Girland rieb sich die Nase.

»Hören Sie mal, O'Leary, wenn die Burschen dieses Tor mit einer Bombe sprengen, dann können sie doch rein, oder?«

»Schon. Aber sie kämen nicht weit. Ich habe an der Auffahrt zwei Leute gut getarnt mit Maschinengewehren postiert. Von hinten können wir nicht angegriffen werden. Wir brauchen uns also nur um die Vorderfront zu kümmern.«

Eine halbe Stunde schwatzten die beiden Männer noch, dann stand Girland auf.

»Ich hätte auch ganz gern eine Waffe oben im Haus«, sagte er. »Sie würde mich viel gefaßter machen, wenn es doch zu einem Zwischenfall kommen sollte.«

O'Leary grinste.

»Ich habe genau das Richtige für Sie.« Er verschwand im Häuschen und kehrte mit einer automatischen .38er und drei Magazinen zurück.

Zur Villa zurückgekehrt, legte Girland die Pistole auf das Zwischenfach des Balkontisches und streckte sich wieder im Liegestuhl aus.

Diallo trat auf ihn zu.

»Das Dinner ist in einer halben Stunde fertig, Sir«, sagte er. »Möchten Sie noch einen Drink?«

Girland grinste. Er genoß diesen Luxus in vollen Zügen.

»Warum nicht? Einen Cinzano-Bitter. Was gibt's zu essen, Diallo?«

»Ich dachte an Avokados mit Krabben, danach Hammelkeule mit Knoblauch. Ich habe einen sehr feinen Pont L'Evêque und einen wunderbaren Brie. Vielleicht hinterher ein Zitronen-Sorbet?«

Girland schloß genießerisch die Augen.

Er hatte nun das Gefühl völliger Geborgenheit und konnte sich ruhig gehenlassen. O'Leary hatte ihm versichert, daß Ärger seine Sache sei. O'Leary gehörte zu O'Hallorans Elite. Girland sagte sich, daß er sich jetzt bis zu Erica Olsens Erwachen um nichts mehr zu sorgen brauchte, und das konnte noch Stunden dauern. Er döste.

»He!«

Die Blondine in dem flammendroten, ärmellosen Kleid vor ihm brachte ihn auf die Beine.

Er starrte das Mädchen an, dann grinste er.

»Donnerwetter – einen Augenblick lang haben Sie mich wirklich zum Narren gehalten.«

Ginny schaute ihn ängstlich an.

»Gefällt es Ihnen so? Wir haben eine ganze Flasche Superoxyd gebraucht.«

Girland betrachtete ihre schlanke, noch kindliche Figur, ihre hellen, erwartungsvollen Augen, ihr junges, waches Gesicht – und lächelte.

»Ginny, Sie sehen großartig aus. Natürlich, als Blondine sind Sie viel hübscher. Kommen Sie, setzen Sie sich zu mir.« Er schlug die langen Beine übereinander und zündete sich eine Zigarette an. »Wie alt sind Sie, Ginny?«

Sie wollte nicht mit der Sprache heraus. »Was glauben Sie?«

»Achtzehn.«

»Falsch – ich bin neunzehn.«

Girland legte seine Hand auf ihre beiden Hände.

»Ich bin fast doppelt so alt.« Er schüttelte den Kopf. »Ich beneide Sie, Ginny. Es ist wunderbar, so jung zu sein.«

»Ich weiß nicht, was Sie meinen. Mögen Sie mich blond?«

»Ich mag Sie – so oder so. Wie geht's unserer Patientin?«

Ginny rückte ungeduldig hin und her.

»Sie interessieren sich mehr für sie als für mich.«

»Ginny-Kind«, erwiderte Girland ernsthaft, »sie ist schließlich meine Frau.«

»Sie erwarten doch nicht, daß ich das glaube? Ich weiß Bescheid. Sie ist genauso wenig Ihre Frau wie ich.«

Girland schnippte die Asche von seiner Zigarette.

»Können Sie raten, was wir zum Dinner bekommen?«

Sie starrte ihn an, dann stand sie auf und ging langsam zur Balustrade hinüber. Er sah ihr nach und schnitt eine Grimasse. Komplikationen, dachte er. Sie ist ein süßes Kind, aber ...

Er blieb liegen, rauchte und schaute zu den Sternen hoch, die jetzt am dunklen Himmel erschienen.

Als Diallo meldete, daß serviert sei, atmete er auf.

Sadu Mitchell war immer wieder erstaunt über Pearls Kenntnisse und Bekannte. Als sie in dem Wagen, den der Hertz-Verleih für sie bereitgestellt hatte, den Flughafen Nizza verließen, dirigierte ihn Pearl durch die Stadt, über die Corniche zum Villefranche-Paß und vor ein kleines Hotel, das am Berghang zu kleben schien. Eine ältere Frau trat heraus, um sie zu begrüßen. Sie hatte einen weißen Sweater und eine schwarze Hose an – eine Vietnamesin.

Verwundert sah Sadu zu, wie die beiden Frauen einander begrüßten, während Jo-Jo auf dem Rücksitz des Wagens vor sich hin brütete.

Die Frau, Ruby Kuo, entpuppte sich als Pearls Tante. Ihr gehörte das Hotel. Da die beiden Frauen viel zu schwatzen hatten, dauerte es etwas länger, ehe sie ihre Zimmer bekamen. Schließlich konnte Sadu Pearl loseisen; Jo-Jo trat zu ihnen. Es war vereinbart worden, daß Jo-Jo unverzüglich zu Doreys Villa gehen und das Terrain erforschen solle. Pearl hämmerte ihm den Namen Beaverbrook ein.

Einige Stunden später kehrte Jo-Jo zurück. Sadu und Pearl erwarteten ihn in Rubys kleinem Privatgarten.

»Eine ganze Armee ist dort stationiert«, berichtete Jo-Jo schulterzuckend. »Ich sehe keine Möglichkeit, an sie ranzukommen.« Er setzte sich und bohrte in der Nase. »Aber du bist ja angeblich der Intelligenzler hier. Denk dir was aus.«

Pearl und Sadu tauschten einen Blick. Dann sagte Pearl: »Ich spreche mit Ruby.« Sie ging ins Hotel.

Sadu fragte Jo-Jo über die Lage der Villa aus.

»Sie liegt an einem Abhang«, berichtete Jo-Jo. »Rundherum hohe Mauern, und innen die US-Armee. Einen Polizeihund haben sie auch. Vom Tor aus kann man die Villa nicht mal sehen. Wenn die Dame dort bleibt, kommen wir nicht an sie heran.«

Sadu erhob sich und ging bis zur Grenze des Gartens. Er dachte an Yet-Sens Warnung, und seine Hände wurden feucht. Es tat ihm jetzt leid, daß er sich mit Yet-Sen eingelassen hatte. Es war Pearls Schuld, sie hatte ihn bearbeitet.

Zwanzig Minuten später kehrte Pearl zurück. Die beiden Männer sahen ihr erwartungsvoll entgegen.

»Es läßt sich machen«, sagte sie. »Meine Tante kennt die Villa, sie wohnt hier schon viele Jahre. Es gibt da einen wenig bekannten Pfad, der von der Grand Corniche abgeht und hinunter zur Rückseite der Villa führt. Niemand benutzt ihn mehr. Über diesen Pfad können wir an das Haus heran.«

»Und wenn sie ihn kennen?« fragte Sadu zweifelnd. »Wenn dort einer mit einem Hund auf uns wartet?«

Pearl zuckte die Schultern.

»Ein Mann mit Hund ist kein unüberwindbares Hindernis. Jo-Jo hat ein Gewehr mit Schalldämpfer.«

Sadu betrachtete ihr blumenzartes, ausdrucksloses Gesicht. Er wischte sich den Schweiß von der Stirn. Diese Frau, dachte er, geht viel zu sehr in der Sache auf. Sie begann, ihn abzustoßen.

Jo-Jo erhob sich.

»Gehen wir«, sagte er. »Die Zeit ist knapp.«

»Ich fahre«, sagte Pearl. »Sadu muß dich begleiten. Ich werde euch oben am Pfad absetzen und dann nach La Turbie weiterfahren. Dort warte ich eine halbe Stunde, dann komme ich zurück. Bis dahin könnt ihr alles sondiert haben.«

»Wenn ihr beiden fertig seid«, schaltete sich Sadu ärgerlich ein, »darf ich euch wohl daran erinnern, daß ich für dieses Unternehmen verantwortlich bin. Wir warten noch. Jetzt drängen sich die Autos nur so auf der Corniche. Wir warten, bis der Verkehr schwächer ist.« Er warf einen Blick auf seine goldene Uhr. »Vor Mitternacht geht es nicht.«

Pearl und Jo-Jo tauschten Blicke, dann zuckte sie die Schultern.

»Bekommt man denn hier niemals mehr was zu essen?« fragte er. »Ich habe Hunger.«

»Sie ist wach«, sagte Ginny und trat auf den Balkon.

Girland lag im Liegestuhl. Es war 21 Uhr 30. Er hatte ausgezeichnet gespeist und studierte nun den Sternenhimmel.

Er hob den Kopf. »Soll ich etwas unternehmen?«

»Sie will wissen, wo sie ist. Ich denke, Sie sollten . . .«

Girland zog sich schnell ein Trikothemd über und folgte Ginny in die Villa. Die Nachttischlampe im Zimmer der Frau warf lange Schatten. Girland trat ans Bett.

Erica Olsen schaute ihn an, daß es Girland den Atem verschlug. Als sie schlief, hatte sie ihm bereits gefallen, aber nun, da sie die großen, veilchenfarbenen Augen geöffnet hatte und das Leben in ihr Gesicht zurückgekehrt war, war sie umwerfend.

»Wo bin ich?« fragte sie und hob den Blick zu ihm. »Und wer sind Sie?«

»Ich bin Mark, Liebling, dein Mann«, antwortete er sanft. »Du bist zu Hause. Jetzt ist alles gut, und du brauchst dir keine Sorgen mehr zu machen.«

»Zu Hause?« Ihre langen kühlen Finger glitten über seinen Handrücken. »Ich kann mich an nichts erinnern. Sie sind mein Mann?«

»Ja, Liebling. Kennst du mich denn nicht?«

Sie schloß die Augen, und schwieg eine Weile. Dann sagte sie: »So schön und schwarz wie eine Traube.«

Girland starrte sie an.

»Was? Was meinst du?« fragte er in Sorge, daß er etwas Wichtiges überhören könnte. »Was ist schön und schwarz wie eine Traube?«

»Habe ich das gesagt?« Sie schlug die Augen auf. »Ich weiß nicht, warum. Wer, sagten Sie, sind Sie?«

»Dein Mann ... Mark.«

»Oh, du kannst dir gar nicht vorstellen, wie es ist, wenn man sich an nichts erinnert. Ich wußte nicht einmal, daß ich verheiratet bin. Ich kann mich nicht an dich erinnern.«

»Mach dir keine Sorgen. Der Arzt sagt, daß dein Gedächtnis zurückkehren wird. Nur keine Aufregung. Du bist jetzt zu Hause, und ich kümmere mich um dich.«

»Du bist sehr lieb.« Sie seufzte und schloß die Augen. »Ich bin so müde. Ich ... war ich nicht in einem Krankenhaus?«

»Das ist richtig, aber ich habe dich nach Hause geholt.«

»Das Zimmer gefällt mir.« Wieder schlug sie die Augen auf und sah ihn starr an. »Mark? So heißt du?«

»Ganz recht. Und jetzt mußt du wieder schlafen. Morgen wird es dir schon viel bessergehen. Ich bin ja bei dir, Erica. Du brauchst dir keine Sorgen zu machen.«

»Erica? Heiße ich so?«

»Natürlich, Liebling.«

»Nicht einmal das weiß ich.« Wieder studierten ihn die dunkelblauen Augen. »Und du bist wirklich mein Mann?«

»Ja.«

Das schien sie zu beruhigen. »Oh, es ist schön, wieder zu Hause zu sein.«

Als er sich vergewissert hatte, daß sie eingeschlafen war, löste er vorsichtig seine Hand aus der ihren und stand auf.

Ginny und er traten vom Bett weg.

»Das mit der schwarzen Traube – was hatte das zu bedeuten?« fragte Girland. »Was wollte sie damit sagen?«

»Keine Ahnung. Ich bleibe bei ihr.« Ginny war nun wieder ganz die zuverlässige Schwester. »Vielleicht schläft sie durch.« Unglücklich schaute sie zu ihm auf. »Sie haben Ihre Rolle ja prächtig gespielt. Wenn ich nicht Bescheid wüßte, hätte ich Sie wahrscheinlich wirklich für ihren Mann gehalten.«

Girland machte eine abwehrende Geste, er fühlte sich in seiner Haut nicht wohl. »Sie glauben doch nicht, daß ich es gern mache, oder? Es ist ein Job, für den ich bezahlt werde.« Er verließ das Zimmer und ging zur Terrasse hinunter.

Kovski betrat das kleine Büro, in dem Malik hinter einem Schreibtisch saß. Malik bohrte mit einem Brieföffner Löcher in die Löschblattunterlage.

Kovski war der Chef der Pariser Außenstelle des sowjetischen Sicherheitsdienstes – ein kleiner dicklicher Mann mit Ziegenbart, gewaltigem kahlem Kopf, stechenden Augen und dicker Nase. Er war schäbig gekleidet, seine Revers trugen Essensspuren. Aber er zählte zu den gefährlichsten und scharfsinnigsten Geheimpolizisten, und er war Maliks Chef.

Malik hob den Kopf und betrachtete ihn mit seinen grünen Schlangenaugen. Er machte sich nicht die Mühe aufzustehen – Malik war sehr selbstsicher. Kovski konnte von einem Tag auf den anderen abgelöst werden, aber Maliks Stellung war – seiner Meinung nach – unantastbar, wenn er nicht einen Fehler machte. Und Malik machte – wiederum seiner Meinung nach – nie Fehler.

»Wie weit sind wir?« wollte Kovski wissen. Er blieb vor dem Schreibtisch stehen.

»Ich warte noch«, antwortete Malik und stieß wieder mit seinem Brieföffner zu.

»Wir können nicht mehr warten«, schnauzte Kovski und knallte ein Telegramm auf den Schreibtisch.

Malik las und schob es zurück. Er erhob sich.

»Warum hat man uns das nicht früher gesagt?«

»Die Information über Kungs neue Waffen ist gerade erst eingetroffen. Es ist für uns lebenswichtig, jetzt genau im Bild zu sein. Möglich, daß die Frau etwas weiß. Wir brauchen die Auskunft von ihr sofort. Wo ist sie?«

»Wir haben nur eine Fährte, die etwas verspricht.« Malik berichtete Kovski von Kerman. »Wir sind schon am Ball. Vier Männer sitzen in Nizza, aber wir brauchen wahrscheinlich etwas mehr Zeit. Warum hat mir keiner gesagt, daß die Sache so dringend ist?«

Kovski zog die Luft hörbar ein. Er wußte – wenn man mit Malik zu tun hatte, behielt niemand außer Malik recht.

»Jedenfalls wissen Sie es jetzt. Die Frau muß her. Immerhin waren Sie es, dem sie entführt wurde.«

Malik sah ihn nur an.

»Nicht ich. Ihre Freundin Merna Dorinska war für sie verantwortlich.«

Kovski zuckte zusammen, Blut schoß ihm ins Gesicht.

»Ich verbitte mir, daß Sie diese Frau meine Freundin nennen.«

»Tut mir leid, ich meinte Ihren Schatz«, gab Malik zurück.

Die beiden Männer maßen sich mit den Augen. Kovski war der erste, der sich abwandte.

»Was haben Sie noch?« fragte er mit bebender Stimme.

Malik kehrte zu seinem Sessel zurück und setzte sich.

»Dorey hat eine Sekretärin, Marcia Davis«, sagte er und nahm den Brieföffner wieder zur Hand. »Sie wird wissen, wo sich die Frau aufhält. Ich hätte das gleich erledigt, wenn Sie mich früher über den Dringlichkeitsgrad unterrichtet hätten. Überlassen Sie alles mir.«

»Was erledigt?« Kovski sah Malik unbehaglich an.

»Lassen Sie das meine Sache sein«, gab Malik zurück. »Ich bin für die Operation verantwortlich. Je weniger Sie wissen, um so besser für uns beide.«

Kovski zögerte. »Was haben Sie mit dieser Marcia Davis vor?«

»Wollen Sie es wirklich hören?« Die flackernden grünen Augen machten Kovski verlegen.

»Hoffentlich wissen Sie, was Sie tun, Malik.«

»Und ob ich das weiß. Verplempern wir keine Zeit. Entweder lassen Sie mich handeln, wie ich es für richtig halte, oder ich gebe den Auftrag zurück.«

Kovski trat von einem Fuß auf den anderen.

»Wir dürfen nicht versagen.«

»Wer versagt?«

Kovski nickte, drehte sich um und verließ das Büro.

Malik griff nach dem Telefon.

»Smernoff sofort zu mir.«

Sadu hielt inne. Er war außer Atem und schwitzte.

»Warten Sie«, befahl er Jo-Jo, der mit der Waffe in der Hand vor ihm den Pfad hinunterkletterte. Seine Augen durchforschten die sternklare Nacht.

Jo-Jo blieb stehen und schaute über die Schulter zurück.

»Was ist los?« flüsterte er.

»Sie gehen zu schnell«, sagte Sadu leise. »Es ist gefährlich, wir könnten einen Steinschlag auslösen.«

Pearls Pfad existierte tatsächlich. Er war mit Gras und Unkraut überwachsen. Baumwurzeln ragten aus dem Boden heraus. Offenbar hatte ihn seit Jahren niemand mehr benutzt. Sie hatten schon den halben Weg zurückgelegt, und Sadu konnte bereits das Dach der Villa sehen.

Vorsichtig stiegen die beiden Männer ab.

Sadu achtete darauf, daß Jo-Jo immer ein Stück vor ihm ging. Er hatte keine Lust, dem Hund zu begegnen. Jo-Jo wurde für diese Arbeit bezahlt, er nicht.

Nach einigen Metern blieb Jo-Jo stehen. Sobald er sich vergewissert hatte, daß keine Gefahr bestand, trat Sadu an ihn heran.

Die Villa lag nun etwa dreißig Meter unter ihnen. Sie erkannten Girland in einem Liegestuhl, der sich deutlich von den weißen Steinen der Terrasse abhob.

Jo-Jos erfahrenen Augen entging nichts.

»Wenn sie auf die Terrasse tritt, ist sie erledigt«, sagte er. »Ich brauche ein Gewehr mit Zielfernrohr. Ein Schuß genügt. Wenn ich heil davonkommen will, müßte es auch einen Schalldämpfer haben. Ein .22er Gewehr reicht schon. Mit Zielfernrohr garantiere ich für Kopfschuß.«

Sadu schnitt eine Grimasse.

»Ich arrangiere das. Hier hast du genug Deckung. Sobald ich das Gewehr besorgt habe, fährst du hierher zurück und legst dich auf die Lauer.«

Jo-Jo kratzte sich den Handrücken.

»Solange sie nur nach draußen kommt«, sagte er.

Flankiert von Harry Whitelaw und dem Eigentümer des Restaurants, Claude Terrail, verließ Marcia Davis das elegante Lokal mit seinem großartigen Blick auf Notre-Dame.

Im *La Tour d'Argent* zu speisen, ist immer wieder ein Erlebnis, dachte sie. Das Essen war mehr als ausgezeichnet gewesen. Das *filet de sole cardinal* und das *Soufflé Valtesse* waren über jedes Lob erhaben.

Harry Whitelaw von der *New York Post* hatte sie wie immer durch seine Aufmerksamkeiten bezaubert. Sie kannte Whitelaw schon seit Jahren. Er war ein großer unkomplizierter Mann mit viel Humor. Marcia konnte sich in seiner Gesellschaft immer entspannen, nie hatte es Schwierigkeiten mit ihm gegeben. Dreimal im Jahr kam er nach Paris, und jedesmal führte er sie in das *La Tour d'Argent* – von dem er behauptete, es sei das beste Restaurant in Paris.

Claude Terrail, ein großer Mann mit aristokratischem Aussehen, verabschiedete sich vor dem kleinen Fahrstuhl. Dann fuhren Marcia und Whitelaw nach unten.

»Das war köstlich«, sagte Marcia, als sie ihre Nerzstola an der Garderobe entgegennahm. »Herzlichen Dank. Wann werden Sie wieder in Paris sein?«

Whitelaw steckte der Garderobiere drei Francs zu. Obgleich er die französische Hauptstadt schon oft besucht hatte, kannte er sich über die Höhe des Tinkgeldes noch immer nicht aus.

»Zu Weihnachten.« Er sah sie an, als der Portier sich um ein Taxi bemühte. »Wie geht es Dorey?«

»Gut.«

»Wir haben uns schon Sorgen über ihn gemacht. Wir glaubten, daß er fertig sei.«

Marcia lachte.

»Wer hätte das nicht geglaubt? Aber man darf Dorey nicht unterschätzen.«

Beiläufig fragte Whitelaw: »Was Besonderes passiert?«

»O Harry.« Marcia warf ihm einen Blick zu. »Und ich dachte, daß Sie dieses Abendessen ohne Hintergedanken ausgegeben hätten.«

Whitelaw grinste.

»Man kann doch mal fragen. Okay – denken Sie nicht mehr daran.« Er trat einen Schritt zurück und blickte sie voller Bewunderung an. »Wissen Sie, Marcia, Sie sind eine ungewöhnlich attraktive Frau. Eine Frage – warum haben Sie eigentlich nicht geheiratet?«

Marcia strich über ihre Stola. Ihr Lächeln war ein wenig traurig.

»Da kommt Ihr Taxi, Harry. Nochmals vielen Dank. Und ich erwarte Ihren Anruf – zu Weihnachten.«

»Ich werde Sie nicht warten lassen. Soll ich Ihnen was sagen? Seit einiger Zeit frage ich mich, warum ich, zum Teufel, auch nicht geheiratet habe.«

Als sein Taxi abgefahren war, ging Marcia zu ihrem Mini-Cooper, den sie an der Ponte de la Tournelle geparkt hatte. Sie schloß auf und glitt hinters Steuer. Einen Augenblick lang starrte sie durch die verschmutzte Windschutzscheibe hinaus. Hatte Harry eine Andeutung machen wollen? Sie war jetzt fünfunddreißig und es müde, Doreys Sklavin zu sein. Obgleich sie Paris liebte, fand sie es doch schöner, ein eigenes Heim in New York zu haben.

Zieh keine übereilten Schlüsse, Mädchen, sagte sie sich. Dann drückte sie auf den Starter und fuhr schnell zu ihrem Drei-Zimmer-Apartment in der Rue de la Tour.

Sie summte vor sich hin, als sie ihren kleinen Wagen parkte. Dann ging sie über den dunklen Hof, öffnete die Haustür und betrat die Halle. Mit dem Fahrstuhl fuhr sie in den zweiten Stock. Sie holte den Wohnungsschlüssel heraus und steckte ihn in das Schloß. Er sperrte nicht gleich, und das wunderte Marcia. Bis jetzt hatte das Schloß immer funktioniert. Indem sie den Knauf fest anzog und den Schlüssel mit Gewalt herumdrehte, gelang es ihr schließlich, die Tür zu öffnen.

Das muß ich morgen in Ordnung bringen lassen, dachte sie. Im Augenblick hatte sie nur das Bedürfnis, ins Bett zu gehen. Sie konnte sich nichts Angenehmeres vorstellen, als nach einem guten Essen in guter Gesellschaft mit einem guten Buch ins Bett zu gehen. Ungefähr zwanzig Minuten wollte sie noch lesen und dann das Licht ausschalten.

Sie machte Licht im Flur und ging ins Wohnzimmer. Wie angewurzelt blieb sie stehen. Ihr Blut schien zu stokken – sie öffnete den Mund, um zu schreien.

Sie spürte kalten Stahl an ihrer Kehle, Smernoff zischte: »Wenn du schreist, Mistvieh, ist es aus mit dir.«

Malik räkelte sich in ihrem Lieblingssessel, eine russische Zigarette zwischen den dicken Fingern. Sein helles Haar hob sich vom Weinrot der Sessellehne ab.

»Machen Sie keine Dummheiten«, sagte er in seinem schlechten Französisch. »Schon gut, Boris, laß sie in Ruhe.«

Marcia erkannte Malik. Oft genug hatte sie sein Foto in den Unterlagen gesehen, die sie täglich bearbeitete. Sie wußte, daß er der gefährlichste russische Agent war. Ihr Herz krampfte sich zusammen, als Smernoff sie zu Malik stieß.

»Setzen Sie sich, Miss Davis«, sagte Malik höflich. »Wir haben keine Zeit. Ich muß wissen, wo Erica Olsen ist. Bitte, Sie mir sagen.«

Es sprach für Marcias Mut und Selbstbeherrschung, daß sie sich vom ersten Schreck wieder erholt hatte, als sie sich Malik gegenübersetzte. Sie wußte, daß sie in tödlicher Gefahr schwebte, daß sie die Eindringlinge überlisten mußte.

Ihr Verstand arbeitete schnell. Sie erinnerte sich, daß Girland Malik bereits gesagt hatte, Erica Olsen sollte zur amerikanischen Botschaft geschafft werden. In diesem Sinne mußte auch sie antworten. Das Gegenteil war ihr nur schwer nachzuweisen. Marcia sagte sich auch, daß sie darauf achten müsse, nur zögernd zu reagieren.

»Sie sind Malik, nicht wahr?« fragte sie, wobei sie den blonden Hünen fest ansah.

»Wer ich bin, ist unwichtig. Wo ist Erica Olsen?«

»An einem Ort, wo Sie nicht an sie herankommen werden.«

»Miss Davis, ich bin mit Frauen nicht gern grob«, sagte Malik und schnippte die Asche auf den Teppich. »Mein Begleiter hier hat solche Skrupel nicht. Sie stehlen mir meine Zeit. Ich frage Sie noch einmal, und wenn Sie mir nicht anständig antworten, führt mein Freund das Verhör weiter. Wo ist Erica Olsen?«

Marcia schien zu zögern, sie wand sich in ihrem Sessel.

»Ich sage es doch . . . Sie kommen nicht an sie heran. Sie ist in der Botschaft.«

»Ich dachte mir, daß Sie das sagen«, erklärte Malik. »Meinen Informationen nach ist sie aber an der Côte d'Azur. Würden Sie mir nun freundlicherweise die Wahrheit sagen?«

Marcia schaute in die ausdruckslosen Augen, und sie wußte, daß sie verloren hatte.

»Scheren Sie sich zum Teufel«, sagte sie leise. Sie richtete sich auf und wollte nach dem gläsernen Aschenbecher greifen, um ihn durch das geschlossene Fenster zu werfen.

Sie fühlte einen stechenden Schmerz am Hals, dann nahm sie wahr, daß sie fiel.

Smernoff, der sie mit der Handkante betäubt hatte, fing sie auf und warf sie in den Sessel zurück.

Malik drückte seine Zigarette aus und zündete sich eine neue an.

»Weiter«, sagte er. Er sah sich im Zimmer um und

dachte, wie gemütlich es eingerichtet war und wie gern er hier gewohnt hätte. Alles war geschmackvoll. Mehrere gute Radierungen hingen an der Wand. Eine von Springer, die einen Vogelzug darstellte, gefiel ihm besonders. Diese Amerikaner wußten schon, wie man lebte. Er dachte an sein eigenes Zimmer in Moskau und rümpfte die Nase.

Smernoff hatte eine Spritze aus der Tasche genommen und injizierte eine starke Dosis Scopolamin in Marcias Arm.

Eine halbe Stunde später redete Marcia mit schläfriger Stimme.

»Dorey hat eine Villa in Eze«, erklärte sie. »Erica Olsen ist dort mit Girland. Die Villa wird von sechs Leuten bewacht.«

»Wie heißt sie?« fragte Malik ruhig.

»Villa Hélios.«

Malik trat zurück und schaute Smernoff an. »Das genügt.«

Smernoff nickte.

»Gut.« Malik nahm die fünf Kippen aus dem Aschenbecher und legte sie in eine Streichholzschachtel. »Jetzt bist du dran. Eigentlich schade. Sie ist eine attraktive Frau, nicht?«

Smernoff zuckte die Schultern; Frauen langweilten ihn.

»Im Dunkeln sind alle Katzen grau«, brummte er. »Eine Frau mehr oder weniger auf der Welt – was bedeutet das schon?«

»Sei vorsichtig.« Malik ging zur Tür. »Gib mir fünf Minuten Zeit.«

Smernoff lächelte.

»Das brauchst du mir nicht zu sagen – ich verstehe mein Geschäft.«

Malik nickte und verließ die Wohnung. Mit dem Fahrstuhl fuhr er nach unten. Es war jetzt 23 Uhr 50. Die Concierge lag schon im Bett, niemand sah ihn das Haus verlassen. Er überquerte die Straße, stieg in den Wagen und fuhr fort.

In der Wohnung zerrte Smernoff Marcia hoch.

»Sie brauchen frische Luft«, sagte er und führte sie auf den Balkon hinaus. Er stand neben ihr und schaute auf die Rue de la Tour hinunter, die zu dieser Stunde menschenleer war.

Marcia, unter dem Einfluß der Droge ganz schläfrig, legte die Hände auf das feuchte Balkongeländer und atmete die Nachtluft ein.

Smernoff schaute die Straße hinauf und hinunter. Aufmerksam studierte er die erleuchteten Fenster der nahe gelegenen Häuser. Kein Mensch auf dem Balkon. Er trat hinter Marcia, packte sie an den Knöcheln und riß sie hoch.

Sie fiel ohne zu schreien, und brach sich das Genick, das Rückgrat und den rechten Arm, als sie auf das Verdeck einer geparkten Dauphine schlug.

Ginny trat auf die Terrasse. Girland hob den Kopf und legte sein Taschenbuch zur Seite.

»Na, wie geht's ihr?«

»Ganz gut«, antwortete Ginny und setzte sich auf einen Stuhl in seiner Nähe. »Sie schläft. Ich habe ihr ein harmloses Beruhigungsmittel gegeben. Wahrscheinlich wird sie morgen aufstehen können.« Sie sah ihn an. »Und dann müssen Sie Ihre Rolle weiterspielen.«

Girland zuckte die Schultern.

»Ich hab's Ihnen doch schon gesagt . . . es ist ein Job, für den ich bezahlt werde.«

»Ich kann nicht mehr bleiben.« Ginny schaute auf ihre Hände nieder. »Ich möchte lieber ins Krankenhaus zurück.«

»Auch Sie haben jetzt einen Job«, erinnerte sie Girland, »für den Sie bezahlt werden, Ginny.«

»Von morgen ab braucht sie keine Krankenschwester mehr.«

»Okay, dann wollen wir bis morgen warten.«

Ginny stand auf und trat zur Balustrade. Eine Weile blieb sie dort stehen und schaute auf die Lichter des Dorfes hinunter. Schließlich drehte sie sich um und wandte sich Girland zu, der die Sterne betrachtete.

»Ich gehe jetzt ins Bett. Gute Nacht.«

Girland spürte die Spannung in ihr, aber er widerstand der Versuchung, ihr zu folgen. Sie war zu jung, und er konnte sich keine Komplikationen leisten.

»Okay, Ginny«, sagte er beiläufig. »Gute Nacht.«

Sie verschwand in der Villa.

Er zündete sich eine Zigarette an und nahm wieder sein Taschenbuch zur Hand. Doch stellte er fest, daß er sich nicht mehr konzentrieren konnte. So warf er das Buch weg, stand auf und schaute sich um. Irgendwo im Garten sprachen O'Hallorans Leute gedämpft miteinander.

»Haben Sie noch Wünsche, Sir?« fragte Diallo, der auf die Terrasse herausgetreten war. »Vielleicht einen Drink?«

»Nein, schönen Dank. Gehen Sie zu Bett. Ich gehe auch gleich.«

»Danke, Sir. Gute Nacht.«

Als der Senegalese verschwunden war, schnippte Girland seine halb aufgerauchte Zigarette in das Dunkel. Dann drehte er sich um und trat in die Villa. Als er gerade die Treppen hinaufsteigen wollte, klingelte das Telefon. Er lief in das große Wohnzimmer und nahm den Hörer ab.

Es war Dorey.

»Meine Sekretärin ist vor einer halben Stunde gestorben«, sagte er gepreßt. »Sie ist von ihrem Balkon gestürzt. Die Untersuchung ist im Gange. An ihrem Arm war ein Einstich zu erkennen. Ich glaube, daß man ihr Scopolamin gespritzt hat. In diesem Fall hat sie auch gesprochen. Seien Sie auf der Hut, Girland. Ich schicke Ihnen noch sechs Männer. Unter gar keinen Umständen darf Erica Olsen ins Freie. Verstehen Sie? Lassen Sie sie nicht auf die Terrasse. Es wäre denkbar, daß ein guter Schütze sie von der Corniche aus erreichte. Sie hat in der Villa zu bleiben. Sie bürgen mir dafür, ich mache Sie für alles verantwortlich.«

»Gut«, sagte Girland. »Ich habe selbst schon an die Terrasse gedacht. War es Malik?«

»Wahrscheinlich. Aber ich habe noch keine Beweise dafür«, erklärte Dorey bitter. »Ich lasse Straßen und Flugplätze überwachen. Wenn er sich nach Süden absetzt, werde ich Sie unterrichten.«

»Ich spreche gleich mit O'Leary. Er soll einen Mann auf die Corniche postieren.«

»Tun Sie das.«

»Noch etwas. Ich möchte gern Einblick in die Unterlagen über Kung haben. Können Sie mir die schicken?«

»Warum?«

»Ich weiß zu wenig von ihm. Wenn die Frau nun über ihn redet? In diesem Fall möchte ich Bescheid wissen und sichergehen, daß sie keinen Unsinn quasselt.«

»Hat sie schon was gesagt?«

»Nur etwas von einer schwarzen Traube.«

»Von einer Traube?«

»Ja . . . was das zu bedeuten hat, weiß ich nicht. Aber ich möchte mir doch einen Reim machen können.«

»In Ordnung. Ich schicke Ihnen die Unterlagen mit O'Hallorans Leuten. Was war das mit der Traube?«

Girland erklärte es ihm.

»Hm. Ja . . . Na, ich weiß auch nicht. Ungewöhnlich. Also gut, Girland, passen Sie auf sie auf, und berichten Sie mir alles, was sie sagt.« Damit legte Dorey auf.

Girland verließ die Villa, ging zum Tor hinunter und informierte O'Leary.

»Schicken Sie einen Mann mit dem Hund zur Corniche hoch. Von dort oben kann uns ein guter Schütze wie Kaninchen abknallen.«

»Nein, nein«, versicherte O'Leary, »da irren Sie sich aber. Ich habe mich mit dem Gelände vertraut gemacht.

Von der Corniche gibt es keinen Weg hinunter. Die Villa ist völlig abgeschirmt. Ich hätte schon von mir aus einen Mann dorthin gestellt, wenn etwas zu befürchten gewesen wäre. Aber vom Rücken her sind wir unangreifbar. Sicherheitsvorkehrungen sind meine Angelegenheit, Girland. Sie kümmern sich um die Frau, ich kümmere mich um unsere Sicherheit.«

»Ich will einen Mann und einen Hund dort oben haben«, sagte Girland ruhig. »Das ist ein Befehl, O'Leary.«

Die beiden Männer starrten einander an. Ärgerlich gab der Sergeant schließlich nach. »Wenn Sie darauf bestehen . . .« Er machte eine Pause, um dann hinzuzufügen: »Aber der Mann dort oben ist überflüssig und wird uns hier unten fehlen.«

»Sie kriegen morgen noch sechs Leute.«

Girland kehrte zur Villa zurück und ging langsam die Treppe hinauf. Er war in Gedanken versunken. Vor Erica Olsens Tür hielt er inne und öffnete sie vorsichtig. Die Frau schlief, die blonden Haare über das Kissen gebreitet, das Gesicht mit den klassischen Zügen entspannt und friedlich.

Girland schloß die Tür wieder und ging ins Badezimmer. Er duschte kalt, nahm seine Kleider und wollte schlafen gehen.

Als er seine Tür öffnete, rief ein dünnes Stimmchen: »Mark, bitte, machen Sie kein Licht.«

Er blieb in der Tür stehen und drückte seine Kleider an sich.

»Ginny?«

»Mir ist alles egal. Ich weiß, daß ich Sie morgen verliere – sobald die Frau wieder zu sich gekommen ist.«

Im Mondlicht, das durch die Jalousien ins Zimmer drang, sah Girland, daß Ginny in seinem Bett saß und das Laken vor sich hielt. »Bitte, verachte mich nicht.«

»Ginny, mein Liebling, ich könnte dich niemals verachten.«

Girland ging quer durch das Zimmer, ließ seine Kleider fallen und setzte sich auf die Bettkante. Er zog das Laken zurück.

»Bist du sicher, Ginny, daß du es willst?« Seine Arme legten sich um ihren schlanken Körper.

»Ich weiß, daß ich schamlos bin«, flüsterte sie, während ihre Finger über seinen Rücken fuhren. »Aber ich will es wirklich.«

Sie bot sich wie ein Geschenk dar, das Girland behutsam und mit Vergnügen entgegennahm.

Malik und Smernoff narrten die Polizei restlos, die auf allen nach Süden führenden Straßen Posten aufgestellt hatte. Sie fuhren in schnellem Tempo zum Flughafen Le Touquet und charterten ein Lufttaxi zum Aero-Club in Aix-en-Provence. Dort wartete einer von Smernoffs Leuten in einem schnellen Wagen auf sie. Sie fuhren durch Draguignan, Grasse, Tourettes hinunter nach Cagnes-sur-Mer. Hier setzten sie sich in einer schäbigen Villa, die am Meer lag und einem V-Mann der sowjetischen Botschaft gehörte, um einen Tisch, und Malik fragte Petrovka, wo man aller Wahrscheinlichkeit nach das Versteck zu suchen habe.

Petrovka war bereits telefonisch von Smernoff unterrichtet worden. Dünn und jung und erfüllt von dem brennenden Ehrgeiz, einmal so erfolgreich zu werden wie Malik, hatte er bereits Doreys Villa sondiert, während Malik und Smernoff noch unterwegs waren. Er faßte sich kurz.

»Die Villa ist uneinnehmbar«, sagte er. »Es gibt nur eine Möglichkeit – einen Frontalangriff. Sechs schwerbewaffnete Männer bewachen das Grundstück.«

Danach legte er eine Karte vor, die jeder aufmerksam studierte. Malik zündete sich schließlich eine Zigarette an und schob seinen Stuhl zurück.

»Darüber müssen wir nachdenken. Ein Frontalangriff scheidet natürlich aus.« Er wies auf die Karte. »Wissen Sie genau, daß man nicht vom Berg und der Hochstraße her absteigen kann? Gibt es da keinen Pfad?«

»Auf den Karten ist keiner eingezeichnet.«

Malik machte eine ungeduldige Bewegung.

»Das bedeutet noch nichts. Gehen Sie hin, und vergewissern Sie sich.«

Petrovka stand auf.

»Sofort«, sagte er und verließ das Zimmer.

Malik schaute Smernoff an, seine grünen Augen glitzerten.

»Er hätte das schon längst nachprüfen sollen. Er ist ein Dummkopf.«

Smernoff zuckte mit den Schultern.

»Kennst du einen in seinem Alter, der kein Dummkopf wäre?« sagte er. »Ich muß die Leute nehmen, die ich kriege.«

In der Maschine, die um 7 Uhr 30 in Paris startete und um 8 Uhr 55 in Nizza landete, saßen viele französische und amerikanische Touristen, unter ihnen auch ein chinesisches Mädchen mit einem Geigenkasten unter dem Arm. Sie trug ein billiges geblümtes Kleid und hochhackige Schuhe und war nicht ganz sicher auf den Beinen. Sie ging an der Zollschranke vorbei und trat dann in die Halle.

Jo-Jo, der übler Laune war, weil er so früh hatte aufstehen müssen, trat auf sie zu. Chinesische Frauen reizten ihn nicht. Ihre kurzen, dicken Beine fand er unschön, und ihre Hüften kamen ihm wie Fleischklumpen vor.

»Haben Sie alles?« fragte er statt einer Begrüßung.

»Ja.«

»Dann schnell.«

Er verließ das Empfangsgebäude und ging zu seinem Wagen. Das Mädchen folgte ihm, ein bißchen unsicher auf den Beinen, aber stolz auf die hochhackigen Schuhe. Sie stiegen ein und fuhren in Richtung Villefranche.

Sie sprachen kein Wort auf der Fahrt zu Rubys Hotel.

Pearl hieß das Mädchen willkommen. Im Schlafzimmer öffnete Sadu den Geigenkasten und entnahm ihm ein Gewehr vom Kaliber .22, sauber in zwei Hälften zerlegt, ein Zielfernrohr und einen Schalldämpfer – japanische Präzisionsarbeit. Er reichte sie Jo-Jo.

»So, nun bist du dran«, sagte er. »Ich habe mein Teil getan.«

Jo-Jo nahm die Waffe und ging zum Bett. Er schraubte sie zusammen, setzte den Schalldämpfer und das Zielfernrohr auf, trat zum Fenster und zielte auf den nächsten Baum. Seine Bewegungen waren so exakt und geübt, daß Sadu ein leichtes Frösteln verspürte, obgleich es im Zimmer stickig heiß war.

Jo-Jo drehte sich um und lächelte. Er lächelte selten, und sein schmales, böses Gesicht wirkte eher noch böser, wenn er seine gelbbraunen Zähne entblößte.

»Ein tolles Ding«, sagte er. »Die Frau ist so gut wie tot.«

6

Eine Bewegung schreckte Girland aus dem Schlaf hoch.

»Schon gut«, besänftigte ihn Ginny weich. »Ich gehe nur in mein Zimmer.«

»Wie spät ist es?«

»Kurz nach sechs.«

Girland seufzte, streckte sich der Länge nach aus und drehte sich auf den Rücken. Ginny saß auf der Bettkante und suchte nach ihren Pantoffeln. Ihr blondes Haar war zerwühlt, ihr Rücken bloß.

Girland umfaßte sie und zog sie an sich.

»Morgen, Ginny«, sagte er. »Bleib noch.« Er küßte ihr Ohr.

Sie machte sich los, nahm ihren Morgenrock und zog sich an.

»Bitte nicht. Ich wollte dich nicht aufwecken.«

Girland verschränkte die Hände im Nacken und betrachtete Ginny.

»Es ist noch früh. Komm her. Du brauchst doch nicht loszutraben, als wolltest du zum Zug.«

»Nein. Es war eine schöne Nacht, Mark, aber jetzt ist sie vorüber. Und sie wird sich nicht wiederholen.«

»Es war schön«, meinte auch Girland. Und mit einem charmanten Lächeln fügte er hinzu: »Was mich betrifft, würde ich es gern wiederholen, Liebling.«

Sie versuchte vergebens, ein Kichern zu unterdrücken.

»Nun, mein Krankenhaus wird nicht weglaufen – du weißt, wo du mich später finden kannst.« Mit diesen Worten verließ sie das Zimmer.

Girland nahm sich eine Zigarette, zündete sie an und legte sich zurück. Er seufzte zufrieden. Dies, sagte er sich, war der beste Auftrag, den er je von der CIA erhalten hatte. Es war zu schön, um wahr zu sein. Er blies den Rauch zur Decke und fragte sich, wie lange es wohl dauern würde, bis Erica ihr Gedächtnis wiederfand. Er fragte sich auch, ob sie ihm die Informationen geben konnte, die Dorey haben wollte. Er runzelte die Stirn, als er sich ihrer seltsamen Worte erinnerte: »So schön und schwarz wie eine Traube.« Was hatte das zu bedeuten, wenn überhaupt? Hatte die Traube etwas mit Kungs neuen Waffen zu tun? Er schüttelte den Kopf. Das war unwahrscheinlich – Waffen waren nicht schön.

Ungeduldig drückte er die Zigarette aus. Er schaute auf die Uhr am Nachttisch. Es war erst 6 Uhr 15 – noch zu früh, um aufzustehen. Er schloß die Augen und erinnerte sich an die vergangene Nacht. Bei Frauen wußte man doch nie, woran man war. Wer hätte gedacht, daß in diesem kleinen, noch nicht ganz reifen Körper soviel Leidenschaft verborgen war?

Eine Stunde später döste Girland immer noch vor sich hin. Es klopfte, und er rief: »Herein.«

Diallo erschien mit Kaffee und Orangensaft.

»Wann möchten Sie frühstücken, Sir?« fragte er, als er das Tablett niedersetzte.

Schuldbewußt schaute sich Girland im Zimmer um, ob Ginny auch keinen Hinweis auf ihren nächtlichen Besuch zurückgelassen hatte. Er konnte nichts entdecken.

»In einer Stunde etwa.« Er streckte sich aus. »Wozu können Sie mir raten?«

»Zu Eiern, Sir. Sie müssen bestimmen, wie Sie sie haben wollen. Auch der Schinken sieht sehr gut aus. Wenn Sie Forelle blau lieben – ich kann sie nur empfehlen.«

Girland seufzte wohlig.

»Ich nehme die Forelle. Lebt Mr. Dorey immer in diesem Stil?«

»In welchem Stil, Sir?« fragte Diallo. Er sah ehrlich verwirrt aus.

»Also, so was«, sagte Girland und schüttelte verwundert den Kopf. »In Ordnung, Diallo, ich bin in einer Stunde unten.«

Eineinhalb Stunden später hatte Girland sein Frühstück beendet. Als er sich mit der *New York Herald Tribune* auf die Terrasse setzen wollte, kam Sergeant O'Leary eilig die Treppe herauf. Unter dem Arm trug er ein versiegeltes Paket.

»Das ist für Sie gekommen«, sagte er. »Würden Sie bitte unterschreiben?« Als Girland die Empfangsbestätigung unterzeichnete, fuhr O'Leary fort: »Sechs weitere Leute sind eingetroffen. Ein Mann mit einem Hund hat oben auf der Corniche Posten bezogen.«

»Fein«, meinte Girland. »Wollen Sie Kaffee?«

»Ich bin im Dienst«, erwiderte O'Leary höflich und ging.

Girland schnitt eine Grimasse. Es war klar, daß O'Leary sich ärgerte, weil er einen Mann zur Corniche hinaufschikken mußte. Sei's drum. Er konnte sich kein Risiko leisten, und außerdem hatte Dorey es ausdrücklich angeordnet.

Er erhob sich und öffnete das Paket, das die umfangreiche Akte über Feng Hoh Kung enthielt. Er trug die Unterlagen ins Wohnzimmer und schloß sie in eine Schublade des Schreibtisches im Alkoven. Dann stieg er die Treppe hinauf und klopfte an Ericas Schlafzimmertür.

Ginny öffnete. Sie trug ihre Schwesterntracht und gab sich ganz unpersönlich. Sie lächelte nicht einmal, als er ihr einen kleinen Klaps auf die Wange gab.

»Wie geht es der Patientin?« fragte er ernüchtert, als er sah, daß sie völlig ungerührt blieb.

»Sie ist aufgestanden und fühlt sich wohl«, sagte Ginny. »Sie möchte gern auf der Terrasse frühstücken. Bitte, treten Sie ein.«

Girland betrat das große, geschmackvoll möblierte Zimmer. Erica saß in einem bequemen Sessel am offenen Fenster, mit Blick aufs Meer. Sie trug einen blauen Morgenmantel, den – so vermutete Girland – Ginny ihr gekauft hatte. Als er näher kam, drehte sie sich um, lächelte und hielt ihm die Hand entgegen.

»Guten Morgen, Mark«, sagte sie.

Er küßte ihr die Finger, nachdem er sich vergewissert hatte, daß Ginny nicht mehr im Zimmer war. Dann setzte er sich zu ihr.

»Wie geht es dir heute morgen, Erica?«

»Wunderbar. Ich möchte schwimmen. Fährst du mich hinaus?«

»He!« sagte er, übertriebenen Schreck vortäuschend. »Noch nicht. Du darfst nichts übereilen. Auf die Sonne mußt du noch eine Weile verzichten.«

Als sie ihn enttäuscht anblickte, dachte Girland wieder einmal, wie schön sie doch sei.

»Aber ich liebe Sonne; sie wird mir guttun.«

»Erst mußt du dich völlig erholt haben. Der Arzt sagt, daß du auf keinen Fall starkem Licht ausgesetzt werden darfst. Ich weiß, ich verlange viel von dir – aber ich muß darauf bestehen, daß du die nächsten Tage nicht einmal das Haus verläßt. Wenn du es trotzdem tust, wird dein Erinnerungsvermögen darunter leiden.« Er fragte sich, ob sie ihm diese Lüge wohl abnahm.

»Ich verstehe.« Sie schnitt eine Grimasse. »Natürlich . . .« Wieder sah sie ihn an. »Komisch – ich kann einfach nicht glauben, daß du mein Mann bist. Sind wir wirklich verheiratet?«

»Ich kann dir unsere Heiratsurkunde zeigen, wenn du willst«, sagte Girland leichthin. »Ja, Liebling, ich bin wirklich dein Mann.«

»Und doch kann ich mich an nichts erinnern, was mit dir zusammenhängt.« Sie fuhr mit den Fingern leicht über seinen Handrücken. »Du bist nett – genau der Mann, den ich mir ausgesucht hätte. Wie lange sind wir denn verheiratet?«

»Drei Jahre«, log Girland.

»Haben wir Kinder?«

»Nein.«

»Warum denn nicht, Mark?«

Er kratzte sich unbehaglich im Nacken.

»Wir sind viel herumgereist und hatten noch keine Möglichkeit, seßhaft zu werden.«

»Was hast du denn für einen Beruf?«

»Ich arbeite für IBM – für diese Automations-Heinis. Im Augenblick bereite ich hier unten etwas vor. Ich habe diese Villa gemietet, bis alles unter Dach und Fach ist.«

»Hier unten?« Sie schien fast geistesabwesend zuzuhören, aber Girland hatte das Gefühl, daß sie jetzt in Spannung geriet.

»In Eze – bei Nizza in Frankreich«, erklärte er.

»Bist du ein wichtiger Mann, Mark?«

»Das würde ich nicht sagen. Ich habe Erfolg, nicht mehr.«

»Warum sind denn da unten im Garten Soldaten?«

Girlands Verstand arbeitete schnell.

»Ich verhandle mit der französischen Regierung«, erklärte er. »Der Finanzminister wird uns in ein oder zwei Tagen besuchen. Letzten Monat hat ihn jemand mit einer Bombe gekitzelt, er ist ein bißchen nervös. Die Leute sollen seine Sicherheit garantieren. Sieht alles ein bißchen übertrieben aus, aber der Auftrag ist schon wichtig. Du solltest dir deswegen keine Sorgen machen.«

Er beobachtete sie aufmerksam. Sie schien sich zu beruhigen.

»Ah ja.« Sie drehte den Kopf, und die dunklen, veilchenblauen Augen versuchten, sein Gesicht zu erforschen. »Ich bin glücklich, daß du mein Mann bist, Mark. Du kannst dir ja nicht vorstellen, was es bedeutet, die Vergangenheit zu vergessen, und dann in einem so netten Zimmer und in Gesellschaft eines solchen Mannes zu sich zu kommen.«

Girland war etwas geniert.

»Verstehe. Aber du wirst dich bald wieder erinnern können. Sieh mal . . .«

»Haben wir uns gestritten?«

»Wieso? Nein. Weshalb sollten wir uns denn streiten?«

»Eheleute streiten sich doch . . . oder?«

Er entschloß sich, die Unterhaltung, die für ihn unbequem zu werden drohte, auf festeren Boden zu lenken.

»Erinnerst du dich an gar nichts mehr, Erica?« fragte er. »Auch nicht an die Reise, die wir vor ein paar Monaten nach Peking machten?«

Sie erstarrte, ihre Hände ballten sich zu Fäusten.

»Peking?«

»Ja.«

Eine Weile saß sie reglos da und starrte aus dem Fenster.

»Ich mochte Peking nicht«, sagte sie merkwürdig kalt.

»Warum sagst du das?«

Sie machte eine Bewegung des Abscheus.

»Ich weiß es selbst nicht. Es ist nur so ein Gefühl. Was ist mir in Peking passiert?«

»Wieso? Nichts. Ich war dort auf Geschäftsreise«, log

Girland. »Du bist viel in der Stadt herumgelaufen, während ich die Verhandlungen führte. Erinnerst du dich nicht?«

»Ich möchte nicht darüber sprechen. Es ist zu unangenehm.«

»Und ich glaubte, es hätte dir Spaß gemacht. Erinnerst du dich nicht an die Trauben?« Girland beugte sich vor. »An die schwarzen Trauben?«

Sie warf den Kopf herum, ihre Augen leuchteten auf.

»Es gab eine ... ein wunderbares Ding. Da war ein goldener Drache ... da war ...« Ihre Augen erloschen, sie preßte die Hände an den Kopf und rief: »Warum kann ich mich nur nicht erinnern? Die Traube ist doch so wichtig.«

»Warum ist sie wichtig?«

»Ich weiß nicht. Aber ich fühle, daß sie wichtig ist. Ich hatte sie doch ... Ich ...« Sie brach verzweifelt ab.

Girland redete besänftigend auf sie ein: »Mach dir deshalb keine Sorgen. Laß dir Zeit.« Er stand auf. »Ich komme bald wieder. Jetzt muß ich einen Haufen Arbeit erledigen. Ruh dich aus, und mach dir keine Sorgen. Möchtest du etwas lesen?«

»Nein, ich will nachdenken. Ich habe das Gefühl, daß ich mich dann schneller erinnern kann.«

»Na schön. Aber mute dir nicht zu viel zu. Ich werde der Schwester sagen, sie soll raufkommen. Sie kann dir Gesellschaft leisten.«

»Nicht jetzt ... später.« Sie lächelte ihm zu und hielt ihm die Hand entgegen. Als er sie nahm, zog sie ihn näher zu sich und bot ihm die Lippen. Er küßte sie, dann lehnte sie sich zurück. »Schön, Mark, geh an die Arbeit. Und komm schnell wieder.«

Ein bißchen unstet auf den Beinen verließ Girland den Raum und ging ins Wohnzimmer hinunter. Ginny las Zeitung. Sie schaute Girland fragend an.

»Ginny, Liebes, ich bin beunruhigt darüber, daß Erica nichts anzuziehen hat«, begann er. »Könntest du gleich nach Nizza fahren und das Nötige einkaufen? Du nimmst am besten Diallo mit. Er hat schließlich das Geld. Würdest du?«

»Natürlich.«

Als sie sich entfernt hatte, ging Girland zum Schreibtisch hinüber und nahm sich die Akte Kung vor. Er trug sie auf die Terrasse, wo er sie studieren wollte.

Um die Mittagszeit begann sich der Verkehr auf der Grand Corniche zu verdichten. Eine Schlange von Reisebussen kroch den steilen Berg hinauf, von Zeit zu Zeit hielten die Fahrzeuge, so daß die Touristen aus den offenen Fenstern fotografieren konnten.

Gefreiter Dave Fairfax saß in seinem Jeep, der abseits geparkt war, und beobachtete neidisch den Ausflugsverkehr. Aus seinem Transistorgerät kam leise Swing-Musik. Der Schäferhund schlief hinten im Wagen.

Fairfax litt nicht nur an Langeweile, er war auch ärgerlich. Hatte sein Sergeant nicht gesagt, daß die Wache an der verdammten Straße hier oben reine Zeitvergeudung sei? Wieviel angenehmer wäre es jetzt im Garten der Villa gewesen. Einige Kameraden hatten sich zu einem Würfelspiel zusammengetan, bei dem sich Fairfax gute Chancen ausgerechnet hatte.

Er brauchte dringend Geld. Diese kleine Französin, die er neulich abends im Hafen von Villefranche aufgegabelt hatte – er wußte, daß sie scharf auf ihn war, aber er ahnte auch, wieviel das alles kosten würde. Dumm, daß man mit der Konkurrenz der gottverdammten Marine rechnen mußte. Die Burschen hatten es gut. Kaum, daß sie Anker geworfen hatten, flogen ihnen die Bienen nur so zu.

Drei Busse mit Touristen fuhren langsam an ihm vorbei. Ein Mann mit einem Eulengesicht lehnte sich aus dem Fenster und machte eine Aufnahme von dem Jeep. Fairfax schnitt ihm eine Grimasse. Der Mann mit dem Eulengesicht grinste, der Bus fuhr weiter.

Fairfax setzte sich bequemer hin. Es war heiß. Sehnsüchtig dachte er an den schattigen Garten. Es minderte seinen Ärger, die Wagen hinter den Bussen zu beobachten. Das wütende Gesicht der Fahrer, wenn sie erkannten, daß sie nicht überholen konnten, amüsierte Fairfax. Jedenfalls war er nicht der einzige, der zu leiden hatte.

Fairfax war weit davon entfernt, wachsam zu sein. Von Zeit zu Zeit döste er ein. Wenn der Hund schlafen kann, dachte er, warum nicht auch ich?

Der schwarze 404, der in der Autoschlange mitkroch, entging ihm. Wäre er in Form gewesen, so hätte das vietnamesische Mädchen hinter dem Steuer gewiß seine Neugier erregt. Neben ihr saß ein schlanker Mann, der wie ein Chinese aussah, und hinten im Wagen ein junger Beatnik, dessen dunkle Augen unruhig glitzerten.

»Da, links«, sagte Pearl.

Sadu hatte den Jeep bereits gesehen. Er fühlte seine Handflächen feucht werden und verdeckte sein Gesicht. Auch Jo-Jo sah den Jeep und den amerikanischen Soldaten, der die Füße aufs Armaturenbrett gelegt hatte. Seine Kinnladen bewegten sich rhythmisch beim Kaugummikauen, die Augen waren halb geschlossen.

»Meinst du, daß sie den Pfad entdeckt haben?« fragte Sadu, als Pearl wegen einer Stauung bremste.

»Vielleicht. Du mußt mitgehen, Sadu«, gab Pearl zurück.

Sadu schnitt eine Grimasse.

»Du kriegst meine Pistole«, sagte Jo-Jo. »Ich habe ja das Gewehr.« Er ließ die .38er mit dem Schalldämpfer in Sadus Schoß fallen.

Sadu schob die Waffe schnell in den Gürtel. Er haßte die ganze Sache, aber er konnte sich nicht mehr drücken.

»Ich halte an der nächsten Kurve«, sagte Pearl. »Dann geht zurück. Vergeßt die Kamera nicht.«

Der Verkehr floß jetzt ein bißchen schneller. Hinter der Kurve, außerhalb der Sichtweite des Soldaten, bremste Pearl.

»Macht schnell«, sagte sie. »Ich bin in einer halben Stunde zurück.«

Sadu schwitzte. Er griff nach der 16-Millimeter-Filmkamera, die er mitgebracht hatte, dann legte er die Hand auf den Türgriff. Pearl bremste und brachte den Wagen zum Stehen – und damit auch die Kolonne der folgenden Wagen, deren Fahrer fluchten.

Sadu und Jo-Jo stiegen aus und erreichten den schmalen Fußweg, als das Hupkonzert begann. Pearl fuhr wieder an.

Die Waffe drückte Sadu gegen den Magen. Jo-Jo, der den Geigenkasten und einen Rucksack mit Proviant und Wein trug, lief neben ihm. Der Pfad zweigte etwa hundert Meter vom Jeep entfernt ab.

Sadu und Jo-Jo gingen langsam zu der Lücke in der Mauer, von der aus man den Pfad erreichte. Beide fühlten sie sich wie Fliegen an der Wand. Außer ihnen gab es hier oben keine Fußgänger. Sie waren sich bewußt, daß die Leute in den Autos sie neugierig ansahen. Der Geigenkasten zog ihre Aufmerksamkeit an.

Mit verhaltener Stimme sagte Jo-Jo: »Er hat uns entdeckt. Mach schnell ein paar Bilder.«

Fairfax hatte eben seinen Kaugummi unter das Armaturenbrett gedrückt. Als er die beiden Männer bemerkte, stutzte er. Dann sah er den einen die Kamera heben und das ferne Dorf filmen. Fairfax konzentrierte sich wieder ganz auf den neuen Kaugummi, den er auswickelte.

Ein Tourist, dachte er. Hat alles, was man mit Geld kaufen kann, und ich wette, er macht lausig schlechte Bilder.

Ein Bus näherte sich.

»Wir biegen ab, wenn der Bus zwischen ihm und uns ist«, sagte Sadu.

Sie warteten. Sadu tat noch immer, als filmte er.

Jo-Jo sagte: »Jetzt.«

Beobachtet von dreißig Touristen, aber außerhalb der

Sicht des Soldaten, ließen sie sich gefährlich schnell den Abhang heruntergleiten, bis sie den eigentlichen Pfad erreicht hatten.

Sadu zog die Waffe und ging voran. Jo-Jo wartete einige Sekunden, ehe er ihm folgte. Als sie das Dach der Villa unter sich sahen, hielten sie inne. Sadu vergewisserte sich, daß unter ihnen kein Posten stand.

»Alles in Ordnung«, sagte er. »Sie haben den Pfad nicht gefunden. Ich gehe jetzt zurück. Du mußt selbst sehen, wie du zum Hotel zurückkommst. Komm mir nicht unverrichteterdinge zurück.«

Jo-Jo grunzte, schob sich an Sadu vorbei und stieg weiter hinunter. Sadu drehte sich um und begann, zur Straße zurückzuklettern. Er hatte Glück. Eine Buskolonne fuhr vorbei, und Fairfax, der gerade einen anderen Sender suchte, hatte die beiden Touristen völlig vergessen.

Jo-Jo war inzwischen zu einer Stelle gekommen, von der aus er die Terrasse der Villa einsehen konnte. Auf der Terrasse saß niemand. Er nahm den Rucksack ab, setzte sich nieder und lehnte sich an einen Baum. Sein Versteck schien sicher. Die nächsten Minuten verbrachte er damit, das Gewehr zusammenzusetzen. Dann zielte er auf die Terrasse. Die Optik vergrößerte so stark, daß Jo-Jo die Risse in den Steinplatten sehen konnte. Zufrieden lud er das Gewehr, dann legte er es über die Knie und wartete.

Unten im Dorf Eze betrachtete Henri Dumaine, der Versicherungsagent und Grundstücksmakler, Petrovka ohne großes Interesse. Er bezweifelte, daß dieser junge, schäbig gekleidete Mann genügend Geld hatte, um sich in seinem Bezirk ein Grundstück zu kaufen. Aber es war immerhin möglich, daß er als Agent für jemand anders auftrat, der Geld hatte, und so entschloß er sich mitzuspielen.

»Ja, natürlich kenne ich Mr. Doreys Villa«, antwortete er. »Es gibt in diesem Bezirk keine Villa, die ich nicht kenne. Sie möchten Land oberhalb davon kaufen?«

»Ja«, gab Petrovka zurück. Er war bereits an der Grande Corniche gewesen und hatte den Soldaten und den Jeep gesehen. Deshalb war es ihm zu riskant erschienen, die Gegend nach einem Pfad abzusuchen. In seiner Verzweiflung war er zu dem Grundstücksmakler gelaufen.

»Nun, das wäre schon möglich. Oberhalb der Villa steht einiges Land zum Verkauf. Aber ich darf Ihnen nicht verheimlichen, daß es dort kein Wasser gibt.«

»Da ließe sich schon Abhilfe schaffen«, antwortete Petrovka in seinem mühsamen Französisch. »Ich möchte das Land gern einmal sehen. Gibt es einen Pfad, der zur Villa hinunterführt?«

»Es hat mal einen gegeben«, erklärte Dumaine. »Mir ist jedenfalls so.« Er stand auf, ging zu seinem Aktenschrank und entnahm ihm eine Reihe von Karten. »Ja, tatsächlich. Aber ich möchte Ihnen abraten, er ist gefährlich. Niemand benutzt ihn mehr. Der Boden muß ganz locker sein.«

»Kann ich die Karte mal sehen?« fragte Petrovka. Der Schweiß brach ihm aus. Ich habe also versagt, dachte er. Es gibt einen Pfad, und ich habe Malik gesagt, es gäbe keinen.

Dumaine schob die Karte über den Schreibtisch.

Petrovka studierte sie aufmerksam. Mit einem Blick erkannte er, daß er an der Abzweigung vorbeigegangen war und daß sie sich ganz in der Nähe der Stelle befand, wo der Jeep geparkt war.

Er prägte sich das Terrain ein.

»Es könnte klappen«, sagte er und stand auf. »Ich gebe Ihnen Bescheid.«

Dumaine konnte nur mit Mühe seine Verachtung verbergen.

»Wie Sie wünschen, Monsieur«, sagte er, stand auf, verbeugte sich, schüttelte dem Besucher die Hand und sah ihm nach, als er das Büro verließ.

Petrovka fuhr zur Grande Corniche zurück. Ihm war unbehaglich, er wußte, daß er wertvolle Zeit vergeudet hatte. Mit einem Blick auf seine Uhr überzeugte er sich, daß es 13 Uhr 10 war. Malik wartete sicherlich schon ungeduldig. Aber da der Pfad wirklich existierte, mußte er Einzelheiten darüber melden.

Der Verkehr war wieder schwächer geworden, und ohne Schwierigkeiten kam er am Jeep vorbei. Ein paar Meter weiter fand er eine Stelle, die vom Jeep her nicht eingesehen werden konnte. Er fuhr dorthin und stellte den Motor ab.

Das Problem war nun, den Pfad zu erkunden, ohne den Wachtposten zu alarmieren. Er stieg aus und ging den schmalen Fußweg bis zur nächsten Kurve. Er wartete eine Lücke im Verkehr ab, zog sich über die Mauer und ließ sich an der anderen Seite herunterfallen. Es war ein mühevoller und gefährlicher Abstieg, aber er schaffte ihn. Immer wieder glitt er aus, aber er fing sich jedesmal wieder, indem er sich an einem Strauch festklammerte oder an einen Baum drückte.

Jo-Jo, der es sich in der Sonne wohlsein ließ, hörte ihn kommen. Die erste Warnung war ein Stein, der an ihm vorbeirollte. Leise stand er auf, nahm seinen Rucksack und kroch ins Gestrüpp. Er wartete mit offenem Munde, das Gewehr schußbereit.

Dann sah er Petrovka, eine Mauser 7.63 mm in der Hand, vorsichtig den Pfad herunterkommen. Jo-Jo hob die Waffe. Es war kinderleicht. Die Kugel traf Petrovka in die Stirn, und er starb, ohne einen Laut von sich zu geben.

Jo-Jo wischte sich das Gesicht und lud wieder durch. Dann zerrte er Petrovkas Leiche ins Gestrüpp.

Unruhig auf und ab gehend, wartete Malik in der schmutzigen kleinen Villa in Cagnes. Smernoff, der am offenen Fenster saß, beobachtete die Bikini-Schönheiten, die sich am Strand zur Schau stellten.

Erst gegen Ende der Akte stutzte Girland. Er begann den

Ausschnitt aus *The Art & The Connoisseur* aus dem Jahre 1937 genauer zu lesen.

Bis jetzt hatte er sich durch einen Wust von Agentenberichten durchgearbeitet, durch eine Analyse vom Charakter Kungs, Vergangenheit und gegenwärtiger Arbeit. Da zog dieser Artikel plötzlich seine ganze Aufmerksamkeit auf sich.

Da stand, daß die Familie Kung seit Jahrhunderten insbesondere seltene Antiquitäten gesammelt habe, Steine und Jade, und daß Feng Hoh Kung all diese Schätze geerbt hatte.

Zu dieser erstaunlichen Sammlung, die in der ganzen Welt nicht ihresgleichen hat, hieß es in dem Artikel, gehört auch die berühmte Schwarze Traube, die einzige tiefschwarze Perle. Ihr ursprünglicher Besitzer war Shi Huang-ti, der Erbauer der großen Chinesischen Mauer im dritten Jahrhundert v. Chr. Die Familie Kung hat sie 1753 erworben.

Girland schob die Akte zur Seite, zündete sich eine Zigarette an und sah nachdenklich auf die sonnenhelle Terrasse hinaus.

Davon, dachte er, hat Erica gesprochen. *So schön und schwarz wie eine Traube.* Vielleicht hatte sie die Perle gesehen und einen starken Eindruck von ihr bekommen. Er zuckte die Schultern und wandte sich wieder der Akte zu. Plötzlich hielt er inne, seine dunklen Augen verengten sich. Er erinnerte sich deutlich an Ericas Erregung, als sie sagte: *Ich hatte sie doch.*

War es möglich, daß sie die Perle hatte? War das vielleicht der Grund, warum sie Kung verlassen hatte? Er las den Artikel noch einmal, dann setzte er sich zurück und rieb sich nachdenklich das Kinn.

Er hatte viele Verbindungen und fragte sich nun, wer ihm mehr über die Schwarze Traube sagen könnte. Im Geist sortierte er eine Vielzahl von Namen. Schließlich schnippte er mit den Fingern, Jacques Yew war ihm eingefallen, der in Monte Carlo auf dem Boulevard des Moulins einen orientalischen Laden mit großem Erfolg betrieb. Vor ein paar Jahren war Yew durch einen seiner vielen Freunde in Schwierigkeiten gekommen – der Junge hatte ihn erpressen wollen. Girland hatte Yew durch Zufall in einem Pariser Kellerlokal kennengelernt. Erpressung konnte Girland nicht vertragen, er nahm sich des Burschen an, der Yew peinigte, und reduzierte ihn zu einem erbärmlichen Wrack. Yew hatte daraufhin Girland gebeten, sich an ihn zu wenden, wenn er je Hilfe brauchte.

Das war Girlands Art: Er erwies jemandem einen Dienst und zögerte später nie, den Lohn dafür zu kassieren. Jetzt, dachte er, kann sich Yew als sehr nützlich erweisen.

Er schloß die Akte. Es war 12 Uhr 30, er wollte sich mit Yew noch am gleichen Nachmittag treffen. Ginny mußte jeden Augenblick zurückkehren. Erica war seit über zwei Stunden allein gewesen. Zögernd ging Girland die Treppe hinauf, klopfte an die Schlafzimmertür und trat ein.

Erica saß noch immer am Fenster. Sie wendete den Kopf und lächelte ihm zu.

»Bist du fertig mit der Arbeit, Mark?« fragte sie und hielt ihm die Hand entgegen.

»Für den Augenblick.« Er trat auf sie zu und küßte ihr die Fingerspitzen. »Aber nachmittags muß ich wieder fort. Hast du dich gelangweilt?«

»Nein, ich habe nachgedacht.« Sie machte eine Pause, dann fragte sie: »Mark, sind wir kürzlich in Paris gewesen?«

»Ja. Wir kommen gerade von dort. Warum?«

»Mein Verstand wandert wie durch Wolken. Manchmal werden die Wolken dünner, dann kann ich sehen, wo ich gehe. Verstehst du?«

»Natürlich. Erinnerst du dich an Paris?«

»Ich erinnere mich, daß ich in einem Hotel war. Aber du warst nicht bei mir.«

»Welches Hotel war das?«

Sie zögerte nicht. *»Hotel Astorg.«*

»Deine Garderobe fehlt, vielleicht ist sie noch im Hotel. Ich rufe besser dort mal an.«

Sie runzelte die Stirn.

»Was ist in Paris passiert?

»Das weiß ich nicht. Wir haben im *Hotel George V.* gewohnt, ich ging morgens zu Geschäften weg, und als ich zurückkehrte, warst du mit deinen Koffern verschwunden.«

»Hast du geglaubt, daß ich dich verlassen hätte?«

Girland lächelte.

»Nie im Leben. Du bist sicherlich aufgewacht, nachdem ich fort war, und hast festgestellt, daß dein Gedächtnis aussetzte. Aus Angst bist du wahrscheinlich davongelaufen.«

Hilflos schüttelte sie den Kopf.

»Wahrscheinlich war es so. Würdest du bitte das Hotel anrufen – ich möchte gern meine Sachen haben.«

»Gleich. Schwester Roche ist in Nizza und kauft dir einstweilen etwas anzuziehen. Ich bin bald wieder da.«

Er rief Dorey vom Wohnzimmer an. »Sie hat im *Astorg* gewohnt. Vielleicht ist ihr Gepäck noch dort.«

»Sie beginnt also zu sprechen?«

»Scheint so.«

»Hat sie sonst noch etwas gesagt?«

Girland dachte an die Schwarze Traube. Dann sagte er: »Noch nicht.«

»O'Halloran wird zum Hotel fahren. Ist bei Ihnen alles in Ordnung?«

Girland dachte an Diallos Service und sagte: »Ich kann mich nicht beklagen.«

»Ich will keine Komplikationen – weder mit der Frau noch mit der Krankenschwester. Haben Sie mich verstanden?«

»Natürlich«, erwiderte Girland und grinste. »Was Neues von Malik?«

»Nein. Aber er ist nicht nach Süden gefahren.«

»Wo ist er dann?«

»Weiß ich nicht. Im Augenblick haben wir seine Spur verloren, aber ich bin schon zufrieden, daß er nicht in Südfrankreich sitzt.«

»Ach, wirklich?« fragte Girland mit Spott in der Stimme. »Wenn Sie seine Spur verloren haben, dann können wir ganz sicher sein, daß er schon hier unten ist.« Ohne ein weiteres Wort legte er auf.

Er trat auf die Terrasse hinaus, wobei ihn Jo-Jo von seinem Versteck aus beobachtete, ging die Stufen hinunter und sprach mit Sergeant O'Leary. Er informierte O'Leary, daß Malik vielleicht einen Angriff vorbereitete. Aber O'Leary versicherte, er habe alles fest im Griff, und überhaupt seien Sicherungsmaßnahmen seine Angelegenheit. Girland sah ihn nachdenklich an, unterdrückte eine sarkastische Bemerkung und wollte gerade zur Villa zurückkehren, als Ginny und Diallo durchs Tor fuhren.

Ginny trug einen großen Sonnenhut, der ihr Gesicht verdeckte, und Jo-Jo, der sie im Zielfernrohr beobachtete, fragte sich, ob sie wohl Erica Olsen oder nur eine Besucherin war. Ich darf keinen Fehler machen, sagte er sich. Man hatte ihm gesagt, Erica sei groß und blond. Er hatte viel Zeit und konnte nur einmal schießen.

Während Diallo schnell das Essen zubereitete, gingen Girland und Ginny zu Erica hinauf.

»Die Schwester ist zurück«, sagte er. »Sie hat dir Kleider mitgebracht. Das Hotel habe ich auch angerufen. Sie wollten sich wieder melden.«

»Vielen Dank, Mark.« Erica erhob sich. Die Bewunderung, die Girland förmlich aus den Augen sprang, blieb Ginny nicht verborgen. Ginny packte den Koffer aus, den sie aus Nizza mitgebracht hatte.

Eine Stunde später war Girland in Monte Carlo. Als er endlich einen Parkplatz gefunden hatte, ging er mit schnellen Schritten den Boulevard des Moulins hinunter und betrat den Laden von Jacques Yew.

Yew saß an seinem reichverzierten Schreibtisch und untersuchte ein Stück Jade, das er einem Amerikaner im *Hotel de Paris* verkaufen wollte. Er war ein kleiner, dünner, weibisch aussehender Mann mit hellen Haaren und den Zügen eines Künstlers. Als er Girland erkannt hatte, sprang er auf, echte Freude im Gesicht.

»Mein lieber Junge! Wie schön, Sie wiederzusehen.« Er reichte Girland eine kleine, schlaffe Hand. »Setzen Sie sich. Was treibt Sie in dieses schreckliche kleine Dorf?«

»Der Urlaub. Wie geht's, Jacques?«

Yew verzog das Gesicht.

»So là là. Das Geschäft läuft schlecht, das setzt mir immer arg zu. Geld scheint neuerdings knapp zu sein. Und wie geht es Ihnen?«

»Gut.« Girland zündete sich eine Zigarette an. »Darf ich Ihnen eine Frage stellen, ohne daß Sie mir gleich mit einer Gegenfrage kommen?«

Erstaunt sah Yew ihn an.

»Aber natürlich doch. Fragen Sie.«

»Haben Sie je von einer Perle gehört, die Schwarze Traube heißt?«

Yew riß die kleinen Augen weit auf.

»Sicher. Sie gehört der Familie Kung, im Augenblick ist sie in Peking. Was ...«

»Stopp – keine Fragen, Jacques. Erzählen Sie mir von der Perle.«

»Ein ganz einzigartiges Stück. Sie gehörte früher Shi Huang-ti, der, wie Sie vielleicht wissen, die Große Mauer baute. Angeblich wurde sie von einem Fischer auf einer Austernbank im Persischen Golf gefunden, etwa im dritten Jahrhundert vor unserer Zeitrechnung. Wie sie in den Besitz der Familie Kung gekommen ist, weiß man nicht. Um das Jahr 1887 herum ließ der Vater des jetzigen Kung einen illustrierten Katalog seiner Sammlung zusammenstellen. Damals erfuhren die Sammler und Händler in aller Welt zum erstenmal, daß sich die Schwarze Traube in Kungs Besitz befindet.« Er stand auf und ging zu einem

Bücherschrank. »Irgendwo habe ich noch ein Exemplar des Katalogs.« Er suchte einen Augenblick, dann zog er einen dicken, in weißes Pergament gebundenen Band hervor und trug ihn zum Schreibtisch. Er blätterte, dann schob er den Band Girland zu. »Hier ist eine Fotografie der Perle. Ganz einzigartig.«

Girland studierte das Bild. Es zeigte eine tiefschwarze Perle von der Größe einer Traube, die ein goldener chinesischer Drache auf dem Rücken trug.

»Ich hatte keine Ahnung, daß es wirklich schwarze Perlen gibt«, sagte Girland.

»Es gibt viele sogenannte schwarze Perlen, aber die sind in Wirklichkeit grau. Die Traube ist die einzige wirklich schwarze Perle. Es heißt, daß die Auster, in der sie entstand, durch die Tinte eines Tintenfisches schwarz gefärbt worden sei. Nur eine Theorie, gewiß, aber eine interessante. Auch der Drache ist ein schönes Stück.« Yew legte das Buch wieder an seinen Platz. Als er zurückkehrte, sah er Girland offen ins Gesicht. »Ich muß schon sagen, lieber Freund, Ihr Interesse an dieser Perle erregt meine Neugier.«

»Was ist sie wert?« fragte Girland und streifte die Asche seiner Zigarette in den silbernen Aschenbecher auf Yews Schreibtisch.

»Was sie wert ist?« Yew lächelte listig. »Für so ein Stück gibt es keinen Preis. Wenn sie zur Auktion käme, würden die Sammler sich um sie schlagen. Aber ich bezweifle, daß eine Privatperson heute genügend Geld hat, um sie zu kaufen.«

»Angenommen, Kung wollte sie verkaufen. Angenommen, er bräuchte dringend Geld. Zu welchem Preis würden Sie sie verkaufen?«

Yew schüttelte den Kopf.

»Das würde ich gar nicht erst versuchen. Das Objekt ist zu groß für mich, es müßte an Christie nach London gehen. Nur dort kann entsprechend geboten werden.«

»Aber nehmen Sie doch einmal an, daß die Perle unter dem Tisch gehandelt werden müßte. Zum Beispiel könnte es sein, daß Kungs Regierung nichts von dem Handel erfahren soll. Kennen Sie einen Sammler, der das Ding dann kaufen würde?«

Yew schaute Girland gedankenverloren an; seine Augen waren wie verschleiert.

»Ja, ich kenne drei oder vier Sammler, die sie dann kaufen würden.«

»Zu welchem Preis?«

Yew zuckte die Schultern.

»Schwer zu sagen. Ich würde mit drei Millionen Dollar anfangen.«

Girland holte tief und hörbar Atem. »Und die ganze Sache könnte über die Bühne laufen, ohne daß ein Dritter davon erfährt?«

»Das ist möglich.«

»Das müßte auch so sein.«

Wieder sah Yew Girland an.

»Mein lieber Freund«, sagte er, »ich kann mir nur schwer vorstellen, daß Sie Ihre Zeit mit solchen Gesprächen verplempern. Warum sind Sie nicht offen? Sie dürfen mir vertrauen, ich bin Ihr Freund. Handeln Sie im Auftrag von Kung? Will er seine Perle wirklich verkaufen?«

Girland stand auf.

»Wir wollen nichts überstürzen, Jacques«, sagte er. »Vielen Dank für die Auskunft. Wenn Sie die Perle hätten – Sie könnten sie also für drei Millionen Dollar verkaufen?«

Yew tupfte sich mit einem seidenen Taschentuch die Schläfe.

»Ja.«

»Gut. Ich melde mich wieder.« Girland schüttelte Yew die Hand und verließ den Laden.

Sehr nachdenklich fuhr er nach Eze zurück.

Malik ging in der schäbigen Villa in Cagnes auf und ab.

»Wo bleibt dieser Idiot?« fragte er wütend. »Drei Stunden ist er schon unterwegs. Was macht er bloß?«

Smernoff seufzte und verzichtete darauf, ein sonnengebräuntes Mädchen in einem weißen Bikini mit den Augen zu verschlingen.

»Die Verkehrsverhältnisse sind schlecht«, sagte er. »Man braucht eine Stunde bis zur Corniche und eine Stunde wieder zurück. Sei nicht so ungeduldig.« Er wies aus dem Fenster. »Das Mädchen dort mit den langen Beinen, wirklich nett. Ich würde gern . . .«

»Schnauze«, bellte Malik. »Such ihn! Fahr zur Corniche rauf und stell fest, was er treibt.«

Smernoff entging nicht die Brutalität in Maliks Stimme. Er stand auf und ging zur Tür.

»Alles braucht seine Zeit«, sagte er, »aber ich gehe ja schon.«

Ungeduldig scheuchte Malik ihn hinaus. Dann setzte er sich in Smernoffs Sessel und schaute aus dem Fenster. Das Mädchen im weißen Bikini lief am Wasser entlang und schwenkte die Badekappe in der Hand.

Jetzt folgte Malik ihr mit den Blicken.

O'Halloran trat in Doreys Büro. Er hatte einen blau-weißen Koffer bei sich, den er auf einen Stuhl stellte.

»Ihrer«, sagte er, als Dorey eine Akte zur Seite schob und sich neugierig erhob. »Er stand in einem Abstellraum des Hotels. Sie wollte ihn später abholen.«

»Ich dachte, Sie hätten von zwei Koffern gesprochen«, meinte Dorey.

»Es hat auch zwei Koffer gegeben, aber den anderen habe ich noch nicht gefunden. In dem hier ist nichts Interessantes – nur Kleider. Ich habe mir alles angesehen. Die Sachen sind teuer, helfen uns aber nicht weiter.«

Dorey ließ sich seine Enttäuschung anmerken. »Und wo steckt der zweite Koffer?«

»Er könnte praktisch überall sein. Wir arbeiten mit Dulay zusammen, der alle Abstellräume in den Hotels und alle Gepäckaufbewahrungen überprüft. Das macht viel Arbeit und kann Tage dauern.«

»Unter welchem Namen hat sie sich im Hotel eingetragen?«

»Als Naomi Hill aus Los Angeles. Ich habe dem Personal ihr Bild gezeigt. Man erkannte sie sofort wieder.«

»Wie steht's mit dem Paß?«

»Der Portier hat ihn sich nicht angeschaut. Sie hatte ihn angeblich im Gepäck verstaut. Die polizeiliche Anmeldung hat sie selber ausgefüllt. Die Paß-Nummer lasse ich gerade überprüfen – möglicherweise ist sie falsch.«

»Sieht nicht so aus, als hätte sie ihr Gedächtnis zu dem Zeitpunkt schon verloren gehabt«, meinte Dorey nachdenklich. »Sieht eher nach Flucht aus.«

»Wir nehmen mit Sicherheit an, daß sie an Amnesie leidet?« fragte O'Halloran.

»Doktor Forrester scheint sich seiner Sache sicher zu sein. Aber sie könnte natürlich simulieren.« Dorey dachte nach. »Ich werde mit Girland reden. Wenn Sie sicher sind, daß nichts von Bedeutung im Koffer ist, lassen Sie ihn per Luftpost nach Eze schicken.«

Dorey griff zum Telefon. Zehn Minuten später hatte er Girland am Apparat und berichtete, daß einer der Koffer gefunden war.

»Für uns ist nichts von Interesse drin. Ich habe veranlaßt, daß er nach Nizza geflogen wird. Lassen Sie ihn vom Flughafen abholen. Ich habe mich noch einmal mit O'Halloran unterhalten.« Er erklärte Girland, daß Erica sich unter dem Namen Naomi Hill aus Los Angeles im Hotel eingetragen hatte. »Wir fragen uns nun, ob sie das Gedächtnis wirklich verloren hat oder ob sie es nur vortäuscht. Stellen Sie ihr eine Falle.«

»An was denken Sie da so?« fragte Girland und griff nach seinen Zigaretten.

»Vielleicht nennen Sie sie einmal Naomi und achten auf ihre Reaktion. Soll ich Ihnen jemanden schicken, der sich auf so was versteht?«

Girland dachte an die Schwarze Traube und sagte: »Nein, ich schaffe das allein. Geben Sie mir eine Stunde Zeit. Ich werde mir was ausdenken. Ich glaube zwar nicht, daß sie uns etwas vormacht, aber Sie wollen natürlich gern recht behalten.« Er legte auf.

Ginny, die das Gespräch mitgehört hatte, sagte: »Sie simuliert nicht, Mark, ich bin da ganz sicher. Ich habe schon einmal einen Fall Amnesie gehabt. Diesen verlorenen, vagen Blick in den Augen kann man nicht vortäuschen.«

Girland lächelte.

»Ich glaube ja auch nicht daran, aber mein Boss ist schon argwöhnisch zur Welt gekommen. Ich werde also raufgehen und mit ihr sprechen. Warum legst du dich nicht inzwischen auf die Terrasse und läßt dich braun brennen?«

Ginny warf ihm einen Blick zu und nickte.

»Gut.« Sie hielt inne, dann fuhr sie fort: »Sie ist wunderbar, nicht wahr?«

Er ging quer durchs Zimmer und nahm sie in die Arme.

»Du bist auch wunderbar, Ginny. Du hast etwas, das ihr fehlt.«

Ginny streichelte seine Wange.

»Was denn?«

»Das sage ich dir heute nacht.«

Sie machte sich von ihm los. Girland sah ihr nach, als sie zur Verandatür ging. Sie hielt inne und drehte sich um.

»Dann bis heute nacht.« Damit trat sie in den heißen Sonnenschein hinaus.

Jo-Jo litt unter der Hitze. Er hatte bereits die halbe Flasche Wein ausgetrunken, die Ruby ihm mitgegeben hatte. Nun stellte er fest, daß es ein Fehler gewesen war, Wein zu trinken. Cola wäre richtiger gewesen. Er hatte seine schmutzige Baumwolljacke ausgezogen und die Ärmel seines schwarzen Hemdes aufgekrempelt. Der Schweiß stand ihm auf der niedrigen Stirn, als er sich tief in den Schatten drückte. Vier Stunden lang hockte er nun schon hier, und die ganze Zeit über war niemand auf die Terrasse gekommen. Er zog den Rucksack näher heran, wühlte in ihm herum, zog ein Weißbrot heraus, brach es und aß ein Stück mit Schinken und Knoblauchsauce. Während er kaute, wischte er sich den Schweiß vom Gesicht. Das Gewehr, das auf seinen Knien lag, fühlte sich heiß an. Plötzlich durchzuckte es ihn. Er spuckte aus, was er im Munde hatte, und brachte das Gewehr in Anschlag.

Da war sie endlich! Weit unter ihm trat ein blondes Mädchen auf die Terrasse hinaus. Sie hatte einen Strandanzug an, setzte sich in einen Liegestuhl und sprühte sich mit einem Sonnenschutzmittel ein.

Jo-Jo hob das Gewehr und betrachtete die Frau durch das Zielfernrohr. Man hatte ihm gesagt, daß sie blond sei. Die Krankenschwester, das wußte er, war brünett. Also war diese Frau Erica Olsen.

Jo-Jos Lippen zogen sich fletschend von den braunen Zähnen zurück, er hielt den Atem an, als er die Stirn des Mädchens im Fadenkreuz suchte. Er saß regungslos da und schaute in den Garten hinunter. Jo-Jo wußte, daß er ein ideales Ziel vor sich hatte. Sacht drückte er ab.

7

Wäre der Gefreite Willy Jackson nicht Meister im Halbschwergewicht gewesen, sein Leben wäre wegen der ständigen Hänseleien seiner Kameraden zur Hölle geworden.

Aber da Jackson alle im Bataillon zusammenschlagen konnte und außerdem meist in düsterer Stimmung herumlief, wagte niemand, ihn dafür zu necken, daß die Kommunisten ihm die schwedische Puppe vor der Nase aus dem Krankenhaus geholt hatten.

Jackson war seinerzeit mit einem geschwollenen Kiefer wieder zu sich gekommen, hatte einen strengen Verweis bekommen und war nun dem Wachkommando vor Doreys Villa zugeteilt. Der Bluterguß an seinem Kinn färbte sich bereits gelb und grün.

Sergeant O'Leary schickte ihn zur Corniche hinauf, für die Wachablösung um 13 Uhr. Jackson nahm seinen Dienst sehr ernst.

Der Verweis hatte ihn tief getroffen. Entschlossen, jeden Verdächtigen auf der sonnenheißen Straße anzuhalten, blieb er nicht im Jeep sitzen und erlaubte auch dem Hund nicht zu schlafen. Jackson war auf der Hut und sprungbereit.

Kurz nach 13 Uhr 30 – der Verkehr auf der Corniche floß gleichmäßig – sah Jackson einen jungen Beatnik mit einem Geigenkasten unter dem Arm. Er benutzte den schmalen Gehsteig an der Mauer.

Wenige Momente zuvor hatte es eine Lücke im Verkehrsstrom gegeben, und Jackson hatte den Teil der Corniche, den er zu bewachen hatte, voll überschauen können. Nirgendwo war ein Fußgänger zu sehen gewesen. Aber irgendwoher mußte der junge Beatnik doch gekommen sein.

Jackson zögerte nur kurz, dann rief er: »He, Sie! Augenblick!«

Jo-Jo durchzuckte es, aber er ging weiter. Krampfhaft unterdrückte er den Drang davonzurennen und schaute gedankenverloren in die Ferne, als hätte er Jacksons Ruf nicht gehört.

»Heda!«

Jo-Jo ging weiter.

Jackson schnippste mit den Fingern. Wie ein schwarzer Blitz sprang der Hund aus dem Jeep, schlängelte sich zwischen den dahinkriechenden Wagen durch und stellte Jo-Jo. Jo-Jo erstarrte. Etwas in den Augen des Hundes erinnerte ihn an den Tod. Zum erstenmal in seinem kurzen, häßlichen Leben hatte Jo-Jo Angst.

Das Gewehr schußbereit, überquerte Jackson die Straße. In seinen Augen stand Argwohn. Er trat an Jo-Jo heran.

»Haben Sie mich nicht rufen hören?« fragte er in seinem holprigen Französisch.

»Warum sollte ich auf dich hören, Ami?« gab Jo-Jo zurück; er befeuchtete sich die Lippen.

»Was ist da drin?« Jackson wies mit dem Gewehr auf den Geigenkasten.

»Eine Geige. Aber was geht's dich an? Du hast hier nichts zu suchen, Ami, ich bin französischer Bürger. Nimm deinen Hund und hau ab.«

»Woher kommen Sie?«

»Das geht dich nichts an.«

»Sie sind den Berg heraufgekommen, nicht wahr?«

»Was hätte ich da unten machen sollen? Noch mal – wenn du dir Ärger ersparen willst, laß mich in Ruhe. Ich bin Franzose und . . .«

»Das habe ich vorhin schon verstanden. Machen Sie den Fiedelkasten auf!«

Wäre nicht der Hund gewesen, Jo-Jo hätte sein Messer gezogen und den Narren erstochen. Aber der Hund machte das unmöglich. Jo-Jo hatte wirklich Angst vor dem Biest.

»So kannst du mit mir nicht umspringen, Ami«, sagte er. »Verdufte.«

Jackson zögerte. Er sah ein, daß er kein Recht hatte, sich mit einem Franzosen anzulegen. Aber diese dreckige kleine Ratte war den Berg heraufgekommen.

»Hören Sie, Mann, warum sind Sie nicht vernünftig?

Wenn Sie nichts zu verbergen haben, können Sie Ihren Kasten doch aufmachen.«

»Für einen gottverfluchten Yankee mache ich überhaupt nichts auf«, schrie Jo-Jo.

Zwischen den fahrenden Wagen erschien ein französischer Verkehrspolizist – makellos in weißem Helm, blauer Uniform und kniehohen, glänzenden Stiefeln.

Jackson winkte ihn heran.

Jo-Jo geriet in Panik. Er ließ den Geigenkasten fallen und griff nach Jacksons automatischem Gewehr. Zwei Dinge widerfuhren ihm gleichzeitig: Jacksons linke Faust landete an seinem Kiefer, und der Hund packte seinen rechten Arm.

Girland klopfte an Ericas Tür, sie hieß ihn eintreten. Er öffnete die Tür und blieb stehen.

Erica war angezogen. Sie trug ein schwarz-grünes, ärmelloses Kleid, stand vor einem großen Spiegel und bewunderte sich. Nun drehte sie sich um und lächelte ihm entgegen.

»Nun?«

Girland, der hübsche Frauen anbetete, war im ersten Augenblick so überwältigt, daß er gar nichts sagte, sondern sie nur anstarrte. Dann trat er ganz ins Zimmer, schloß die Tür hinter sich und ging zu ihr hinüber.

»Du siehst wunderbar aus. Dieses Kleid – es steht dir ganz ausgezeichnet.«

Wieder betrachtete sie sich im Spiegel.

»Ich glaube auch.« Sie legte ihm die Hand auf den Arm. »Mark, kann ich denn wirklich nicht in die Sonne?«

»Noch nicht. Bitte hab Geduld. Komm und setz dich. Ich möchte mit dir sprechen.«

Sie setzte sich, diesmal nicht ans Fenster, und schlug die langen Beine übereinander.

»Ja, Mark?«

»Ich möchte dein Gedächtnis etwas auffrischen«, begann Girland. Er zog einen Stuhl heran. »Sagt dir der Name Naomi Hill etwas?«

Sie runzelte die Stirn, dachte lange nach und schüttelte dann den Kopf.

»Nein. Sollte er das?«

Der verzweifelte Ausdruck ihrer Augen überzeugte Girland, daß sie nicht log.

»Schon gut. Offenbar kannst du dich nur an diese Schwarze Traube erinnern.«

Ihre Augen leuchteten auf.

»Ja, sie kommt mir immer wieder in den Sinn. Aber es ist keine Traube, Mark. Ich glaube, es ist eine Perle.«

»Genau«, sagte Girland. »Eine Perle – auf dem Rücken eines chinesischen Drachen.«

Erst starrte sie ihn an, dann nickte sie.

»Ja . . . ich erinnere mich jetzt. Du weißt über sie Bescheid?«

»Ein bißchen. Hast du sie, Erica?«

Ihre Geste verriet Unbehagen. »Sollte ich sie haben?«

»Ich glaube. Versuch dich zu erinnern: Die Perle hat Feng Hoh Kung gehört.«

Er konnte den Kampf förmlich sehen, der in ihr tobte. Doch zuletzt hob sie verzweifelt die Hände.

»Es hat keinen Zweck. Es ist, als wollte man eine Tür aufstoßen, die sich nicht öffnen läßt. Es gibt eine schwarze Perle, das weiß ich. Kung . . . aus Peking?«

»Ja.«

»Laß mich einen Augenblick nachdenken.« Sie stand auf und ging langsam zum offenen Fenster. Girland beobachtete sie aufmerksam. Er sah, daß sie auf die Terrasse hinunterschaute. Er sah, daß sie erstarrte, sich dann vorbeugte, genauer hinsah und die Hände vors Gesicht schlug. Sie stieß einen durchdringenden Schrei aus, der Girlands Nerven bloßlegte.

Als sie herumwirbelte, waren ihre Augen schwarz vor Schreck.

»Was ist denn? Ist was passiert?«

Mit zwei Sprüngen war Girland am Fenster. Als er auf die Terrasse niederschaute, sah er Ginny in einem der Liegestühle ausgestreckt. Er fühlte plötzlich, daß sein Herz gegen die Rippen schlug.

Ginny lag in einer unnatürlichen Stellung, und Girland bemerkte das kleine rote Loch in ihrer Stirn. Aus der Wunde floß Blut an der Nase vorbei, über die offenen Lippen, und tropfte vom Kinn auf den weißen Strandanzug.

Als er sich umdrehte, um aus dem Zimmer zu rennen, stieß Erica einen keuchenden Seufzer aus und fiel ihm ohnmächtig vor die Füße.

Das Telefon klingelte, und Malik meldete sich. Er saß nun schon drei Stunden in dem heißen, stickigen kleinen Zimmer der Villa und kochte vor Wut.

»Boris«, meldete sich Smernoff. »Es ist etwas passiert. Die Frau ist tot. Die Polizei sucht uns. Rühr dich nicht, bis ich komme.« Er hängte auf.

Langsam legte Malik den Hörer auf. Er mußte sich so gewaltig anstrengen, seine Wut im Zaum zu halten, daß dicke Adern auf seiner Stirn hervortraten. Er zündete sich eine Zigarette an und wartete.

Eine halbe Stunde später rannte Smernoff ins Zimmer.

»Also?«

»Es gibt einen Pfad über der Villa«, begann Smernoff. »Petrovka hatte ihn gefunden. Aber er ging in einen Hinterhalt. Er ist tot. Die Polizei hat Jo-Jo Chandy gefaßt, Yet-Sens Agent. Er hatte ein Gewehr vom Kaliber .22 bei sich. Damit hat er die Frau erschossen.«

»Weißt du das ganz genau?«

»Es gab nur eine blonde Frau in der Villa. Die Krankenschwester war dunkel. Als diese blonde Frau auf der Terrasse saß, hat Chandy sie wie eine schlafende Ente abgeknallt. Dorey ist unterwegs ...«

Malik starrte auf seine starken Hände nieder. Sein Gesicht wirkte hölzern.

»Das ist unser erster Fehlschlag, Boris«, sagte er. »Wir können Ärger kriegen.«

»Einmal muß ja das erstemal sein«, sagte Smernoff philosophisch. Er war froh, daß Malik für dieses Unternehmen verantwortlich war. Er sah nicht ein, welchen Vorwurf man ihm, Smernoff, machen konnte. »Was nun?«

»Ich muß absolute Sicherheit haben, daß die Frau tot ist«, erklärte Malik. »Einer deiner Leute soll sich mit der Presse in Verbindung setzen.«

»Das habe ich schon arrangiert. Er muß jeden Augenblick anrufen.«

Fünf Minuten später kam der Anruf. Smernoff lauschte, grunzte und sagte: »Sie können nach Paris zurückkehren.« Er legte auf. Zu Malik gewandt, fuhr er fort: »Kein Zweifel mehr. Der Reporter von *Nice Matin* hat die Leiche gesehen. Die Tote ist Erica Olsen.«

Malik zuckte nur die Schultern.

»Dann müssen wir sofort abhauen.« Er ging quer durchs Zimmer, nahm den Telefonhörer und wählte die Nummer der russischen Botschaft.

Während er Kovski die Neuigkeit durchgab, traf Dorey in seiner Villa ein. Er war in einem Militärflugzeug gelandet und von Nizza mit einem schnellen Wagen hergebracht worden. Wahrscheinlich war es die schnellste Reise seines Lebens.

Girland erklärte ihm blaß, was geschehen war.

»O'Hallorans Leute haben ihre Aufgabe nicht ernst genug genommen«, schloß er. »Chandy und Maliks Mann sind beide am Posten oben vorbeigekommen. Sie werden sich der Sache wohl selbst annehmen, und ich möchte ausdrücklich betonen, daß diese Wache für Ginny Roches Tod verantwortlich ist.«

»Ja, ja«, wehrte Dorey ungeduldig ab. An Ginny Roche war er nicht interessiert. »Was ist mit Erica Olsen?«

Girland überhörte die Frage.

»Glücklicherweise ist wenigstens die französische Polizei brauchbar. Sie haben Chandy zum Sprechen gebracht und suchen jetzt seine beiden Komplizen. Die haben zu dritt für Yet-Sen gearbeitet.«

»Das ist nicht so wichtig, darum kümmert sich schon die Polizei. Hat die Frau gesprochen?«

Girland strafte ihn mit Verachtung.

»Sie können immer nur eingleisig denken. Für Sie bedeutet es nichts, daß dieses Mädchen tot ist. Aber um auf Ihre Frage zurückzukommen – sie spricht nicht. Sie bekam einen Schock, als sie Ginny erschossen auf der Terrasse liegen sah.«

Dorey ging ungeduldig im Zimmer auf und ab, Girland beobachtete ihn. Schließlich meinte er: »Ich habe der Presse gesagt, daß die Tote Erica Olsen sei.«

Dorey hielt inne und schaute Girland über den Brillenrand hinweg an.

»Werden sie es glauben?«

»Sie glauben es bereits. Der Mann vom *Nice Matin* ist ein Freund von mir. Ich habe ihm die Leiche gezeigt und gesagt, daß es sich um die mysteriöse Frau ohne Gedächtnis handle. Er hat keine Fragen gestellt. Wenn die Russen und Chinesen erfahren, daß Erica Olsen tot ist, werden sie auf uns keinen Druck mehr ausüben. Wir können nicht mehr so weitermachen wie bisher. Ich muß Erica von hier fortschaffen, sie wird die Villa als Schwester Roche verlassen. Ich besorge ihr eine dunkle Perücke, und sie wird Ginnys Tracht anziehen. Wenn ich sie erst von hier fort und in Sicherheit habe, wird sie – das glaube ich bestimmt – auch sprechen.«

Dorey sah ihn argwöhnisch an.

»Wohin wollen Sie sie bringen?«

»In ein Apartment in Monte Carlo. Ich habe schon alles veranlaßt. Eine Woche oder so ist sie dort sicher. Schauen Sie, Dorey, es war schließlich Ihre Prachtidee, daß ich mich als ihr Mann ausgeben sollte. Sie hat sich nun mit diesem Umstand abgefunden, und also müssen Sie auch dabei bleiben. Nehmen Sie sich der Beerdigung an, und laden Sie die Presse dazu ein. Ich kümmere mich inzwischen um Erica. Ich brauche nur Geld. Geben Sie mir hunderttausend Francs. Sie ist der Meinung, daß ich ein erfolgreicher Geschäftsmann bin. Diese Rolle muß ich auch durchhalten können.«

»Wo ist das Apartment?«

Girland kritzelte die Adresse auf einen Schreibblock, riß das Blatt ab und reichte es Dorey.

»Rufen Sie mich nur an, wenn es dringend ist. Sobald sie redet, setze ich mich mit Ihnen in Verbindung.«

Dorey zögerte. Schließlich sagte er sich, daß es vielleicht klappen konnte. Auf jeden Fall hatte er keine Alternative. Es wäre ihm sicherlich übel zumute gewesen, hätte er das Telefongespräch mitgehört, das Girland eine halbe Stunde zuvor mit Jacques Yew geführt hatte. Dabei hatte Girland Yew gefragt, ob er ein Mädchen und ihn in seinem Apartment unterbringen könnte. Er hatte Yew außerdem gebeten, eine braune Perücke zu kaufen und damit um 17 Uhr 30 in Doreys Villa zu erscheinen.

Girland hatte das Telefonat mit dem Satz beschlossen: »Sie erinnern sich vielleicht, Jacques, was ich von der Perle sagte? Meine jetzige Bitte hat damit zu tun. Wenn Sie mitspielen, sind Sie im Geschäft.«

Jacques hatte geantwortet: »Natürlich können Sie sich auf mich verlassen, lieber Freund. Mein Apartment steht Ihnen zur Verfügung. Sie können auch sonst alles haben, was Sie brauchen.«

Aber von diesem Gespräch wußte Dorey nichts. Dennoch war er nicht restlos von Girlands Plan angetan.

»Schwester Roche hatte vielleicht Verwandte«, sagte er. »Wir können sie nicht einfach als Erica Olsen begraben.«

»Ich brauche nur eine Woche. Man wird den Fall untersuchen wollen. Verzögern Sie die Untersuchung so lange es geht«, sagte Girland ungeduldig. »Wenn ich Erica nicht innerhalb einer Woche zum Sprechen bringe, dann wird sie überhaupt nicht mehr reden.«

»Erinnert sie sich denn immer noch an nichts?«

»Sie erinnert sich, daß sie im *Astorg Hotel* gewohnt hat. Sie haben ihren Koffer.«

»Sie hatte aber zwei Koffer.«

Girland schaute Dorey gespannt an.

»Zwei?«

»Sie hat Peking mit zwei Koffern verlassen. In Hongkong hatte sie noch beide bei sich. O'Halloran läßt den zweiten suchen, bisher noch ohne Erfolg.«

Girland zuckte die Schultern.

»Ich brauche Geld – mindestens hunderttausend Francs.«

»Ich gebe Ihnen zwanzigtausend. Sie müssen über jeden Franc abrechnen«, sagte Dorey fest und setzte sich, um einen Scheck auszustellen.

»So ist mein geliebter Dorey«, sagte Girland mit Verachtung in der Stimme. »Knausrig in kritischen Situationen.«

»Nur vorsichtig«, erwiderte Dorey und unterzeichnete mit seiner schnörkeligen Unterschrift.

Sadu Mitchell saß in Rubys kleinem Garten. Unaufhörlich schaute er auf seine Armbanduhr. Sieben Stunden waren jetzt vergangen, seit er sich von Jo-Jo auf dem Gebirgspfad getrennt hatte. Er machte sich Sorgen. Pearl saß neben ihm und wartete mit asiatischer Gelassenheit, die Sadu nur noch nervöser machte.

Plötzlich hörten sie Rubys hohe Stimme aufgeregt rufen. Sie sahen einander an. Sadu stand auf, und seine Finger klammerten sich um den Griff von Jo-Jos Waffe.

»Was soll das?« fragte Pearl, ohne sich zu bewegen.

Rubys Schrei erstarb. Der Augenblick der Stille, der folgte, war unheildrohender als der Lärm. Sadu fluchte, stieß seinen Stuhl weg und hob die Waffe.

»Fallen lassen!« rief eine Männerstimme von der offenen Verandatür her.

In seiner Panik feuerte Sadu blind in die Richtung, aus der die Stimme gekommen war. Er hörte noch die Explosionen einer Schnellfeuerwaffe und spürte einen heftigen Schlag gegen die Brust. Dann lag er im heißen, trockenen Gras. Er versuchte, seine Waffe wieder in Anschlag zu bringen, aber er hatte keine Kraft mehr, und die Pistole entglitt seiner Hand. Er schaute zu Pearl hinüber, die reglos in ihrem Stuhl saß, mit leerem Gesicht. Dann erkannte er noch schwarze hochpolierte Stiefel, bevor die Umwelt vor seinen Augen verschwamm.

Um 17 Uhr war in der Villa alles vorüber. Dorey war mit Inspektor Dulay zur Polizeistation in Nizza gefahren. Ginnys Leiche war in einer Ambulanz abtransportiert worden. Die Zeitungsleute hatten sich verzogen. Sergeant O'Leary hatte seine Männer in drei Jeeps zum Flugplatz gebracht.

Nur Diallo, der große, ängstliche Augen machte, Erica Olsen und Girland waren zurückgeblieben.

Von Zeit zu Zeit war Girland in Ericas Zimmer gegangen. Sie lag auf dem Bett, hatte das Gesicht abgewandt und rührte sich nicht. Girland sprach sie nicht an. Er hielt es für das beste zu warten, bis sie aus eigener Kraft wieder zu sich kam. Um 17 Uhr 30 sah er Jacques Yew schwarzen Cadillac die Auffahrt heraufkommen. Er trat auf die Terrasse, um ihn zu begrüßen.

Yew trug eine Papiertasche. Die beiden Männer gingen zu den Liegestühlen unter dem Sonnenschirm und setzten sich.

»Ich weiß wirklich nicht, was das alles soll, mein Freund«, sagte Yew und stellte die Tasche auf den Tisch. »Hier ist die Perücke, um die Sie mich gebeten haben. Sie tun ungeheuer geheimnisvoll.«

»Mit Recht«, meinte Girland, und er begann, Erica Olsens Geschichte zu erzählen.

»Es besteht die Möglichkeit, daß sie die Perle noch hat«, schloß er. »Wenn ja, so glaube ich sie überreden zu können, uns an dem Geschäft zu beteiligen. Sie verkaufen das Ding, und ich bekomme eine Provision dafür, daß ich euch beide zusammengebracht habe.«

Yew setzte sich zurück, ein Glitzern in den verschleierten Augen.

»Was bringt Sie darauf, daß sie die Perle hat?« fragte er.

»Es ist nur eine Vermutung. Die Perle ist das einzige, was sie munter macht. Und eine Perle kann man schnell und leicht verstecken. Wenn ich die Mätresse eines alten chinesischen Ziegenbocks bin und mir sagen muß, daß das Verhältnis nicht mehr lange dauern wird, dann schaue ich mich um nach etwas Wertbeständigem, bevor ich abhaue.«

»Mein lieber Freund, das wäre ja Betrug!« Yew war einen Augenblick lang ehrlich schockiert.

»Ja«, gab Girland grinsend zurück. »Aber wenn ich recht habe und sie im Besitz der Perle ist – würden Sie sie dann trotzdem verkaufen?«

»Natürlich«, erwiderte Yew ohne Zögern.

»Fein. Ich bringe sie in einer Stunde in Ihr Apartment. Ich habe einen eigenen Wagen, so daß Sie nicht zu warten brauchen. Als Sie kamen – haben Sie da Zeitungsleute gesehen?«

»Niemanden.«

»Okay, fahren Sie los. In einer Stunde sehen wir uns wieder.«

»Glauben Sie wirklich, daß sie die Perle hat? Es klingt so phantastisch.«

»Ich vermute es. Auf jeden Fall haben wir nichts zu verlieren.«

Yew schaute ihn zweifelnd an.

»Nun ja... Ja, das ist wohl richtig.« Er gab Girland einen Sicherheitsschlüssel. »Für mein Apartment. Sie können es allein bewohnen. Ich ziehe inzwischen zu meinem Bruder. Ich habe eine Frau, die jeden Tag vorbeischaut.

Die Mahlzeiten können Sie sich schicken lassen. Brauchen Sie noch etwas?«

»Nein. Und vielen Dank, Jacques. Wenn wir Glück haben, können wir eine schöne Stange Geld verdienen.« Girland dachte einen Augenblick nach, dann wiederholte er: »Wenn wir Glück haben.«

Als Yew fortgefahren war, ging Girland mit der Papiertüte zu Ericas Zimmer hinauf. Er klopfte an und trat ein. Erica hatte inzwischen in einem Sessel Platz genommen. Ihr Gesicht war weiß und abgespannt, und sie sah ihn mit einem beunruhigenden Ausdruck an.

»Hallo, Liebling«, sagte er und schloß die Tür. »Wie geht's?«

»Sparen Sie sich den Quatsch mit dem Liebling und so«, sagte sie geradeheraus. »Ich weiß nicht, wer Sie sind. Aber Sie sind auf jeden Fall nicht mein Mann.«

Girland lächelte.

»Na, das ist ja fein.« Er setzte sich ihr gegenüber. »Ich nehme an, daß Ihre Erinnerung zurückkehrt?«

»Ja, das tut sie. Was ist mit der Schwester passiert?«

»Sie dachte, als Blondine wäre sie attraktiver«, erklärte Girland kurz. »Man hielt sie für Sie und hat sie umgebracht.«

Erica zuckte zusammen.

»Und Sie? Wer sind Sie?«

»Ich glaube, ich sollte mit offenen Karten spielen«, sagte Girland. Er hielt inne, um sich eine Zigarette anzuzünden. »Man hat Sie ohne Bewußtsein in Paris aufgefunden und ins amerikanische Krankenhaus geschafft. Als man Sie zu Bett brachte, fand man drei Tätowierungen auf Ihrer Haut . . . chinesische Zeichen. Ein Überkluger hat das der CIA gemeldet. Dort zählte man zwei und zwei zusammen und folgerte, daß Sie Erica Olsen sein müßten, die Mätresse von Feng Hoh Kung. Er ist der Raketen-Spezialist in Peking. CIA muß alles wissen, was über Kung nur in Erfahrung zu bringen ist. Die Burschen dort haben sich gedacht, daß ich als Ihr Mann auftreten und Sie ausquetschen sollte. Aber auch die Russen und die Chinesen haben von dem Fall erfahren; auch sie sind der Ansicht, daß Sie Erica Olsen sind. Die Chinesen wollten Sie umbringen, die Russen wollten erfahren, was Sie von Kung wissen. In der allgemeinen Verwirrung ist die Krankenschwester Roche statt Ihrer erschossen worden. Für den Augenblick haben wir verlautbaren lassen, daß Sie tot seien. Wir haben ein paar Tage Zeit. Dann werden die Russen und die Chinesen erfahren, daß Sie noch am Leben sind, und werden uns abermals auf den Fersen sein.«

Sie studierte ihre langen, schön geformten Hände und sagte mit ausdruckslosem Gesicht: »So verhält sich das also. Nun, ich weiß nichts von Kung, absolut nichts.«

»Warum haben Sie ihn verlassen?«

»Er hat mich gelangweilt.«

»Warum will man Sie dann umbringen?«

Sie zögerte einen Augenblick mit der Antwort. Dann sagte sie, ohne ihn anzuschauen: »Kung ist ein Mann, der einen seltsamen Sinn für Besitz hat. Ich war sein Spielzeug. Er macht sein Spielzeug immer kaputt, wenn er keine Freude mehr daran hat.«

»Ein junges Mädchen ist Ihretwegen gestorben«, sagte Girland ruhig. »Fast hätte es Sie erwischt, aber nun hatte eben sie Pech. Ihre Überlebenschancen sind auch jetzt noch nicht groß. Vielleicht glauben Sie, daß Sie allein mit der Sache fertig werden, aber ich kann Ihnen versichern, daß Sie es nicht schaffen. Wenn ich Sie fallenlasse, sind Sie verloren – ohne Geld, ohne Paß. Sie sind in einer höllischen Situation, wenn Sie nicht mitspielen.«

Sie blickte ihn lange an. »Was bedeutet das?«

»Sie müssen doch etwas über Kung wissen. Auch die kleinste Information kann uns weiterhelfen.«

»Ich kann über sein Sex-Leben berichten, wenn daran Interesse besteht«, sagte sie und zuckte mit den Schultern. »Mehr weiß ich nicht. Ich hatte ein eigenes Haus, zweimal in der Woche kam er zu mir. Über seine Arbeit hat er nie gesprochen. Er war großzügig, ein bißchen kindisch und sehr verrückt.«

»Kindisch?«

»Er litt unter einer Tätowierungsmanie.« Sie lehnte sich im Sessel zurück und schaute aus dem Fenster. »Ich hatte nicht viel Geld. Ich war Sekretärin eines schwedischen Kaufmanns, der den Chinesen Holz verkaufen wollte. Er hat mich schlecht bezahlt. Ich lernte Kung kennen, und er bot mir dreihundert Dollar, wenn ich seine Geliebte würde.« Sie hob die Schultern. »Ein Haus, Dienerschaft und ein Wagen waren außerdem in dem Angebot drin. Ich habe es angenommen. Da es ihm Spaß machte, mich tätowieren zu lassen, habe ich mich gefügt.«

»Haben Sie sein Haus gesehen?«

»Ich war einmal dort. Es war kein Haus, sondern ein Museum.«

»Er hat Sie also gelangweilt, und Sie haben ihn verlassen«, sagte Girland. »Er muß in der Tat ein sehr langweiliger Patron gewesen sein, wenn er Ihnen dreihundert Dollar die Woche angeboten hat.«

»Das war er auch.«

»Und Ihr Verschwinden hat ihn so böse gemacht, daß er seinen Agenten den Auftrag gab, Sie umzubringen?«

»Ja.«

»Wie wollten Sie denn weiterleben nach all dem Luxus?«

»Ich kann überall einen Job bekommen.«

»Das überzeugt mich nicht.« Girlands Stimme klang hart. »Kung hat eine der besten Juwelen- und Jadesammlungen der Welt. Sie haben nicht vielleicht ein paar Stücke daraus mitgenommen, um für den Rest Ihres Lebens sorgenfrei zu sein?«

Erica richtete sich auf, dann ließ sie sich wieder zurückfallen und lächelte.

»Halten Sie mich für eine Diebin?«

»Nein, durchaus nicht. Nur für eine Opportunistin.«

Er sah sie an. »Ich halte mich selbst für einen Opportunisten.«

»Sie beginnen, mich zu interessieren«, sagte sie. »Sie sind also ein Opportunist. So sehen Sie auch aus.« Sie studierte sein Gesicht. »Wer sind Sie?«

»Ich will Sie nicht mit meiner Biographie langweilen – ich bin eben ein Opportunist. An jedem Himmel suche ich nach einem Regenbogen. Leider habe ich noch nie einen gefunden.« Girlands Geste verriet Reue. »Ich arbeite für die Central Intelligence Agency, weil die Arbeit mir ein bißchen Erregung und Geld bietet. Wenn ich nicht arbeite, verdiene ich mein Geld als Straßenfotograf. Mit Ihnen habe ich gemein, daß mich mein Leben langweilt. Ich bin immer auf der Suche nach dem großen Coup.«

»Ich glaube, ich möchte jetzt eine Zigarette«, sagte sie.

Er reichte ihr eine und gab ihr Feuer. Sie schaute aus dem Fenster und dachte nach.

Als sie eine Minute lang geschwiegen hatte, meinte Girland: »Gehen wir. Wir werden in einem Apartment Unterschlupf finden, das einem Juwelenhändler gehört. Auch er ist ein Opportunist. Er hat Verbindungen zu reichen Leuten. Er kann Steine verkaufen, ohne Fragen stellen zu müssen, und er zahlt bar.«

Langsam wandte sie den Kopf und starrte ihn an.

»So, das kann er?«

Girland lächelte.

»Überlegen Sie sich die Sache. Wenn mein Boss sich davon überzeugt hat, daß Sie von Kung nichts wissen außer seinen Bettgewohnheiten, wird er Sie wie eine heiße Kartoffel fallenlassen. Dann steht's schlimm für Sie. Die Freunde von der chinesischen Botschaft werden hinter Ihnen her sein, und Sie werden wie die kleine Ginny mit einem Loch im Kopf enden.«

»Glauben Sie?« Sie sprach ruhig, und in ihren Augen lag Hohn.

»Lassen wir das im Augenblick ruhen. Sie haben ein paar Tage Zeit, um nachzudenken. Hier ist eine wunderschöne Perücke; Ginnys Tracht liegt bereit. In einer halben Stunde brechen wir auf.«

Als er das Zimmer verlassen hatte, schaute Erica Olsen eine Weile aus dem offenen Fenster. Ihre Finger trommelten auf die Knie.

Das Apartment war geräumig und luxuriös eingerichtet und bot einen wunderbaren Blick auf den Hafen, auf Onassis' Jacht, den Palast und das Casino. Es hatte eine große Terrasse mit Sonnenschirmen, Gartenmöbeln, Begonien und Geranien in Kübeln und einen Orangenbaum voller Früchte.

Erica stand am Balkongeländer und schaute hinunter.

Girland sagte: »Richten Sie sich ein. Ich werde mich mal auf den Weg machen und das Essen bestellen. Ich glaube nicht, daß Sie ausgehen sollten.«

Sie gab keine Antwort. Ihr Gesicht war nachdenklich, und Girland hatte den Eindruck, daß sie sich mit einem Problem herumschlug. Er verließ das Apartment und fand in der Nähe einen *Traiteur*. Er bestellte geräucherten Lachs, *coq au vin*, Walderdbeeren und Eiscreme und gab Anweisung, die Bestellung in ein paar Stunden in das Apartment zu schicken. Es bereitete ihm einiges Vergnügen, die Mahlzeit mit Doreys Geld zu bezahlen. Mit Bedauern dachte er daran, daß er auf all diesen Luxus verzichten müßte, wenn er nach Paris zurückkehrte; aber der Gedanke, daß er mit einigem Glück als reicher Mann aus dem Handel hervorgehen konnte, munterte ihn wieder auf. Er entschloß sich, Erica Zeit zu lassen, und fuhr zum Casino. Nach einer Stunde hatte er dort dreißig Francs verloren. Er fuhr zurück, nahm den Fahrstuhl zum obersten Geschoß und betrat Yews Apartment.

Erica saß in der Sonne, eine Zigarette verglühte zwischen ihren Fingern. Sie hatte die Schwesterntracht ausgezogen und trug ein blau-weißes Kleid, das ihre vollen, lasziven Formen hervorhob. Sie schaute sich nicht nach ihm um. Da er sie so in Gedanken sah, ging er ins Schlafzimmer, zog sich aus und nahm ein Duschbad. Als er sich rasiert und umgezogen hatte, hörte er sie sich in ihrem Schlafzimmer bewegen, das dem seinen gegenüberlag.

»Das Essen kommt in zehn Minuten«, rief er und begann, den Tisch auf der Terrasse zu decken.

Kurz nach 18 Uhr 30 brachte ein Boy das Essen. Girland servierte es auf Yews wunderbaren chinesischen Tellern.

Er entkorkte eine Flasche 45er Margaux, als Erica auf die Terrasse hinaustrat. Sie schien nun sehr viel ausgeglichener zu sein.

»Das sieht ja gut aus«, sagte sie, als Girland ihr einen Stuhl heranzog. Sie lächelte zu ihm auf. »Sie scheinen sich darauf zu verstehen.«

»Wenn ich über das Geld anderer Leute verfügen kann«, gab Girland zurück, »bin ich immer in Hochform.« Er goß Wodka in zwei Kristallgläser und begann mit dem geräucherten Lachs. »Wenn ich selbst bezahlen muß, bin ich weniger gut. Mit den Kopfschmerzen anderer Leute werde ich besser fertig als mit meinen eigenen.«

»Ich auch.« Sie probierte den Lachs. »Köstlich.«

»Deshalb habe ich mir gedacht, daß wir ganz gut zusammenpassen.« Girland reichte ihr einen Teller mit Brot und Butter. »Erzählen Sie, wie Sie zu Kungs schwarzer Perle gekommen sind.«

Sie schnitt sich ein Stück Lachs ab, betrachtete es und schob es in den Mund. Ihre Miene blieb verschlossen.

»Ist das schottischer oder norwegischer Lachs?« fragte sie.

Er lachte.

»Schottischer.«

»Er ist sehr gut.« Sie nahm einen Schluck Wodka,

dann schaute sie ihm fest in die Augen. »Ihr Freund mit den Verbindungen zu reichen Leuten – könnte er die Perle absetzen, wenn er sie hätte?«

»Ja. Er würde den Verkauf ganz diskret handhaben. Es gibt Sammler, die einzigartige Stücke kaufen, ohne Fragen zu stellen.«

»So?« Sie aß schweigend, und Girland, der seinen Lachs genoß, wartete auf ihren nächsten Zug. Als sie fertig waren, räumte er das Geschirr ab und trug den *coq au vin* auf, der auf einer elektrischen Heizplatte stand.

»Ich bin sicher, daß mein Freund nichts dagegen hat, wenn wir bei einer solchen Gelegenheit seinen besten Wein trinken«, sagte er, als er von dem Margaux nachgoß. »Er ist wunderbar.«

»Hat Ihr Freund schon einen Preis genannt?« fragte sie, nachdem sie den *coq au vin* gekostet und für gut befunden hatte.

»Er will es bei drei Millionen Dollar versuchen. Alles in allem natürlich. Er müßte seinen Teil abbekommen.« Girland setzte sein charmantestes Lächeln auf. »Ich auch.«

»Wie hoch wäre denn der Nettopreis?«

»Zwei Millionen, immerhin eine nette, runde Summe.«

Sie schaute ihn nachdenklich an.

»Möglicherweise.«

»Sie hatten mehr erwartet?«

»Das tut man doch immer.« Sie legte Messer und Gabel nieder. »Das Essen war wunderbar und auch der Wein.«

»Man sollte immer gut essen, wenn man ein Geschäft abschließt.«

»Tun wir das gerade?«

»Ich hatte den Eindruck.«

Als sie nichts erwiderte, räumte er wieder das Geschirr ab und trug die Erdbeeren und das Eis in Yews hauchdünnen Schalen auf.

Unvermittelt sagte sie: »Man muß natürlich mit der

Möglichkeit rechnen, daß er keine drei Millionen bekommt.«

»Er schien überzeugt zu sein, daß er sie kriegt.«

»Er würde wirklich bezahlen?«

»Das wäre zu viel Bargeld. Man könnte Schweizer Aktien verwenden, sie sind ebensogut wie Bargeld und leichter zu handhaben. Auf diese Weise würde jedenfalls ich mir meinen Anteil auszahlen lassen.«

»Sie scheinen ja ganz sicher zu sein, daß Sie einen Anteil bekommen«, sagte sie und nahm sich Eis.

»Ich bin nicht nur ein Opportunist«, erwiderte Girland, »sondern auch ein Optimist.«

»Und wie würde die Sache abgewickelt?«

»Yew müßte die Perle erst einmal sehen; er müßte sich überzeugen, daß es wirklich Kungs Perle ist und keine Imitation. Dann würde er mit dem Käufer Kontakt aufnehmen. Und nach einer kleinen Weile bekämen wir das Geld.«

»Das hört sich sehr einfach an, nicht?«

»Wo ist die Perle, Erica?«

»Auf diese Frage habe ich schon die ganze Zeit gewartet. Sie ist gut aufgehoben.« Sie lehnte sich zurück und lächelte ihn amüsiert an. »Also, ich gebe zu, daß die Perle in meinem Besitz ist.«

Girland stieß einen Seufzer der Erleichterung aus. Seine Vermutung war also richtig gewesen. Er und Yew würden jeder eine halbe Million Dollar verdienen.

»Ich hatte es nicht anders erwartet. Wann können wir sie Yew zeigen?«

»Sein Angebot ist absurd«, sagte Erica ruhig. »Die Perle ist einzigartig, es gibt keine zweite dieser Art auf der ganzen Welt. Vier Millionen sind mir bereits geboten worden. Ich möchte sechs haben.«

Girland starrte sie an.

»Kein Sammler hat soviel Geld«, sagte er. »Hören Sie zu, Erica . . .«

»Ich habe einen Verbindungsmann, der ein Geschäft

auf dieser Basis ermöglichen kann. Er kennt einen Öl-Magnaten, der zweihundert Millionen Dollar schwer sein soll. Er ist Sammler und könnte sechs Millionen zahlen.«

»Warum verkaufen Sie ihm dann das Ding nicht?« fragte Girland, der ihr kein Wort glaubte.

»Es hat Komplikationen gegeben.«

»Was für Komplikationen?«

»Das geht Sie nichts an.«

Girland aß seine Erdbeeren. Dann stand er auf und goß sich Kaffee ein.

»Setzen wir uns noch eine Weile gemütlich hin und genießen wir die Aussicht«, sagte er und trug zwei Tassen Kaffee zum Tisch.

Sie schauten beide auf den Hafen und auf das Schloß hinunter.

»Erzählen Sie mir von den Komplikationen.«

»Damit haben Sie nichts zu tun«, erwiderte sie und zündete sich eine Zigarette an. »Wird Ihr Mr. Yew auf sechs Millionen hochgehen?«

»Das glaube ich nicht.« Er nippte an seinem Kaffee und sagte: »Sie haben sich in eine schwierige Situation hineingeredet, meine Beste. Ohne mich ist Ihr Leben jetzt keinen Heller wert. Zwei Köpfe sind übrigens besser als einer, und ich verstehe mich auf Komplikationen. Nun schießen Sie schon los.«

»Sie irren sich«, erwiderte sie ruhig. »Ich werde schon ohne Sie fertig. Und bitte nennen Sie mich nicht ›meine Beste‹. Ich mag das nicht.«

»Verzeihung, es wird nicht wieder passieren«, sagte Girland lächelnd. »Aber lassen Sie mich erklären, warum Sie es ohne mich nicht mehr schaffen. Sie haben zugegeben, daß die Perle in Ihrem Besitz ist. Anders ausgedrückt – Sie haben sie gestohlen. Wenn wir beide nicht ins Geschäft kommen, wird mich nichts davon abhalten, der Presse einen Wink zu geben. Erica Olsen, die Mätresse von Feng Hoh Kung, hat die berühmte Schwarze Traube gestohlen und hält sich versteckt. Tolle Geschichte! Ich könnte außerdem Dorey anrufen und ihm sagen, daß Sie nur über Kungs Bettgeheimnisse Bescheid wüßten. Im selben Augenblick würden Sie Doreys Unterstützung und Schutz verlieren. Er ist ein Mann, der keinen Dollar ausgibt, wenn er nichts dafür zurückbekommt. Inzwischen wird jeder Sammler sich zurückhalten, wie groß auch sein Interesse an der Perle sein mag. Die Perle wird so heiß wie ein Glutofen. Das Ding ist nur unter der Hand abzusetzen. Sonst würde die französische Polizei Sie sechs Monate oder noch länger in Beugehaft behalten, bis man sich vielleicht davon überzeugt, daß Sie nicht wissen, wo die Perle ist. Sie dürfen auch die Tatsache nicht übersehen, daß die französische Regierung versucht, zu den Chinesen gute Beziehungen herzustellen. Vielleicht wird die Polizei Sie zum Sprechen bringen, vielleicht wird man auch Ihrer überdrüssig und Sie freilassen. Damit laufen Sie dann Kungs Leuten in die Arme, die Ihnen entweder den schönen Hals abschneiden oder Sie ihrerseits zum Sprechen bringen – und glauben Sie bitte nicht, daß die Chinesen dazu nicht die Mittel hätten. Sie sehen also, daß Sie ohne mich nicht weiterkommen. Ich glaube, drei Millionen Dollar sind kein schlechter Verdienst. Wenn die Komplikationen wirklich so schlimm sind, dann würde ich Ihnen doch raten, die drei Millionen zu nehmen. Ich glaube nicht, daß irgend jemand der Welt sechs Millionen Dollar zahlt. Vielmehr glaube ich, daß Sie bluffen. Sind Sie mir gefolgt?«

Wenn er erwartet hatte, sie aus der Fassung zu bringen, so hatte er sich geirrt. Sie lehnte den Kopf ins Polster und lachte.

»Ich beginne zu begreifen, daß Sie der Mann sind, den ich suche«, sagte sie. »Sie scheinen ebenso skrupellos zu sein wie ich.«

»Wo ist die Perle, Erica?«

»Wenn ich Ihnen nur vertrauen könnte.« Sie schaute

ihm in die Augen. »Es steht so viel auf dem Spiel. Ich bin mir noch nicht ganz klar über Sie.«

Girland stand auf.

»Dann müssen wir uns eben besser kennenlernen«, sagte er. »Ein Mann und eine Frau tun das am besten im Bett.«

Überrascht riß sie die Augen auf.

»Glauben Sie, daß sich mein Problem dadurch lösen läßt?«

Girland packte ihre Hand und zog sie hoch.

»Das weiß ich nicht. Offen gesagt, es ist mir auch gleichgültig. Ich weiß nur, daß Sie hübsch sind, und daß ich Sie haben möchte. Für heute haben wir genug geredet.«

Sie legte ihm die Hände auf die Schultern und studierte sein Gesicht.

»Sie sind ein ungewöhnlicher Mann.«

»Manchmal glaube ich das selbst.« Er legte die Arme um sie und zog sie an sich. Sein Mund suchte den ihren.

Sie schüttelte den Kopf.

»Warten Sie. Gehen wir in mein Zimmer.« Lächelnd machte sie sich frei. Girland folgte ihr über den Flur zu ihrem Schlafzimmer und stieß die Tür auf. Auf der Schwelle gab sie ihm einen so harten Stoß, daß er das Gleichgewicht verlor.

Der Mann, der am offenen Fenster stand und eine automatische 7,65 mm Luger mit Schalldämpfer in der Hand hielt, versetzte Girland den größten Schock seines Lebens.

8

Der Mann machte keinen besonders gefährlichen Eindruck, aber jeder Mensch mit einer Luger in der Hand ist unberechenbar. Girland war darauf bedacht, keine überraschende Bewegung zu machen.

»Treten Sie näher, Mr. Girland«, sagte der Mann. »Ich habe schon lange den Wunsch, Ihre Bekanntschaft zu machen.«

Girland studierte ihn. Er war groß, dicklich, kahl und hatte einen beachtlichen Bauch. Er mochte etwa sechzig Jahre alt sein. Seine blauen Augen, seine spießigen Gesichtszüge, sein breites Lächeln, der gute Anzug und der teure französische Schlips gaben ihm das Aussehen einer vertrauenswürdigen Persönlichkeit. Girland erkannte sofort, daß er die Waffe handhabte, als sei sie ihm so vertraut wie sein Rasierwasser. Dieser Mann verstand sich auf Tricks. Mit Hilfe seiner soliden Erscheinung konnte er die meisten täuschen.

»Wie sind Sie hier hereingekommen?« fragte Girland und trat in das große, gut gelüftete Schlafzimmer.

»Carlota ließ mich ein, als Sie das ausgezeichnete Mahl bestellten.«

»Carlota?«

Erica setzte sich aufs Bett; amüsiert folgte sie Girlands Bewegungen. Er nahm sich den Hocker vor dem Toilettentisch.

»Mr. Girland«, sagte der dicke Mann und lehnte sich gegen die Wand, »bevor wir uns weiter unterhalten, möchte ich Sie bitten, auf keinen Fall den Helden zu spielen. Ich bin ein ausgezeichneter Schütze und kann Ihnen, wenn ich will, die Kniescheibe zerschmettern. Geben Sie mir dazu keinen Anlaß. Da Sie ein lebensfroher Mensch sind, sollten Sie mir eigentlich die Mühe ersparen.«

»Okay«, sagte Girland und hob die Hände in einer Geste der Kapitulation. »Sie haben sich klar ausgedrückt. Ist sie Carlota? Ich war bisher der Meinung, sie sei Erica Olsen.«

»Sie ist Carlota Olsen – Ericas Schwester. Die beiden Damen sind meine Töchter.« Der dicke Mann verbeugte sich in Richtung auf Carlota. »Mr. Girland, ich habe Ihr Gespräch mit angehört. Ich bin überwältigt von Ihren Geschäftsbedingungen und zu dem Schluß gekommen, daß Sie genau der Mann sind, den ich suche. Ich glaube, Carlota ist mit mir einer Meinung.« Er warf seiner Tochter einen Blick zu. »Nicht wahr, meine Liebe?«

»O ja«, sagte sie. »Ich glaube, er tut's.«

Ohne die Augen von Girland zu lassen, beugte sich der dicke Mann vor und holte ein Tonbandgerät hinter dem Stuhl hervor.

»Mr. Girland«, sagte er, »ich habe Ihr Gespräch mit meiner Tochter aufgenommen. Sie drohen ihr mit Erpressung. Ich bin nun in der glücklichen Lage, Sie Ihrerseits zu erpressen. Dieses kleine Tonband könnte für Mr. Dorey von Interesse sein. Ich bin der Meinung, daß er Ihnen das Leben dann zur Hölle macht.«

Girland lachte. Sein Lachen war so ansteckend, daß der dicke Mann einfiel; Carlota betrachtete sie beide stirnrunzelnd.

»Wenn ihr euch genug amüsiert habt«, sagte sie mit Nachdruck, »können wir vielleicht zum Geschäft kommen.«

Girland überhörte die Bemerkung.

»Donnerwetter«, sagte er zu dem Dicken. »Und Sie heißen Olsen?«

»Erich Olsen.«

Girland nahm eine Packung Zigaretten heraus.

»Ich bin fasziniert. Erklären Sie sich bitte näher.«

»Geben Sie zu, daß das Tonband Sie in Verlegenheit bringen würde.«

»Natürlich. Für Sie wäre es zwar auch nicht gerade von Nutzen, aber darüber wollen wir jetzt nicht sprechen. Sagen Sie mir, was Sie von mir wollen.«

»Meine Töchter und ich«, sagte Olsen, »mögen Sie gern, Mr. Girland. Wir sind Opportunisten; wir haben auf den großen Coup gewartet; wir haben beachtliche Geduld aufgebracht, und nun glauben wir uns dem Ziel nahe. Erica, die ein Jahr älter ist als Carlota, war eine schlecht bezahlte

Sekretärin. Sie ging mit ihrem Chef auf eine Handelsmission nach Peking. Dort lernte sie Feng Hoh Kung kennen. Erica ist sehr attraktiv. Kung machte ihr einen Antrag, und Erica willigte ein. Für mich und Carlota war das ein Schlag. Wir hatten den Eindruck, daß unser kleines Trio auseinandergebrochen sei; jedenfalls war das mein Eindruck. Aber Erica hatte uns nicht vergessen. Nach einigen Monaten begriff sie, daß das Leben mit Kung ihr nicht zusagte. Zu diesem Zeitpunkt wußte sie aber auch, daß es schwierig sein würde, Peking zu verlassen. Glücklicherweise lernte sie einen jungen Chinesen kennen, der ihr helfen konnte. Er brachte sie aus China heraus. Damals war Carlota in Stockholm«, Olsen lächelte Girland an. »Ich war in Paris; es hatte ein kleines Mißverständnis mit der schwedischen Polizei gegeben, so daß es gesünder für mich war, in Paris zu leben.« Er zuckte die Schultern. »Sie wissen ja, wie es so geht. Carlota bekam ein Telegramm von ihrer Schwester mit der Bitte, sofort nach Hongkong zu fliegen. In dem Telegramm fand sich ein Hinweis darauf, daß sich die Reise lohnen würde. Carlota setzte sich mit mir in Verbindung, und ich riet ihr zu. Erica hatte Kung als langweiligen alten Mann ertragen müssen, und zur Entschädigung für ihre enttäuschten Hoffnungen nahm sie die berühmte Schwarze Traube mit.« Wieder lächelte der Mann. »Kungs Agenten suchten sie in Hongkong. Erica glaubte sich in einer Falle und mußte untertauchen. Sie tauschte mit Carlota, die sich bei allem sehr tapfer verhielt. Ericas chinesischer Freund machte einen Tätowierer ausfindig, der Kungs bekannte Initialen bei Carlota kopierte. So kehrte sie nach Paris zurück. Erica hatte ihr eine chinesische Droge gegeben, die das Gedächtnis vorübergehend auslöscht. Wir brauchten Publicity, und wir wollten Kung glauben machen, daß Erica in Paris eingetroffen sei. Carlota nahm also die Droge, weil man sonst bei einer Untersuchung den Schwindel entdeckt hätte. Das Schicksal geht seltsame Wege, und die unglückliche Krankenschwester mußte statt Carlota sterben. Glücklicherweise haben Sie der Presse erklärt, daß Erica ermordet worden sei. Der Druck ist dadurch von uns genommen, aber es gibt dennoch eine Reihe von Schwierigkeiten. Wir brauchen Ihre Hilfe, Mr. Girland. Hätten Sie etwas dagegen, nach Hongkong zu fahren und die Perle zu holen?«

Girland starrte ihn an.

»Warum fahren Sie nicht selbst?«

Olsen lächelte.

»Ich bin in einer etwas unglücklichen Situation. Solange ich mich in Frankreich aufhalte, bin ich in Sicherheit. Die Einreise in britisches Gebiet könnte mich aber in Verlegenheit bringen. Im Augenblick wäre es für mich nicht klug, das Land zu verlassen.«

»Nennen wir das Kind beim Namen: Sie wollen, daß ich nach Hongkong fahre, die Perle hole, zurückkehre und sie an Yew für drei Millionen Dollar verkaufe. Ist das richtig?«

»Sie werden außerdem Erica mitbringen. Erica würde die Perle einem Fremden nicht aushändigen, Mr. Girland.«

»Warum kehrt sie nicht allein zurück? Jetzt, da es keinen Druck mehr gibt, könnte sie doch fahren, oder?«

»Eben nicht. Es war noch nicht möglich, ihr einen falschen Paß zu beschaffen. Man muß befürchten, daß mindestens zwei Leute in der Paßkontrolle in Kungs Diensten stehen. Ich hatte gehofft, daß Sie mit Ihren Verbindungen einen falschen Paß beschaffen könnten.«

»Sieht sie Ihnen ähnlich?« fragte Girland Carlota.

»Ja, sehr.«

»Dorey hat mir einen Paß und auch eine Heiratsurkunde für den Fall gegeben, daß ich mich als Ihr Mann ausweisen müßte. Ich habe die beiden Dokumente noch, und ich sehe eigentlich nicht ein, warum Erica nicht mit diesem Paß reisen sollte.«

Olsen verbeugte sich.

»Mr. Girland, es war sehr klug von uns, Sie um Hilfe zu bitten.«

»Die Reise wird Geld kosten«, sagte Girland nach einigem Nachdenken. »Haben Sie Geld?«

Olsen schüttelte den Kopf.

»Geld ist etwas, was ich selten habe. Aber da fällt mir ein, daß Sie vielleicht Ihren Freund Yew überreden könnten, die Reise nach Hongkong zu finanzieren.«

Girland lachte.

»Sie sind wirklich ein Opportunist. Ja – wenn wir ihm die Perle versprechen, wird er das nötige Geld vorschießen. Ich will mit ihm reden.«

»Wenden wir uns nun Carlota zu«, sagte Olsen. »Ich denke, daß die französische Polizei sie nur dann aus dem Land läßt, wenn sie davon überzeugt ist, daß Carlota nichts mit Kung zu tun hat. Carlota müßte nach Stockholm zurückkehren, um dort ein paar dringende Sachen zu erledigen. Können Sie dabei helfen?«

»Dürfte klappen.« Girland wandte sich Carlota zu. »Sie gehen zu Dorey. Vielleicht hält er Sie ein paar Tage unter Verschluß und stellt Ihnen alle möglichen Fragen. Aber wenn wir die Antworten richtig formulieren, sind Sie zum Ende der Woche frei und können abreisen.«

»Wunderbar.« Olsen stieß sich von der Wand ab. »Es scheint, unsere Unterhaltung war sehr fruchtbar, Mr. Girland. Je eher Sie Erica zurückbringen, um so besser. Was wollen Sie als erstes tun?«

»Ich werde Yew aufsuchen und Geld beschaffen. Morgen früh werden Carlota und ich nach Paris fliegen. Ich spreche mit Dorey, überlasse sie ihm und mache mich nach Hongkong auf den Weg. Wo finde ich Erica?«

»Carlota wird Ihnen die Adresse geben.«

Girland nahm all seinen Charme zusammen, als er sagte: »Wir sind jetzt Partner, Olsen. Sie werden mir das Tonband geben.« Er stand auf, hielt aber inne, als Olsen die Waffe auf ihn richtete. Mit breitem Grinsen sagte der Schwede. »Ich bedaure sehr, Mr. Girland, aber das Tonband muß ich als Sicherheit behalten. Sie sind zu sehr Opportunist, als daß ich Ihnen völlig vertrauen könnte. Wenn es Ihnen auch schwer fallen würde, Erica die Perle abzunehmen – unmöglich ist es nicht. Solange ich das Band besitze, habe ich auch das Gefühl, daß ich mein Geld bekommen werde. Wenn Sie aus irgendeinem Grund auf beiden Schultern tragen möchten, werde ich nicht nur das Tonband an Dorey senden, sondern außerdem noch eine Kopie an die Presse-Agenturen.«

Girland grinste und wandte sich an Carlota: »Zu einem Mann wie Ihrem Vater muß das Glück von selbst kommen.«

»Bisher war das nicht der Fall«, erwiderte Carlota. »Aber er versucht es immer wieder.«

»Sie entschuldigen mich bitte, daß ich Ihnen nicht die Hand gebe, Mr. Girland«, sagte Olsen und winkte mit der Waffe. »Ich erwarte Ihren Anruf, Carlota wird Ihnen die Nummer geben.«

Er ging an Girland vorbei, das Tonbandgerät in der linken Hand, die Waffe im Anschlag.

»Bis dann«, sagte Girland.

Die Schlafzimmertür wurde von außen geschlossen, dann schlug die Wohnungstür zu. Girland schaute Carlota fragend an. »Eine hübsche Familie. Ich kann es gar nicht erwarten, auch Erica kennenzulernen.«

»Sie ist nicht so nett wie ich«, antwortete Carlota. »Sie sieht zwar besser aus, hat aber nicht meinen Charme.«

»Schade.« Girland schaute auf die Uhr. »Ich frage mich, ob ich Yew erwische. Es wird spät, aber vielleicht ist er noch zu erreichen. Meine Hauptaufgabe im Leben scheint zu sein, ewig Geld zu schnorren.«

Er ging durchs Zimmer und öffnete die Tür.

Carlota rief ihm nach: »Haben Sie nicht etwas vergessen?«

»Vergessen?«

»Sind wir nicht hierhergekommen, um einander besser kennenzulernen?«

Girland lachte.

»Ich werde alt.« Er schloß die Tür wieder. »Mit Yew kann ich auch morgen früh reden.«

Mavis Paul, Doreys neue Sekretärin, war dunkel, gut gebaut und sehr selbstsicher. Sie hatte sich den Weg bis zu dieser Position vom Schreibzimmer aus erkämpft. Sie war umsichtig, attraktiv, hart wie ein Diamant und außerdem entschlossen, ihr Glück zu machen.

Sie schaute Girland unfreundlich an, als er zu ihr ins Büro marschierte. Dieser nachlässig gekleidete Mann in offenem Sporthemd und verblaßten Blue jeans ärgerte sie. So sollte sich ein Amerikaner in Paris nicht kleiden, dachte sie.

»Bitte?« fragte sie.

Girland legte seine großen, braunen Hände auf den Schreibtisch und beugte sich lächelnd zu ihr nieder. »Sie sind wahrscheinlich neu hier. Schon mal einsam gefühlt, Baby? Ich kümmere mich nämlich um alle einsamen Mädchen von Paris.«

Mavis erstarrte.

»Wie . . .«

». . . können Sie es wagen, so mit mir zu sprechen«, vollendete Girland den Satz für sie. »Bedaure. Sie sind so hübsch, und Sie haben so einsame Augen. Wie geht's dem Alten?«

Hilflos schaute sich Mavis im Zimmer um. Aber es gab niemanden, der ihr hätte helfen können. Der Mann lächelte sie an, und sie mußte zugeben, daß er ein charmantes Lächeln hatte.

»Mr. Dorey ist im Augenblick beschäftigt«, konnte sie schließlich sagen. Sie erstarrte vor Schreck, als Girland über den Schreibtisch griff, den Knopf des Sprechgeräts hinunterdrückte und mit lauter, todernster Stimme sagte: »Die Russen sind gelandet. Ich rate zur sofortigen Kapitulation.«

Doreys kalte und trockene Stimme kam aus dem Gerät: »Sind Sie das, Girland? Kommen Sie rein.«

»Sehen Sie, Süße – es ist ganz einfach«, sagte er, nachdem er das Gerät ausgeschaltet hatte. Er beugte sich nieder und küßte Mavis auf die Wange. »Gehen wir miteinander aus, Kleine? Wann?« Ihre Ohrfeige steckte er ein, ohne mit der Wimper zu zucken. »Donnerwetter. Das hätte auch einen Clay auf die Matte gezwungen. Sie haben wirklich einen harten Schlag, Schnuckiputzelchen.«

»Verschwinden Sie, bevor ich Ihnen meine Schreibmaschine ins Kreuz werfe«, sagte Mavis wütend.

»Hat Ihnen eigentlich schon jemand gesagt, daß Funken aus Ihren Augen sprühen, wenn Sie in Wut sind? Funken wie glitzernde kleine Sterne. Ein sehr anziehendes Phänomen – so schön habe ich es noch bei keiner Frau gesehen.« Er warf ihr einen Kuß zu. »Tschüs für den Augenblick, und grämen Sie sich meinetwegen nicht. Wir werden uns sicher bald wiedersehen.« Er betrat Doreys Büro.

Dorey, der hinter seinem Schreibtisch saß, musterte ihn argwöhnisch.

»Was ist passiert? Warum sind Sie in Paris? Hoffentlich wollen Sie mir nicht melden, daß Sie abermals den kürzeren gezogen haben.«

»Nein, nein.« Girland setzte sich und entnahm der Dose auf dem Schreibtisch eine von Doreys teuren Zigaretten. »Nichts dergleichen.«

»Was haben Sie denn mit Ihrem Gesicht gemacht?« fragte Dorey und starrte den roten Fleck auf Girlands Wange an.

»Frontalzusammenstoß«, erklärte Girland und lachte. »Ein Berufsrisiko.«

»Sie haben sich hoffentlich nicht mit meiner Sekretärin angelegt?« Dorey runzelte die Stirn.

»Nein. Um die Wahrheit zu sagen, sie hat sich mit mir angelegt.« Girland zündete sich die Zigarette an und fuhr fort: »Dorey, machen Sie sich auf das Schlimmste gefaßt. Wir haben ein faules Ei gelegt.«

Dorey erstarrte.

»Was soll das heißen?«

»Genau das. Das Ei ist faul.« Girland rückte sich im Sessel zurecht. »Unsere Frau hat ihr Gedächtnis wieder. Und was soll ich Ihnen sagen? Sie ist gar nicht Erica Olsen. Sie ist Ericas Schwester Carlota. Was sagen Sie jetzt? Sie hat mir erklärt, daß sie eine Art Nebelwand gewesen sei, hinter der Erica verschwinden konnte. Carlota wird Ihnen selbst erzählen, daß Erica sich bei Kung gelangweilt hat und abgehauen ist. Es gelang ihr, Hongkong zu erreichen, aber Kungs Agenten waren ihr auf den Fersen. Sie mußte sich verstecken. Deshalb holte sie ihre Schwester nach Hongkong und überredete sie, eine Weile ihre Rolle zu spielen. Ein Tätowierer fälschte die Initialen auf Carlotas Haut. Später kehrte sie nach Paris zurück. Sie hat eine Droge genommen, die ihr Erinnerungsvermögen teilweise auslöschte. In diesem Zustand sollten Sie und die Polizei sie finden. Während die Chinesen versuchten, sie aus der Welt zu schaffen, und die Russen sie schnappen wollten, entkam die echte Erica aus Hongkong. Seither ist sie verschwunden, niemand weiß, wohin. Auch Carlota hat keine Ahnung. Das ist die ganze traurige Geschichte.«

Dorey lehnte sich zurück. Mit dünnen Lippen fragte er: »Wo ist die Frau?«

»Carlota? Draußen. Ich habe ihr schon gesagt, daß Sie vielleicht mit ihr sprechen möchten. Sie spielt mit. Sie hat das alles nur getan, um ihrer Schwester zu helfen. Von politischen Verwicklungen hat sie keine Ahnung. Sie wollte lediglich ihrer Schwester die Möglichkeit geben, sich von Kung abzusetzen.« Girland schüttelte den Kopf. »Dazu gehört wirklich Tapferkeit.«

»Ich will mit ihr sprechen«, sagte Dorey grimmig.

»Ich bringe sie rein.« Girland stand auf. »Nun, ich glaube, das wär's. Es tut mir leid, daß die Sache sich nicht so entwickelt hat, wie Sie hofften. Ich habe getan, was Sie von mir verlangten . . . So liegen die Dinge nun mal.« Er lächelte. »Lassen Sie mich nachdenken – Sie schulden mir noch zehntausend Francs, nicht?«

»Falsch!« brüllte Dorey. »Ich habe Ihnen zwanzigtausend Francs gegeben. Also schulden Sie mir zehntausend, die ich sofort zurückhaben will.«

Girland schaute ihn mit traurigen Augen an.

»Sie haben ja keine Ahnung, was es mich gekostet hat, in Monte Carlo ein Apartment zu mieten. Dann die Fahrkosten für uns beide nach Paris. Da Carlota ein bißchen nervös war, hielt ich es für richtig, erste Klasse zu benutzen. Ich lege Ihnen auf jeden Fall eine Abrechnung vor. Sie werden dann sehen, daß Sie mir Geld schulden und nicht ich Ihnen. So, und nun dürfen Sie mit Carlota sprechen.« Girlands Lächeln wurde breiter. »Sie wird Ihnen gefallen . . . eine tolle Nummer.«

»Ich möchte den Paß zurückhaben, Girland.«

Girland starrte ihn verwundert an.

»Welchen Paß?«

»Den Paß, den ich für die Frau fälschen ließ.«

»Natürlich.« Girland schlug sich mit der flachen Hand gegen die Stirn. »Ich erinnere mich. Um Himmels willen, ich werde vergeßlich. Ich habe ihn in der linken oberen Schublade Ihres Schreibtisches in Eze liegenlassen. Tut mir leid, ich hätte ihn natürlich mitbringen müssen . . .«

»Schon gut. Diallo wird ihn schicken.« Dorey schaute Girland nachdenklich an. »Ich habe den Eindruck, Sie freuen sich auf irgend etwas. Was haben Sie vor?«

»Vielleicht mache ich ein bißchen Urlaub. Ich habe mir etwas Geld gespart, und bevor ich zu meinem Job zurückkehre, möchte ich ausspannen.«

Dorey ließ sich nicht zum Narren halten.

»Hören Sie, Girland – wenn ich feststellen sollte, daß

Sie mich hintergangen haben, werde ich Sie auch im verlassensten Winkel der Erde aufspüren und fertigmachen. Das können Sie mir glauben – ich verstehe mich darauf, Menschen fertigzumachen.«

Wie ein Unschuldslamm schaute Girland ihn an.

»Das finde ich aber nicht nett. Und nur, weil Sie ein faules Ei gekauft haben. Dorey, dafür können Sie doch nicht mich verantwortlich machen.«

»Vergessen Sie nicht, was ich Ihnen gesagt habe. Wahrscheinlich werde ich Sie nie wieder beschäftigen. Jedesmal ist es mit Ihnen schiefgegangen, und immer haben Sie irgendwie dabei profitiert.«

»Glückssache.« Girland ging zur Tür. »Vielleicht brauchen Sie mich trotzdem noch, Dorey, alter Gauner. Wenn ich es mit Ihnen aushalte, so verstehe ich nicht, warum Sie es mit mir nicht schaffen. Auf Wiedersehen also.« Damit verließ er das Büro.

Mavis Pauls Schreibmaschine ratterte wie ein Schnellfeuergewehr. Mavis schaute weder auf noch hielt sie im Schreiben inne, als Girland vor ihrem Schreibtisch stehenblieb.

Girland studierte das kleine Schild mit ihrem Namen. Dann nahm er einen Schreibblock und eine Feder und schrieb ihn sich auf.

»Schöner Name – schönes Mädchen«, murmelte er. Er steckte den Zettel in die Tasche und ging zu Carlota hinaus.

»Geh rein«, sagte er. »Er wird eine Menge quasseln, aber der Grund ist vorbereitet. Bis bald.«

Sie drückten sich lächelnd die Hand, dann ging Girland zu seinem Fiat 600 hinunter.

Am nächsten Morgen fuhr er im Taxi zum Flughafen Orly. Er nahm die Maschine um neun Uhr nach Hongkong via Rom. Er trug einen Aluminiumkoffer und einen nicht mehr ganz neuen blauen Tropenanzug. Er gab seinen Koffer einem älteren Träger, dem er zum Schalter der

Air France folgte, wo er die Flugkarten bezahlte. Man erklärte ihm, daß er für den Flug AF 632 gebucht habe und daß es in Rom eine kleine Verzögerung geben könne.

Jean Redoun, der Gepäckträger, prägte sich diese Daten ein. Dann ging er mit schnellen Schritten zur Telefonzelle. Er kannte Girland von einem Foto her, und er wußte, daß die sowjetische Botschaft sehr an ihm interessiert war. Er bekam Kovski an den Apparat.

Nach dem Gespräch saß Kovski eine Weile reglos da und starrte vor sich hin. Malik, ein wenig in Ungnade gefallen, war nach Rom geschickt worden, um sich eines englischen Agenten anzunehmen, der offenbar abspringen wollte. Warum flog Girland nach Hongkong? fragte sich Kovski. Die Frau war tot, das war sicher. Warum also Hongkong? Er zögerte nur wenige Sekunden, dann griff er nach dem Hörer und meldete ein Gespräch nach Rom an.

Girland schätzte den Luxus, wenn andere Leute ihn bezahlten. Er hatte sich entschlossen, erster Klasse zu fliegen, aber es war nicht leicht gewesen, Jacques Yew dazu zu bewegen, die Kosten vorzuschießen. Yew hatte nicht einsehen wollen, warum man nicht auch in der Touristenklasse fliegen konnte, aber Girland war es schließlich gelungen, ihn von dieser Lesart abzubringen.

Girland genoß den Flug. Die erste Klasse war kaum belegt, und die Stewardeß ein hübsches kleines Ding mit lustigem Lächeln und hurtigen Augen. Seinen schäbigen Anzug nahm sie ihm nicht übel. Sie hielt ihn vielleicht für einen exzentrischen Millionär und fütterte ihn unaufhörlich mit Kaviar, Sekt und Snacks.

In Rom verließ Girland das Flugzeug und kippte an der Bar des Flugplatzes zwei doppelte Whisky hinunter. Er reckte sich, kaufte das letzte Taschenbuch von James Hadley Chase und kehrte zum Flugzeug zurück.

Drei Minuten vor dem Start erreichte Malik völlig außer Atem das Flugzeug. Er hastete die Gangway zur Touristenklasse hinauf und schnallte sich an.

Kovski hatte genau gewußt, was er wollte. Malik durfte Girland nicht verlieren. Girland wäre nicht nach Hongkong geflogen, wenn Erica Olsen ihm nicht vor ihrem Tode eine wichtige Information übermittelt hätte. Das, dachte Kovski, war sicher. Der sowjetische Sicherheitsdienst brauchte diese Information. Malik hatte den Auftrag, sie um jeden Preis zu beschaffen. Die sowjetischen Agenten in Hongkong waren bereits unterrichtet, sie sollten unter Malik arbeiten. Malik bekam auf diese Weise die Chance, seinen Versager wiedergutzumachen.

Malik hatte höhnisch gelächelt, dann aber alles getan, um das Flugzeug noch zu erreichen.

Während er und Girland in Richtung Hongkong durch den Raum schossen, saß Yet-Sen in der chinesischen Botschaft in Paris und schrieb einen Bericht, der verschlüsselt nach Peking abgehen sollte. Yet-Sen war mit sich zufrieden. Zugegeben, er hatte drei Agenten verloren, aber Agenten waren zu ersetzen. Wichtig war, daß er seine Befehle ausgeführt hatte: Die Frau war tot.

Er fügte seinem Bericht eine Beschreibung Girlands bei.

»Dieser Mann«, schrieb er, »ist gefährlich und sollte im Auge behalten werden. Ein Foto und Angaben zu seiner Technik folgen durch Kurier.«

Der Bericht erreichte Peking achtzehn Stunden früher als Girland Hongkong. Eine Warnung ging unverzüglich an alle asiatischen Flugplätze ab. Nicht, daß man ihn erwartet hätte, aber die Chinesen waren gründlich, und es gehörte bei ihnen zur Routine, kein Risiko einzugehen.

Ohne sich dessen bewußt zu sein, flog Girland direkt in ein Wespennest. Nicht nur war Malik in seinem Flugzeug, ein bestimmter Zollbeamter am Kai-Tak-Flughafen hatte auch bereits seine Beschreibung.

Girland aß mit Behagen ein ausgezeichnetes Hühnerragout, trank einen annehmbaren Bordeaux und glaubte, sich keine Sorgen machen zu brauchen. Er war im Begriff, Reichtümer zu scheffeln . . .

Girland kannte Hongkong. Dies, dachte er, als er das Flughafengebäude verließ und in die sengende Sonne hinaustrat, ist mein vierter Besuch. Einmal hatte er eine junge amerikanische Erbin kennengelernt, die sich auf einer Weltreise befand. Sie hatte ihn zu ihrem Leibwächter machen wollen, und da ihr Leib sehr einladend war, hatte Girland sich gefügt. Sie hatten vier aufregende Wochen in Hongkong verbracht. Später war er von der CIA aufgefordert worden, einen Opiumring zu sprengen, dessen Mittelpunkt Hongkong war; er und Harry Curtis, der lokale Agent, hatten Tage in einem Polizeiboot zugebracht. Girland hatte bei dieser Gelegenheit die verschiedenen Inseln um Taipang Wan, Tathong und den östlichen Lamma-Kanal kennengelernt.

Curtis war der letzte, dem Girland in diesem Augenblick über den Weg laufen wollte. Da er wußte, daß Curtis die Angewohnheit hatte, die Flugzeuge aus Europa abzupassen, gab er höllisch acht. Er war so sehr damit beschäftigt, nach Curtis' untersetzter Gestalt Ausschau zu halten, daß er Malik nicht bemerkte, der hinter ihm ging.

Der chinesische Zollbeamte studierte Girlands Paß, reichte ihn zurück, grüßte und ließ Girland durch die Barriere. Als Girland aber zum Taxistand trat, zeigte der Zollbeamte mit dem Daumen auf ihn, und ein fetter Chinese, der einen abgenutzten schwarzen Anzug trug, folgte ihm.

Malik hatte alles beobachtet – das Zeichen und den fetten Chinesen, der Girland folge. Malik schaute sich um.

Branska, der lokale Agent der Sowjets, trat aus der Menge heraus und schüttelte Malik die Hand. Branska war ein kleiner, untersetzter Mann mit hellen, schütteren Haaren und Sommersprossen.

»Alles in Ordnung«, sagte er. »Ich habe drei Männer angesetzt, die ihn beschatten. Gehen wir ins Hotel. Wir bekommen Bericht, sobald die Leute wissen, wo er absteigt.«

Malik nickte, und die beiden Männer schlenderten zu einem geparkten Wagen.

Girland gab Anweisung, zur Fähre zu fahren. Er lehnte sich im Sitz zurück, als der Wagen am Wasser entlangfuhr.

Girland liebte Hongkong. Es war eine Stadt, die vor Leben und Energie strotzte, in der alles passieren konnte und in der es viel Geld zu verdienen gab.

Er bezahlte den Taxichauffeur an der Anlegestelle der Fähre, dann ging er durch das Drehkreuz an Bord des wartenden Schiffes.

Zwei von Maliks Agenten und der fette Chinese kamen hinter ihm aufs Schiff.

Zehn Minuten später verließ Girland die Fähre auf der Stadtseite von Hongkong und fuhr im Taxi zu dem kleinen Hotel am Wanchai-Kai, in dem er schon einmal abgestiegen war.

Inzwischen war ihm klargeworden, daß er beschattet wurde. Girlands Selbsterhaltungstrieb war stark entwikkelt. Während der Überfahrt hatte er Maliks Leute erkannt, aber den fetten Chinesen, der neben ihm saß und die *Hong Kong Times* las, hatte er nicht entdeckt.

Als Girland das Fahrgeld bezahlte, kam ein Wagen vorbeigefahren. Die beiden untersetzten Männer darin schauten beflissen in eine andere Richtung. Girland grinste. Er mußte vorsichtig sein, sagte er sich. Dem dicken Chinesen in schäbigem schwarzem Anzug, der ganz in seiner Nähe stand und von einem Straßenhändler Zigaretten kaufte, schenkte er keine Aufmerksamkeit.

Girland kletterte die steilen Stufen zur Hotelhalle hinauf. Von einem älteren Chinesen mit Ziegenbart wurde er namentlich willkommen geheißen. Wan See war seit Jahren Eigentümer des Hotels und hatte ein ausgezeichnetes Gedächtnis für Physiognomien.

Nach der Begrüßung erklomm Girland die weiteren Stufen zu seinem kleinen, sauberen Zimmer, von dem aus man den Kai überblicken konnte. Er duschte, zog ein Sporthemd und Jeans an und kehrte zu Wan See zurück.

Der Eigentümer des Hotels bezog Gelder von der amerikanischen Botschaft, man konnte sich auf ihn verlassen. Girland erklärte ihm, daß er dienstlich in Hongkong sei und daß niemand in sein Zimmer dürfe. Wan See hatte in den vergangenen Jahren eine Reihe amerikanischer Agenten im Haus gehabt, und er verstand sein Geschäft.

»Geht in Ordnung«, sagte er. »Niemand, den ich nicht kenne, kommt durch.«

»Ich muß mal telefonieren.«

Wan See wies auf eine Zelle.

Carlota hatte Girland eine Nummer gegeben, die er gleich nach seiner Ankunft anrufen sollte. Unter dieser Nummer würde er Erica erreichen, die sich in einer Villa verborgen hielte. Girland wählte und wartete.

Es dauerte einen Augenblick, dann fragte eine Männerstimme: »Wer ist dort, bitte?«

»Ein Freund aus Paris«, sagte Girland. Es war die Phrase, die Carlota ihm genannt hatte.

Er hörte, wie der andere die Luft anhielt.

»Hoffentlich hatten Sie einen guten Flug.« Das war das zweite Erkennungswort.

»Also, ich wohne im *Lotus-Hotel*, Wanchai. Soll ich zu Ihnen kommen, oder kommen Sie zu mir?«

»Es ist besser, wenn Sie hierherkommen«, sagte der Mann. »Die Lage ist brenzlig. Ich kann Ihnen das jetzt nicht erklären. Ich schicke Ihnen eine Frau, die Sie zu mir führt. Sie wird einen roten Cheongsam und im linken Ohr einen Diamanten tragen.«

»Hört sich gut an«, sagte Girland und legte auf.

Er ging wieder zu Wan See und paukte ihm ein: »Es wird ein Mädchen kommen. Das Hotel wird beobachtet.

Sie und ich wollen zusammen weggehen, und es ist wichtig, daß wir nicht verfolgt werden.«

Wan See kicherte.

»Kein Problem. Viele Stundenmädchen kommen hierher, die unteren Zimmer werden für Liebe vermietet. Es gibt eine Treppe zum Dach hinauf. Auf diesem Weg können Sie das Haus verlassen. Sie gehen über zwei Dächer und klettern dann an einer Feuerleiter hinunter. Dann stehen Sie in einer Gasse, die zum Kai führt.«

Girland ging in sein Zimmer, wartete und dachte sehnsüchtig an eine Klimaanlage, da die Hitze das Zimmer zu einem Backofen machte.

Eine Stunde und fünf Minuten später klopfte es.

Girland stand vom Bett auf und öffnete. Ein schlankes chinesisches Mädchen, das einen roten Cheongsam und einen Diamanten im linken Ohr trug, lächelte ihn an.

»Sie erwarten mich?«

Girland mochte chinesische Mädchen gern. Bei seinen früheren Besuchen in Hongkong hatte er mit einer Reihe von ihnen geschlafen. Dieses Mädchen war nicht nur schön – es war auch aufregend sinnlich.

»Wer sind Sie?« fragte er. Er trat einen Schritt zurück, so daß sie näherkommen konnte.

»Ich heiße Tan-Toy. Ich bin Freudenmädchen.«

»So?« Girland lachte. »Darüber wollen wir uns später unterhalten. Jetzt müssen wir gehen.«

Sie kletterten die Treppe zum Dach hinauf. Vorsichtig gingen sie über die beiden anderen Dächer und stiegen die eiserne Feuerleiter in die Gasse hinab.

Einer von Maliks Agenten, der Wan Sees Fluchtweg kannte, beobachtete sie dabei. Zwei Stunden hatte er bereits auf einem Dach in der Nähe Wache gehalten. Über Sprechfunk unterrichtete er Malik, daß Girland in Begleitung eines chinesischen Mädchens eben das Hotel verlassen habe.

Der fette Chinese hatte Tan-Toy ins Hotel gehen sehen.

Er wußte von der Villa auf dem Peak und hatte sie bereits mehrere Tage lang beobachtet. Auch er besaß ein Sprechfunkgerät und meldete seinen Leuten, daß Girland wahrscheinlich auf dem Weg zur Villa sei.

Der Verkehr zum Peak hinauf war sehr stark, und als Tan-Toy den Austin Cooper die Serpentinen hinaufsteuerte, schaute sich Girland wiederholt nach Verfolgern um.

Das Mädchen sagte: »Machen Sie sich keine Sorgen. Aber die Dame ist nicht mehr da. Hung Yan wird mit Ihnen sprechen.«

»Ist das der Kerl, mit dem ich telefoniert habe?«

»Ja.«

»Und wo ist sie?«

»Das weiß ich nicht.« Tan-Toy lächelte.

»Wer sind Sie? Was haben Sie damit zu tun?«

»Hung Yan ist mein Freund. Er hat mir geholfen, als ich krank war. Ich helfe gern Leuten, die mir geholfen haben.«

Der Wagen hielt schließlich vor einer kleinen, dunklen Villa am Abhang des Berges. Von hier aus hatte man einen wunderbaren Blick auf Hongkong und das entferntere Kowloon.

»Treten Sie ein«, sagte das Mädchen, als Girland aus dem Wagen stieg. »Wenn Sie Ihre Geschäfte erledigt haben, können wir uns vielleicht treffen.«

»Wo finde ich Sie?« sagte Girland und bückte sich, um ihr durchs Wagenfenster in die Augen zu sehen.

»Wan See wird es wissen. Fragen Sie ihn.« Sie winkte, setzte den Wagen zurück und fuhr davon.

Girland schaute die Serpentinen hinunter und verfolgte die Schlußlichter mit den Augen, bis sie verschwunden waren. Kein weiterer Wagen fuhr herauf.

Schnell ging er zur Villa und läutete. Die Vordertür wurde fast im selben Augenblick geöffnet.

»Bitte treten Sie ein.«

Eine schattenhafte Gestalt führte ihn in ein kleines, stickig-heißes Zimmer, in dem eine Tischlampe brannte.

Die beiden Männer sahen einander an. Hung Yan war ein hagerer junger Chinese, der einen schwarzen Kittel und Hosen trug. Seine Augen glänzten fiebrig, und die Haut der Hand, die er Girland reichte, fühlte sich trokken und heiß an. Girland stellte sich vor.

»Die Situation ist heikel«, sagte Hung Yan. »Man weiß, daß ich hier bin. Ich glaube, man ist sich noch nicht ganz klar darüber, ob man sie für tot oder lebendig halten soll. Sonst hätte man mich schon umgebracht. Haben Sie einen Paß für sie?«

»Ja. Wo ist sie?«

»Ich werde Sie zu ihr bringen. Sie ist auf einer Dschunke vor Pak Kok.«

»Was machen Sie dann hier?« fragte Girland neugierig.

»Diese Villa gehört meinem Vater, der in Amerika lebt. Ich habe Erica hier vor einer Woche untergebracht, aber sie hat sich nicht sicher gefühlt. Sie bekam Angst. Die Dschunke gehört zur Fischereiflotte eines Verwandten. Erica war der Meinung, daß wir dort sicherer seien als hier.«

»Ist sie allein?«

»Ja, sie ist allein und hat Angst. Sie tut mir leid.« Hung Yan machte eine Geste der Hilflosigkeit. »Wir lieben uns. Sie ist in Lebensgefahr, und das macht mir große Sorgen.«

»Ich bin nicht ganz sicher, ob ich nicht verfolgt wurde«, sagte Girland. »Wann brechen wir auf?«

Hung Yan zuckte mit den Schultern.

»Das bleibt sich gleich. Man weiß, daß ich hier bin, und man hofft, daß man durch mich den Weg zu ihr erfährt.« Er ging zu einem Schrank und entnahm ihm zwei Messer in Lederscheiden. »Können Sie damit umgehen? Es ist besser als eine Pistole.«

»Aber sicher«, sagte Girland. Er nahm ein Messer, zog es aus der Scheide, studierte es und nickte. Die Scheide machte er an seinem Gürtel fest. »Wann brechen wir auf?«

»Jetzt. Von hier führt ein Fußweg zur Hauptstraße hinunter«, erklärte Hung Yan. »In der Garage eines Freundes habe ich einen Wagen stehen. Im Hafen von Aberdeen wartet ein Motorboot.«

Die beiden Männer verließen die Villa durch die Hintertür. Wenige Minuten später waren sie auf einem gefährlich abfallenden Pfad. Feuchter Nebel hüllte sie ein.

Girland kletterte vorsichtig und hielt sich unmittelbar hinter Hung Yan. Manchmal konnte er überhaupt nichts sehen, dann wieder lichtete sich der Nebel, so daß er das erleuchtete Hongkong weit unter sich erkennen konnte.

Plötzlich rollte von hinten ein Stein den Pfad herunter. Er traf Girland am Knöchel.

»Hinter uns ist jemand«, sagte er. »Gehen Sie weiter . . . ich warte.«

Hung Yan nickte und stieg weiter ab. Girland verließ den Pfad und versteckte sich hinter einem Strauch. Er versuchte, das Halbdunkel mit den Augen zu durchdringen.

Lange geschah nichts, dann hörte er schlürfende Schritte. Er konnte eine kleine dunkle Gestalt erkennen, die vorsichtig den Pfad herunterkam. Gespannt wartete er. Der Mann kam näher und ging an Girland vorbei. Es war ein kleiner Chinese, der sich schnell und leise bewegte und den Kopf gesenkt hielt.

Girland trat auf den Pfad heraus. Der Mann war ungefähr zehn Meter vor ihm und fuhr herum wie eine aufgescheuchte Schlange, als er Girland hinter sich hörte. Ein Messer blitzte, Girland griff ihn tief an, seine Hände packten die Beine des Mannes unterhalb der Knie.

Sie fielen beide und rutschten auf dem Geröll tiefer. Hung Yan tauchte aus dem Dunkel auf. Er riß das Handgelenk des Mannes hoch, als sein Messer aufblitzte. Girland landete eine Gerade, und der Gegner wurde schlaff.

Bevor es Girland verhindern konnte, hatte Hung Yan dem Mann sein Messer in den Leib getrieben.

»Vielleicht war er nicht allein«, sagte Hung Yan mit pfeifendem Atem. »Kommen Sie rasch.« Mit dem Fuß schaffte er die Leiche aus dem Weg, drehte sich um und ging weiter.

Girland folgte.

Ohne weitere Zwischenfälle erreichten sie schließlich die Hauptstraße. Sie kamen zu einer steinernen Garage, die neben einem typisch chinesischen Haus errichtet war.

Als sie anfuhren, entdeckte einer von Maliks Agenten, der Girland verloren hatte, den ramponierten Volkswagen. Über Sprechfunk unterrichtete er seinen Chef.

»Fragliche Person fährt in Richtung Hafen Aberdeen.«

Malik sah Branska an und stand schnell auf.

»Also los«, sagte er. »Vielleicht bringt er uns direkt zu ihr.«

Im selben Augenblick erhielt auch Wong Loo, der fette Chinese, einen Bericht. Er erfuhr, daß Girland und Hung Yan zum Hafen fuhren. Wong Loo hörte das gern, er hatte mindestens zwanzig gute Männer in diesem Bezirk. Während er seine Befehle gab, zündete er sich eine amerikanische Zigarette an. Er blies den Rauch durch seine dicken Nasenlöcher und dachte, daß jetzt alles nur noch eine Frage der Zeit war.

Als das Motorboot den östlichen Lamma-Kanal heraufschnaufte, schaute sich Girland zu den Hunderten von Lichtern der dicht an dicht liegenden Dschunken im Hafen von Aberdeen um. Er hatte instinktiv das Gefühl, beobachtet zu werden. Obgleich kein Verfolger auszumachen war, ließ sich das Gefühl nicht verscheuchen.

Hung Yan steuerte an einer Dschunke vorbei, die in den Hafen einfuhr. Die braunen Segel hoben sich vom mondbeleuchteten Himmel ab. Die Nacht war stickig heiß, das Meer ölig und still. Der Geruch zusammengepferchter Menschen hing in der Luft.

Als Girland über die glatte Wasserfläche blickte, sah er in der Nähe des Bootes eine Bewegung. Er lehnte sich vor, aber das Ding war verschwunden. Eine Minute später geschah das gleiche: Die Flosse eines Hais riffelte das ruhige Wasser und verschwand wieder. Er erinnerte sich: Als er vor einigen Jahren im Polizeiboot hier Patrouille fuhr, hatten die Flossen der Haie diesen Kanal unsicher gemacht. Er verzog das Gesicht.

Das Boot tuckerte weiter.

Girland war sich inzwischen über das Problem klargeworden, das er zu lösen hatte: wie er nämlich die Frau aus Hongkong heraus und nach Paris bekam. Es war ihm leicht erschienen, als er den Auftrag übernommen hatte. Jetzt aber war er sicher, daß die Chinesen jeden seiner Schritte überwachten. Er dachte an Harry Curtis. Harry konnte helfen, aber dann hätte Dorey von der ganzen Sache erfahren.

Girland dachte an die Schwarze Traube. Eine halbe Million Dollar! Er grinste im Dunkeln. Für diesen Betrag würde er das Problem schon lösen. Jetzt wollte er keine Zeit mehr mit Grübeleien vergeuden. Fluchtpläne konnte er erst machen, wenn er sich die Vorschläge der Frau angehört hatte.

Hung Yan sagte: »Wir kommen näher.« Er drosselte das Motorboot. Girland schaute sich um. Vor Pak Kok ankerten viele Dschunken, auf denen nur die Buglampen brannten.

Fünf Minuten später steuerte Hung Yan das Boot neben eine Dschunke, die eine halbe Meile vor der Halbinsel Pak Kok lag.

Er pfiff leise, dann machte er fest. Eine schattenhafte Gestalt erschien auf dem Oberdeck und schaute zu ihnen herunter, als sie an Bord kletterten.

»Alles klar«, sagte Hung Yan. »Er ist ein Freund von Carlota.«

Die Gestalt stieg vor ihnen die enge Treppe hinunter.

Girland erkannte eine große Frau, die wie eine chinesische Bäuerin in Kittel und Hosen gekleidet war und einen Kulihut trug.

»Erica Olsen?« fragte er und musterte sie.

»Ja. Kommen Sie her. Hung, du bleibst bitte oben.«

Das Mädchen führte ihn die fünf Stufen in die Kajüte hinunter. Es war stickig heiß dort und dunkel. Sie schloß die Tür und zündete eine kleine Öllampe an.

Sie setzte sich an einen kleinen Tisch, nahm den Hut ab und schüttelte ihr blondes Haar.

Girland setzte sich ihr gegenüber. Sie schauten einander an. Die Ähnlichkeit zwischen den beiden Schwestern stach ins Auge, aber Erica war noch hübscher als Carlota, obgleich sie blaß wirkte, abgemagert und abgespannt.

»Geben Sie mir eine Zigarette«, sagte sie. »Ich habe keine mehr.«

Girland schob eine Packung über den Tisch. Mit zitternden Fingern bediente Erica sich und fragte: »Haben Sie den Paß?«

»Ja.« Girland reichte ihn ihr, und sie studierte ihn.

»Werden wir es Ihrer Meinung nach damit schaffen?«

»Mit einigem Glück.« Auch Girland zündete sich eine Zigarette an. »Haben Sie schon eine Vorstellung, wie wir hier herauskommen?«

»Wenn wir bis zum Flughafen durchkommen, wird man mich dort nicht aufhalten, solange Sie bei mir sind. Haben Sie eine Flugkarte für mich?«

»Ein Ticket für uns beide.«

Sie schaute ihn an.

»Wie haben Sie Carlota kennengelernt?«

Girland erzählte ihr kurz, was in Paris geschehen war. Sie erstarrte, als sie erfuhr, daß er mit der CIA zu tun hatte.

»Machen Sie sich deswegen keine Sorgen«, beschwichtigte er sie lächelnd. »Offiziell gehöre ich nicht dazu. Sie wissen auch nicht, daß ich hier bin. Ich habe mich mit Ihrem Vater zusammengerauft. Für einen Anteil am Verkaufserlös der Perle schaffe ich Sie hier raus.«

»Der Perle?«

Girland nickte.

»Der Schwarzen Traube.«

»Um Himmels willen«, rief sie ungeduldig. »Sie glauben doch wohl nicht im Ernst an diesen Unsinn!«

Girland zuckte zusammen. Er beugte sich vor und starrte ihr ins Gesicht. »Unsinn? Was wollen Sie damit sagen?«

»Warum, glauben Sie wohl, verstecke ich mich hier? Doch nicht, weil ich die Schwarze Traube gestohlen habe.«

»Augenblick«, sagte Girland, um Ruhe bemüht. Er hatte das Gefühl, daß alles um ihn her auseinanderflog. »Carlota hat mir gesagt, daß Sie die Perle hätten und daß man Sie deshalb verfolgt.« Er spießte sie mit dem Zeigefinger auf. »Haben Sie nun die Perle oder nicht?«

»Natürlich nicht.« Sie stäubte die Asche ihrer Zigarette auf den Fußboden. »Mein lieber Freund, die Perlen-Story habe ich meiner Schwester nur erzählt, damit sie mitmacht.« Ihr Mund verzog sich zu einem bitteren Lächeln. »Sie scheinen meinen Vater und meine Schwester nicht zu kennen. Die können nur immer an Geld denken, ich bedeute für sie überhaupt nichts. Als ich damals in Schwierigkeiten kam, war ich so verzweifelt wie jetzt. Sie können sich gar nicht vorstellen, was es bedeutet, von lauter Chinesen umgeben zu sein und nicht zu wissen, ob nicht einer aus der Menge heraustritt und Sie umbringt. Ich habe bis jetzt Glück gehabt. Ohne Hung Yans Hilfe hätte ich es nicht geschafft. Aber dann erkannte ich, daß man mir eine Falle stellte. Hung Yan hat keinen Einfluß. Ich mußte an einen falschen Paß heran. Nur mein Vater und meine Schwester konnten ihn mir beschaffen. Ich wußte aber, daß sie sich nur dann für mich verwenden würden, wenn ich ihnen einen Köder hinwarf. Deshalb habe ich ihnen die Geschichte von der Schwarzen Traube erzählt.« Sie lachte kurz auf. »Die Schwarze Traube liegt in Kungs Museum, ein bewaffneter Posten steht Tag und Nacht neben ihrem Glaskasten. Es gibt gar keine Möglichkeit, sie zu stehlen. Aber das habe ich Carlota natürlich nicht gesagt. Sie hat den Köder geschluckt. Ich hoffte, daß meine Verfolger mich in Ruhe lassen würden, wenn Carlota in Paris als Erica auftrat. Die Sache hat nicht ganz geklappt. Können Sie sich vorstellen, daß eine Frau wie Carlota sich tätowieren läßt und ihr Leben aufs Spiel setzt, wenn sie nicht glaubt, dafür eine enorme Summe einzuhandeln? Es war das einzige Mittel, um sie zu überreden.«

Girland drückte seine Zigarette aus.

»Es könnte natürlich sein, daß Sie lügen«, sagte er ohne viel Hoffnung. »Es könnte sein, daß Sie die Perle haben und mich nur um meinen Anteil prellen wollen.«

Sie hielt seinem Blick stand und schüttelte den Kopf.

»Ich habe die Perle nicht. Niemand kann sie stehlen. Ich habe Carlota täuschen müssen, um hier herauszukommen. Es tut mir leid, daß Sie enttäuscht sind. Trotzdem hoffe ich, daß Sie mich retten. Das werden Sie doch tun, nicht wahr?«

»Wenn Sie die Perle nicht haben – warum verfolgt man Sie dann? Warum versucht man, Sie umzubringen?«

»Weil ich etwas weiß. Man lebt nicht fast ein Jahr lang mit einem Mann, ohne etwas über ihn in Erfahrung zu bringen.«

»Was wissen Sie, Erica?«

Sie lächelte.

»Schaffen Sie mich hier heraus, und ich sage es Ihnen. Aber ich rede nicht eher, bis wir im Flugzeug sitzen und Hongkong verlassen haben.«

Girland holte tief Luft. Seine Hoffnungen lösten sich in eine schwarze Wolke auf. Er war so sicher gewesen, daß er Reichtümer scheffeln würde. Und jetzt war er überzeugt, daß die Frau vor ihm die Wahrheit sagte. Er brauchte einige Augenblicke, um seine Niedergeschlagenheit zu überwinden. Dann fand er sich mit der Situation ab und zuckte mit den Schultern. Immerhin wußte sie etwas. Dorey hatte also recht gehabt. Dorey!

»Also gut. Ich schaffe Sie hier fort. Vor morgen nachmittag um drei startet kein Flugzeug. Haben Sie Kleider?«

»Einen Koffer voll.«

»Ach so, das erklärt auch das Geheimnis der zwei Koffer. In Hongkong hatte Carlota noch zwei Koffer, in Paris aber nur einen. Sie haben den anderen?«

»Ja.«

Girland dachte einen Augenblick nach.

»Da das nächste Flugzeug erst morgen nachmittag startet, verbringen wir die Nacht am besten hier auf der Dschunke«, sagte er schließlich. »Wie können . . .«

Er hielt inne, als Erica plötzlich aufschrie. Girland packte sein Messer und wirbelte herum.

»Keine Bewegung!« sagte Malik an der Kajütentür. Er hielt eine Automatic in seiner großen Hand. »Bleiben Sie, wo Sie sind.«

Er kam die Stufen herunter; sein riesiger Körper warf einen drohenden Schatten an die Wand.

»Um Gottes willen«, sagte Girland angeekelt, »können Sie Ihren häßlichen Rüssel nicht mal für kurze Zeit aus meinen Angelegenheiten lassen? Ich dachte, Sie seien in Paris.«

Malik schaute ihn böse an.

»Ich könnte Ihnen eine Kugel in den Bauch jagen«, sagte er. »Halten Sie lieber die Klappe.« Erica Olsen drückte sich an die gegenüberliegende Wand, Schreck in den Augen.

»Sie brauchen keine Angst vor mir zu haben, Miss Olsen«, sagte Malik ruhiger. »Sie dürfen mich als Ihren Freund betrachten. Ich habe alles gehört, was Sie eben sagten. Ich vertrete die russische Regierung. Wir sind an allen Informationen über Kung interessiert, die Sie geben können, und in der Lage, Ihnen besser Schutz zu bieten als die

Amerikaner. Ich garantiere Ihnen, daß es kein Risiko bedeutet und keine Schwierigkeiten geben wird, Sie aus Hongkong fort und nach Moskau zu schaffen. Ich habe ein schnelles Motorboot hier und auf der Insel einen Hubschrauber. Eine Chartermaschine wartet auf dem Flugplatz. In einer Stunde sind Sie in Sicherheit.«

Girland warf Erica einen schnellen Blick zu. Er sah, daß sie im Begriff war, ihre Angst zu überwinden, und schätzte Malik ab.

»Glauben Sie ihm kein Wort«, sagte er. »Sie wären verrückt, wenn Sie nach Moskau gingen.«

Malik schlug Girland mit dem Handrücken ins Gesicht, daß Girland gegen die Kajütenwand taumelte.

»Maul halten!« brüllte er. Dann wandte er sich wieder an Erica. »Er hat Ihnen nichts zu bieten, Miss Olsen. Er kann Ihnen nicht helfen, er blufft nur. Wenn er versucht, Sie mit einer Linienmaschine fortzuschaffen, sind Sie tot, bevor Sie das Flugzeug betreten.«

Erica trat einen Schritt vor, so daß sie zwischen Girland und Malik zu stehen kam. Erst sah sie Malik an, dann Girland. Es war, als wollte sie zwischen den beiden Männern losen.

»Woher soll ich wissen, daß Sie wirklich eine Chartermaschine haben?« fragte sie schließlich.

Malik zog Papiere aus seiner Hüfttasche und warf sie auf den Tisch.

»Wir fliegen nach Tokio, ohne chinesisches Territorium zu berühren. Von Tokio aus geht es weiter nach Moskau. Wenn Sie den Beweis brauchen – hier sind die Flugzeugpapiere und das Logbuch.«

Erica sah sich die Papiere an und nickte.

»Gut, ich komme mit Ihnen.« Sie betrachtete Malik abschätzend. »Aber ich erwarte, daß ich für meine Informationen bezahlt werde. Der Preis ist hoch.«

»Sie sagen es, Baby«, meinte Girland. »Der Preis wird wirklich hoch sein.«

Sie überhörte seine Bemerkung.

»Wir bezahlen für Informationen immer gut«, erklärte Malik. »Gehen Sie jetzt bitte auf Deck, wir brechen sofort auf. Draußen wartet ein Boot mit einem meiner Leute. Steigen Sie ein.«

»Einen Augenblick noch«, sagte Girland. »Was haben Sie mit Hung Yan gemacht? Vielleicht den Schädel gespalten?«

»Wo ist er?« fragte Erica. »Er hat mir geholfen. Ohne ihn gehe ich nicht fort.«

»Er sitzt schon im Boot«, sagte Malik mit ausdruckslosem Gesicht. Er wies mit dem Daumen zur Treppe. »Wir vergeuden nur kostbare Zeit. Gehen Sie jetzt bitte.«

»Ich habe einen Koffer.«

»Ich bringe ihn nach. Bitte gehen Sie.«

Girland sagte: »Sie sollen jetzt gehen, weil er keinen Zeugen haben will, wenn er mich ermordet.«

Erica hielt inne, ihre Augen forschten in Maliks Gesicht.

»Ich habe keinen Grund, ihn umzubringen«, versprach Malik. »Ich werde ihn hier zurücklassen. Wollen Sie jetzt bitte gehen?«

Sie zögerte nicht länger und rannte die Stufen hinauf.

Malik ging bis zum Fuß der Treppe, dort hielt er inne. Seine grünen Augen glitzerten.

»Ich habe jetzt genug von Ihnen, Girland«, sagte er. »Ich habe Sie gewarnt, daß ich Sie liquidieren würde, wenn wir einander noch einmal begegneten. Dies hier ist ein sehr geeigneter Ort dafür.« Er hob die Waffe. »Wenn man Sie entdeckt, sind wir schon lange in Moskau.«

Girland sah in die Mündung. Er fühlte, daß sein Mund plötzlich trocken wurde.

»Tun Sie nichts, was Sie später bereuen«, sagte er und ärgerte sich, daß seine Stimme rauh klang. »Sie haben das Mädchen. Sie . . .«

Das Geräusch eines Motorbootes, das mit hoher Geschwindigkeit näher kam, unterbrach ihn. Die beiden Männer lauschten. Schüsse krachten. Malik drehte sich halb um und schaute die Treppe hinauf. Girland sprang vor und schlug ihm die Faust aufs Handgelenk. Die Waffe flog auf den Boden.

Fluchend fuhr Malik herum. Als er Girland anspringen wollte, krachten oben weitere Schüsse. Heftiges Maschinengewehrfeuer folgte, und die Dschunke begann zu schaukeln.

Malik bückte sich, um seine Waffe aufzuheben, aber Girland beförderte sie mit einem Fußtritt in die Ecke. Erneutes Maschinengewehrfeuer prasselte auf die Dschunke nieder. Sie hörten einen dünnen, hohen Schrei. Dann röhrte das Motorboot auf und legte ab.

Malik stürzte die Treppe hinauf. Girland, sein Messer in der Hand, folgte ihm. Auf Deck hielten beide inne. Malik hob die Faust und fluchte.

Erica Olsen lag auf dem Rücken, die Brust von Maschinengewehrgarben durchlöchert. In der Ferne verschwand ein Schnellboot in Richtung Hongkong.

Malik wirbelte herum und wollte Girland angehen, aber als er das Messer sah, hielt er inne.

»Los, Genosse«, sagte Girland kalt. »Es wird mir ein Vergnügen sein, Ihnen die Kehle durchzuschneiden.«

Malik fluchte, dann drehte er sich um und beugte sich über Ericas Leiche.

»Sie ist tot«, sagte er, indem er sich wieder aufrichtete. Er spähte über die Reling zu seinem eigenen Boot hinunter. Branskas gekrümmte Gestalt, halb noch im Boot, halb schon im Wasser, sagte ihm, daß das Feuer auch ihn erwischt hatte.

»Was die Chinesen betrifft, müssen wir uns etwas einfallen lassen, Malik«, sagte Girland. »Sooft wir uns streiten, sind sie die lachenden Dritten.« Er schaute auf Ericas Leiche hinunter und verzog das Gesicht. »Ich frage mich wirklich, ob sie Nennenswertes gewußt hat. Vielleicht hat sie nur geblufft. Ich kenne die Familie ... eine Familie aus lauter Bluffern.«

Malik warf ihm einen Blick zu. Zorn glitzerte in seinen Augen.

»Von nun an bleiben Sie mir aus den Augen. Wenn ich Ihnen noch einmal begegne ...«

»Machen Sie sonstwem Angst – bei mir brauchen Sie es nicht zu versuchen.«

Malik sprang in sein Motorboot; Branska schob er über Bord. Dann startete er und fuhr nach Hongkong zurück, ohne sich nochmals umzuschauen.

Girland sah ihm eine Weile nach. Dann ging er zur anderen Seite der Dschunke und vergewisserte sich, daß sein Boot noch da war. Er hielt nach Hung Yan Ausschau, konnte ihn aber nicht entdecken. Er betrachtete das Wasser, in dem sich der Mond spiegelte, und sah sich etwas bewegen. Der lange schwarze Leib eines Hais schwamm vorbei, und Girland schnitt eine Grimasse. Malik hatte den Chinesen wahrscheinlich ohnmächtig geschlagen und ins Meer geworfen.

Nach kurzem Zögern ging Girland in die stickige Kajüte hinunter. Er suchte Ericas Koffer und leerte seinen Inhalt auf den Fußboden. Sorgfältig durchsuchte er die Sachen, konnte aber nichts von Interesse finden. Er zerriß das Futter und schließlich den Koffer selbst – aber seine Hoffnung, die Perle zu finden, erfüllte sich nicht.

Ob Erica die Schwarze Traube in der Kajüte versteckt hatte? Nein – sie hätte die Dschunke sicherlich nicht ohne die Perle verlassen. Vielleicht hielt sie sie am Leibe.

Er ging auf Deck und starrte auf ihre Leiche hinunter. Sie lag in einer riesigen Blutlache. Im Mondschein sah ihre Brust wie ein großes, schwarzes Loch aus.

Er konnte es nicht über sich bringen, sie anzurühren.

Zum Teufel damit, dachte er. Sie hatte bestimmt die Wahrheit gesagt. Jedenfalls hatte er die Sache satt. Von Anfang bis Ende war damit bloß Wind gemacht worden.

Er stieg in sein Boot, ließ den Motor an und fuhr zum Hafen von Aberdeen zurück. Es war eine deprimierende Fahrt, und seine einzigen Begleiter waren die Haie.

Eine Stunde später betrat er eine Telefonzelle und rief die Polizei von Aberdeen an.

Eine Stimme mit schottischem Akzent antwortete.

»Ich möchte einen Mord melden«, sagte Girland. »Auf einer Dschunke, die vor Pak Kok vor Anker liegt. Sie können sie gar nicht verfehlen, sie hat kein Segel gesetzt. Die Frau . . .«

»Einen Augenblick«, bellte der Polizist. »Wer spricht dort?

»Die Frau heißt Erica Olsen«, fuhr Girland fort. »Die Central Intelligence Agency muß unterrichtet werden. Man weiß dort Bescheid. Die Frau ist von chinesischen Agenten im Auftrag Pekings ermordet worden.«

»Ach wirklich?« fragte der Polizist höhnisch. »Wenn Sie glauben, daß ich nichts Besseres zu tun habe, als mir das Gequatsche eines Verrückten anzuhören . . .«

»Halten Sie die Luft an und hören Sie zu«, fiel ihm Girland ins Wort. »Schicken Sie gefälligst jemanden raus, wenn Sie Ihren kleinen Job behalten wollen.« Er legte auf.

Vor der Telefonzelle hielt er ein Taxi an und ließ sich zum *Lotus* in Wanchai fahren.

Zwei schwatzende und kichernde Chinesinnen kamen aus dem Hotel, als er bezahlte. Sie schauten ihn einladend an, aber er achtete nicht auf sie. Er ging in sein Zimmer hinauf, duschte und legte sich aufs Bett. Er dachte lange nach. Sein Stirnrunzeln ließ vermuten, daß seine Gedanken nicht die glücklichsten waren. Er machte sich verantwortlich für Ericas Tod. Zwar hatte er Vorsichtsmaßnahmen getroffen, aber sie hatten nicht ausgereicht. Er hatte die Chinesen und Malik zur Dschunke geführt. Während Malik und er aneinandergeraten waren, mußten die Chinesen angelegt, Maliks Posten außer

Gefecht gesetzt und Erica erschossen haben. Sie hatten ihren Auftrag jedenfalls erfüllt, während Malik und er versagt hatten.

Als er schließlich die Hitze im Zimmer und die Gewissensqualen nicht länger ertragen konnte, zog er seinen schäbigen Tropenanzug an und ging hinunter. Er nahm ein Taxi zur Fähre, einen Dampfer zum Bahnhof Kowloon City und dann ein zweites Taxi zum *Hilton Hotel.* Der Dame im Empfang sagte er, daß er mit Monte Carlo sprechen wolle. Sie erwiderte, daß man mit drei Stunden Wartezeit rechnen müsse, bis der Fernruf durchkomme. Girland nickte und ging in die Bar. Nach drei Martinis fühlte er sich schon weniger deprimiert und merkte, daß er Hunger hatte. Er ging in den Grill und bestellte sich eine Melone mit schwarzen Feigen, ein Steak und einen Salat mit Roquefort. Auch während des Essens dachte er nach. Die Vorstellung, nach Paris zurückzukehren und mit seiner Polaroid-Kamera herumzulaufen, bereitete ihm körperliche Schmerzen. Er hatte Doreys zwanzigtausend Francs und die zwei nun überflüssigen Tickets nach Paris, die sich verkaufen ließen. Es war nicht gerade viel, aber es reichte, um in Hongkong eine Weile gut zu leben. Wer weiß, dachte er, Hongkong ist eine Stadt mit unbegrenzten Möglichkeiten. Vielleicht fand er sogar einen Job.

Er verließ das Restaurant und kehrte in die Bar zurück. Eine Stunde später wurde er von einem Pagen ans Telefon gerufen.

Olsen meldete sich.

»Haben Sie sie gefunden?« Die Stimme war nur schwach zu hören.

»Ja, Olsen. Aber ich habe schlechte Nachrichten.« Girland sprach langsam und bestimmt. Er war nicht in der Stimmung, sich zu wiederholen. »Sie ist tot. Die Chinesen haben sie erwischt.«

»Haben Sie die Perle?« wollte Olsen wissen.

Girland lächelte. Erica hatte also die Wahrheit gesagt:

der dicke Mann war nur an Geld interessiert. Daß seine Tochter tot war, bedeutete ihm nichts.

»Ich habe sie nicht. Und Erica hat sie nie besessen. Sie hat es nur erzählt, um Carlota nach Hongkong zu locken. Erica wollte nur Ihre Hilfe. Deshalb hat sie sich den Trick mit der Perle ausgedacht.«

Einen Augenblick lang herrschte Stille, dann sagte Olsen mit erhobener Stimme: »Sie lügen! Sie haben die Perle, und Sie versuchen jetzt, mich übers Ohr zu hauen.«

»Beruhigen Sie sich. Erica ist gar nicht erst an die Perle herangekommen – sie wird nämlich Tag und Nacht bewacht. Sie wußte aber irgend etwas Wichtigeres über Kung – deshalb hat man sie zum Schweigen gebracht.«

»Und das soll ich glauben?« schrie Olsen. »Sie lügen. Passen Sie auf, Sie billiger Ganove. Sie geben mir entweder innerhalb von drei Tagen die Perle, oder aber das Tonband geht an Dorey ab, der auf diese Weise erfahren wird, was für ein übler Strolch Sie sind. Haben Sie mich verstanden?«

»Denken Sie doch einmal nicht nur an Geld«, gab Girland lauter zurück. »Ist Ihnen vielleicht entgangen, daß Ihre Tochter umgebracht worden ist?«

»Glauben Sie, ich hätte Mitleid mit dieser Hexe?« bellte Olsen. »Entweder geben Sie mir die Perle innerhalb von drei Tagen, oder das Tonband geht an Dorey.« Mit diesen Worten knallte er den Hörer auf.

Girland betrachtete sein Gesicht in dem kleinen Spiegel über dem Telefon. Er schnitt sich eine Grimasse und schüttelte den Kopf. Diesmal, dachte er, bluffte Olsen nicht. Er zuckte die Schultern, kehrte in die Bar zurück und bestellte einen großen Whisky mit Eis. Teilnahmslos schaute er aus dem Fenster auf das geschäftige Treiben im Hafen.

Die Dinge regeln sich also von selber, dachte er. Wenn Dorey das Tonband bekommt, wird er in die Luft gehen. Ich muß hierbleiben, bis man sich in Paris wieder ein wenig beruhigt hat . . . wenn man sich je beruhigen wird.

Er bezahlte den Drink, trank aus und lehnte sich zurück.

Vielleicht sollte er lieber die eine der beiden Flugkarten behalten, sagte er sich. Früher oder später würde er nach Paris zurückkehren wollen. Das *Lotus* war billig. Wenn er bescheiden lebte, konnte er es einige Monate in Hongkong aushalten. Er fühlte sich wohler, denn er hatte die Fähigkeit, unangenehme Erfahrungen schnell abzuschütteln. Plötzlich stellte er fest, daß er bereits intensiv an die Monate dachte, die vor ihm lagen. Und plötzlich hatte er auch keine Lust mehr, den Rest des Abends in der luxuriösen Bar mit seinen Gedanken zu vertrödeln. Er nahm sein Glas mit und trat in eine Telefonzelle. Er nannte der Telefonistin die Nummer des *Lotus*. Als Wan See sich meldete, sagte Girland: »Es gibt da ein Mädchen, das mich interessiert. Sie heißt Tan-Toy. Wo kann ich sie treffen?«

»Spreche ich mit Mr. Girland?«

»Wer sollte es sonst sein?«

»Ja, ich kenne sie. Sie hat ein Zimmer in der Jaffe Road.«

»Ist das bei Ihnen in der Nähe?«

»Hundert Meter.«

»Können Sie jemanden zu ihr schicken? Ich möchte mich mit ihr im *Hilton* treffen. Würden Sie das für mich erledigen?«

»Mit Vergnügen.«

»Das Vergnügen wird hoffentlich auf meiner Seite sein. Vielen Dank.«

Girland ging mit seinem Glas in die Bar zurück und setzte sich. Er war der Meinung, daß man das Leben genießen sollte, es war ohnedies kurz genug. Und wenn man gut leben wollte, mußte man jede Stunde nutzen.

Er schlug die Beine übereinander und wartete auf Tan-Toy.

Bitte beachten Sie
die folgenden Seiten

Blut aus dem Orient

Spannende Romane über die Arbeit einer japanischen Polizeitruppe – Kriminalliteratur, wie es sie in Deutschland noch nicht gegeben hat.
»Vor allem die Beschreibung des japanischen Alltagslebens hebt Melvilles Kriminalromane aus der Masse der Kriminalliteratur heraus.«

Darmstädter Echo

Sayonara für eine Sängerin (10440)
Tod eines Daimyo (10463)
Die Todeszeremonie (10514)
Vorsicht, Fremder (10537)
Ein Ronin spielt nicht mit (10617)
Chrysantheme und Schwert (10641)
Der falsche Buddha (10713)
Ein Haiku für Hanae (10724)

James Melville

Kriminalroman

ANDREW VACHSS

Kata
Roman, 496 Seiten
Ullstein Taschenbuch 23301

Strega
Roman, 352 Seiten
Ullstein Taschenbuch 22982

Bluebelle
Roman, 416 Seiten
Ullstein Taschenbuch 22845

Hard Candy
Roman, 272 Seiten
Ullstein Taschenbuch 23096

Blossom
Roman, 292 Seiten
Ullstein Taschenbuch 23231

Kult
Roman, 336 Seiten
Ullstein Taschenbuch 23382

Jeder Roman gleicht einer Reise ins Herz der Finsternis, die an Céline erinnert – Andrew Vachss ist einer der wichtigsten Autoren unserer Zeit.

Martha Grimes

Ullstein

Ullstein Kriminalromane

»Bestechen durch ihre Vielfalt«
(Westfälische Rundschau)

Andrew Vachss
Bluebelle (22845)

Andrew Vachss
Strega (22982)

Andrew Vachss
Hard Candy (23096)

Andrew Vachss
Blossom (23231)

Andrew Vachss
Kult (23382)

Angus Ross
Heimspiel in Yorkshire (10719)

Thomas Maxwell
Kiss Me Twice (10720)

James Hadley Chase
Blondine unter Banditen (10721)

Anthony Price
Wer zuletzt rächt . . . (10722)

Donald Goines
Kenyattas letzter Hit (10723)

James Melville
Ein Haiku für Hanae (10724)

Geoffrey Homes
Dem Glücklichen schlägt auch die Stunde (10725)

Loren D. Estleman
Donner über Detroit (10726)

Angus Ross
Todesfahrt nach Darlington (10727)

James Hadley Chase
Ich lache zuletzt (10729)

Michael Collins
Die rote Rosa (10730)

Angus Ross
Wettlauf nach Luxemburg (10731)

Bill Granger
Mitten im Winter (10732)

James Lee Burke
Blut in den Bayous (10734)

James Hadley Chase
Mach mir den Pelz nicht naß (10735)

Ed McBain
Priester, Tod und Teufel (10736)

Michael Collins
Freak (10738)

Angus Ross
Ein Auftrag in London (10739)

James Hadley Chase
Einmal zuviel geheiratet (10740)

William Wingate
Die Vergeltung des Fremden (10166)

James Melville
Der getarnte Phönix (10741)

Erle Stanley Gardner
Perry Mason und der wunde Punkt (10743)

James Hadley Chase
Man muß für alles zahlen (10745)

Erle Stanley Gardner
Perry Mason und die feurigen Finger (10746)

Michael Collins
Der Schlächter (10747)

James Hadley Chase
Nach Gebrauch vernichten (10749)

Ross Thomas
Letzte Runde in Mac's Place (23366)